続 ジャン・パウル ノート

恒吉法海 著

九州大学出版会

ジャン・パウル(1763～1825)

目次

続　ジャン・パウル　ノート

第一章　『ヘスペルス』について

『ヘスペルス』（一七九五年）はジャン・パウルを一躍有名にした作品であるが、出版部数は少ない。初版は新人といっていいジャン・パウルに対しては千部から千五百部と推定され、一七九八年の第二版では三千部、一八一九年の第三版では千部である。『ヘスペルス』とは宵の明星の意で疲れた魂への慰謝を意味するがまた明けの明星として希望も担っている。読めば分かるように大体五分の三が物語、五分の一が読者と作者の戯れ、残りの五分の一が筋とはほとんど関係のない閏日という諷刺や論説である。しかし全編に脱線がみられ、慰謝としての物語と啓蒙的批判的語り口とが併存する。物語は十八世紀末のドイツの小国を舞台にして、卿の息子の宮廷医師、実は市民の主人公ヴィクトルの愛と友情を軸に展開するが、その背景には革命家がほとんどいない国での革命の不可能性と現実的な上からの改革という妥協が描かれている。しかし主人公は政治的事象には余り関わらず、もっぱら内的世界の経験にかかわる。滑稽、プラトニックな愛、媚態と官能、友情、牧歌、死の不安、メランコリー、夢等特に青年期の青年の情動が微細に表現されている。作者は仕掛けとして侯爵や卿の子供達と牧師の子供との交換を設定しており、そこには近親婚の排除、自我の同一性の揺らぎといったテーマもみられる。同一性はヴィクトルの蠟人形が作られるときや彼の自らの弔辞のとき、及び彼の師エマーヌエルの臨終のときにも問題となる。他に登場人物としては主人公の友フラーミン、実は侯爵の子供、彼が慕うが実は妹の女主人公クロティルデ、冷徹な政治家の卿、夏至に死のうとして果たせない宗教家のエマーヌエル、声真似のうまい策謀家のマチュー、内面性の象徴としての盲目のフルート奏者ユーリウス、虚栄心の強い滑稽な薬店主等多彩である。作者は犬が運んでくる手紙を書き写すだけであるという触れ込みであり、書き写すうちに物語の時間に追いつき、最後は自分も侯爵の子供の一人と判明する。脱線の主なものは狩り好きな領主への批判、歴史の不可知論を展開しながら最後にその逆転を述べる歴史哲学（第六閏日）、唯物論を批判しながら魂の実体を推測せしめるヴィクトルの器官と自我の関係についての論文等である。

ジャン・パウルを読むに当たっては同一の作中人物の名前が適当に使い分けられているので、主な名前を記しておく。主人公ヴィクトルはゼバスティアンであり、またホーリオンである。フラーミンは参事官、ダホールはエマーヌエル、マチューは福音史家、青年貴族、侯爵はヤヌアール、イェンナー、侯爵夫人はプリンセス、アニョラと呼ばれる。また拙訳では主人公は概して「私」と称するが、男友達には「僕」とも称する。女主人公に対しては原作ではdu（君）とSie（あなた）と使い分けられているが、すべて拙訳ではあなたと呼びかけることになってしまった。

作品の成立に関して影響を受けた作家は、ギュンター・デ・ブロインの評伝『ジャン・パウル・フリードリヒ・リヒターの生涯』（一九七五年）の『犬の郵便日』の章によるとローレンス・スターンやヒッペル、フィールディング、スモレット、ルソー、ヴィーラント、それに『シャクンタラー』の翻訳者のゲオルク・フォルスターであるが、特に筋に関してはフリードリヒ・ヴィルヘルム・マイヤー（フォン・マイエルン）の『ディヤーナー・ソーレー［ドイツ語読みではゾーレ］あるいは放浪者達、サンスクリットから翻訳した物語』という芸術的価値の少ない哲学的政治的傾向小説からの影響が見られるそうである。革命的時期に革命を扱っていたためにこの小説はかなり注目されたようであるが、その影響はデ・ブロインによると次のような結論になる。「いずれにせよジャン・パウルは筋の重要な要素を自分の長編に取り入れている、多くの取るに足りない変更と二つの重要な変更とによって。彼は話を蒼古たる昔から現在に、異郷のどこかの地からドイツに移している。彼が話をあらゆる寄せ集めによって一層混乱し、一層見通し難く、有りそうもないものにしているのは（それでマイエルンの高貴な共和主義者のディヤの息子達は領主の庶出の息子達になっている）、こうした着想に於ける彼の無器用さと、並びに、主人公の感情世界に集中している描写をスリルに富んだ筋で一層魅力のあるものにしようとする彼の努力とを示している。彼の短所は彼の過度の長所をカバーしなければならない。もちろんうまく行かない。行為の少ない内的世界の出来事を担い、動かすかわりに、筋はあるときは副次的になり、あるときは全く消えてしまう。最後に急いで、あたかもしぶしぶ、終わりまで語られねばならない、〈報告調〉でと、オットーが批判的に述べているように」（一三五頁）。筋の結論としては、「ジャン・パウルが一七九二年『ヘスペルス』の下準備を始めたとき（六千五百のかなり乱雑にメモされた覚え書きが、丁寧に保管され、今日でも手にできる）、革命に夢中になった彼はまだ革命的戦闘と勝利の結末を考えていた。しかし二年後最後の章を書いたとき、ドイツの革命への希望は潰えていた。〈世界的革命の三日熱への合図〉を与える代わりにハピー・エンドは〈上からの革命〉の可能性を暗示している」（一三六頁）。

作品の反響についてはデ・ブロインは次のように記している。「同じ年にゲーテの『ヴィルヘルム・マイスター』とティークの『ウィリアム・ラヴェル』が出たけれども、『ヘスペルス』はその年の流行の本となり、その著者は一挙に有名になった。市民的徳操と感情の至福、鋭い社会批判、革命的精神のこの混淆は正確に時代の神経を捉えていて、それでドイツの教養層は自らの姿を、いやむしろ自らについての夢を、見いだすことになった。『ヘスペルス』の反響は『ヴェルター』のそれに較べることが出来よう。この成功を再び取り戻すことの出来なかったゲーテと同じく、ジャン・パウルもそうなるであろう。彼はよりましなものを書くであろうが、しかし二度とこれほどの喝采は得ないであろう。

『見えないロッジ』について表明されたモーリッツの見解、これは〈ゲーテをも越える〉は、今や度々同じくされた。古くからの友、新しい友が夢中になった。『ヘスペルス』の作家には賛美者の手紙、訪問が洪水のように押し寄せてきた。婦人達は彼を崇拝し、彼を招待した。グライムは匿名で六十ターラー送って、ハルバーシュタットの栄誉の殿堂に彼の名誉席を設けた。ラーヴァーターは彼の肖像画を描かせて、ペスタロッチも待っていると言って、チューリヒに来るよう頼んだ。ヘルダーは強い印象を受けて、数日仕事が出来なかった。ヴィーラントは長編を三度読んで、この〈人間はヘルダー、シラー以上である〉、彼は〈シェークスピアのようなすべてを見通す力〉を持っていると思った。ゲーテはシラー宛に書いた。〈ところで目下のところ『犬の郵便日』が、教養ある人士が有り余る喝采を送っている作品だ〉。そしてアンハルト・ツェルプスト侯爵夫人はホーフに絹の財布を、〈ヘスペルスの偉大な精霊に〉と刺繍して送った。ハーモニカ演奏者のフランツ・コッホは長編に登場するが、その効果のある宣伝に感謝して、ポスターに自分の名前の傍らにジャン・パウルの名前を刷った。服飾業界は〈ジャン・パウルの外套〉を造り出し、タバコの箱には彼の肖像が貼られ、その処方が長編に載っている駆風薬は〈ヘスペルス散薬〉として売られた。辛苦の末の名声があった。

もちろん『ヘスペルス』の通読は当時でも容易ではなかった。感激この上ない言葉の中にも、著者は作品の享受を大いにそして不必要に難しくしているという批判がしばしば混じっていた。カロリーネ・ヘルダーは個別の珍奇な箇所が全体に合わなくて、それで読みながら〈千もの感情に囚われて先に〉進めないと嘆いている。読者の〈より弱い感覚〉に対する思いやりが足りないとバイロイト出身のある知人は述べて、作者にその〈細密画を上に掲げて普通の目にも見える〉ようにするよう薦めている。更に、フケーが自伝で『ヘスペルス』に夢中になっているとき、彼は、それでも最初の数頁が〈草臥《くたび》れる〉努力を強いて、それからやっとこの不思議な門への鍵を若干自由に出来るようになったことを思い出すのを忘れていない。

三版をこの長編はジャン・パウルの生前重ねた、そしてその後もその影響は見られた。フケーやハウフ、アイヘンドルフがそれに魅了されたばかりではない、シュティフター、ケラー、ラーべもそうであった。アレクサンダー・ヘルツェンは一八三七年花嫁に、〈ぼくらの愛、純粋で聖なる愛は『ヘスペルス』に書かれている。奇蹟だ、奇蹟だ〉と書いているが、これは賛美は後になっても政治的面よりは感傷的面に向けられていたことを示す多くの例の一つである。シュテファン・ゲオルゲが一九〇〇年頃ほとんど忘れられていたジャン・パウルを〈抒情詩人〉として再発見したとき、その詞華集にはとりわけ『ヘスペルス』を利用していた」（一三八―四一頁）。

次に筆者が『ヘスペルス』を読んで興味を惹かれた点を記す。

真実と虚偽の間の『ヘスペルス』

典型的にジャン・パウル的な諷刺の例として次のような文を挙げておきたい。「そもそも嘘はどれもまだ真実がこの世にあるという幸せな印しである。真実がなければ嘘は信じられず嘘が試されることもないであろう。破産は正直者にとっては他人の正直さという無尽蔵の宗教的基金の新たな証明として嬉しい、この正直さは騙されたときには存在しているに相違なかったものである。戦争条約、講和条約が破廉恥に破られる限り、その限り希望はまだ十分にあって、その限り宮廷には真の実直さが欠けていないわけである。というのは条約が破られることはどれも条約がなされたことを前提としているからである——何一つ条約が守られなければ、何一つ条約は結ばれないであろう。嘘は義歯と同じで、金糸は義歯を二三の残った本物の歯にのみ結び付けられるのである」(第四十三の犬の郵便日、以下数字のみ例示)。この巧みな軽業的な諷刺は三年経つと肉体は替わるので人は別人となり、それ故条約を守る必要はないという条約についての別の諷刺を思い出させるが(第九)、ここではこのようなお巫山戯《ふざけ》を真面目に考えてみたい。

義(偽)歯とは気の利いた譬えである。本物の歯の使えなくなった者は、義歯に頼らざるを得ない。義歯がなければ食べられない、つまり嘘なしには生存は容易ではない。虚偽の助け、あるいは真実と虚偽の協同作業はほとんどあらゆる面でジャン・パウルの世界を構成している。例えばジャン・パウルでは自我意識が問題となるが、これを分析してみると、ヴィクトルは自らの蠟人形を持ちながらの自らの弔辞のなかでこう述べている。「私にはこの死体の周りに自我という幽霊が見えます。……自我、自我。考えの鏡の中で深く暗闇の中に逆行する深淵よ――自我、鏡の中の鏡よ、戦慄の中の戦慄よ」（第二十八）。もとより自我が真正なものであれば、肉体はジャン・パウルでは虚偽である。このことを蠟人形は語っている。しかし一体どこに真正な自我があろうか。自我を示そうと思えば、自我という言葉を、即ち自我とは別物を使わなければならない、あるいは自我の鏡像を比喩として、偽りの自我として利用しなければならない。自我のこの基本構造にまさに長編の基本テーマは影響されているのであって、二人の若者が一人の乙女を愛する。自我は分裂しているので、乙女はブリダンの驢馬のように決定不能に陥る可能性がある。しかし長編ではクロティルデはヴィクトルを愛する。これを決定付けているのは、近親婚の禁忌に他ならない。バッハの研究によれば近親婚と子供交換のテーマ自体はすでにフィールディングのジョウゼフ・アンドルーズに見られるそうである。しかしジャン・パウルはこのテーマを自我の謎と結び付けている。このことが彼の長編を哲学的にし且つ新鮮なものにしている。新鮮というのは、自我とか禁忌といった自明のものがテーマとされているからである。彼の長編を読む者は、この世に初めて生まれてあり、そしてこの世のことを知るかのような思いをいだかされる。「それでも相変わらず、彼は彼女のすることすべてがこの世で初めて行われるような気がしていた」（第四）。

義歯は真正な歯同様に大事なものなので、ジャン・パウルが真実と主張しているものをそのまま一義的に受け入れるわけにはいかない。時にどの歯が本物でどの歯が義歯か判別に苦しむ場合もある。例えばジャン・パウルは第六の閏日の『人類の砂漠と約束の地』の中で彼の歴史哲学の結論として次のように述べている。「我々の証明しえるものよりも一段と高い事物の秩序がある――世界史と各人の人生にはある神慮があって、これは理性が大胆に否認するものであるが、心が大胆に信ずるものである――我々がこれまで根拠としてきたものとは別な規則でこの混乱した地球を神のより高い町と娘の国［植民地］として結ぶある神慮があるに違いない――ある神、ある美徳、ある永遠が存在するに違いない」。即ち神慮、摂理が存在するという。しかしほんの数頁前で主張していたのは摂理の否定、「人間の目的論的履歴を推定出来ない」ということである。「自然は不動で、いつも変わらず、その構造の英知は曇りが見られない。人類は自由で、滴虫類のように、多様な繊毛虫類のように、ある時は規則的な形を、ある時は不規則な形を取ったりする」。先の結論は単に願望としてのみ聞きとめるべきであろう。第九の閏日のヴィクトルの器官に対する自我の関係についての論文においても真実と虚偽は今日では入れ替わりうるようにみえる。「それ故例えば視神経の継続で見えるのではなく、その繊細な花糸のようにほぐれた繊維で見えるのである。というのは網膜上の大きな揺れる画廊というものは神経精神の動き（あるいは何と呼ぼうと――結局は動きということになるから）によって脳に戻ることは不可能であるからで、……」。ヴィクトルは「そもそも魂は木の精のようにこの動物植物の神経枝に住み、それを暖め、活気づける」と信じている。しかしライマールスは誤謬と指摘したそうであるが、はたして、「脳は震える繊維を持った風琴ではない」と断言できるものであろうか。脳の機能と構造の混同がみられるのではないか。

マックス・コメレルは自我の分裂にジャン・パウルの登場人物の特性を見ている。どの人物も彼の自我の真実な部分、真実ならざる部分を持っているというのである。『ヘスペルス』についてはこうである。「エマーヌエルはジャン・パウルの自我の聖化された形であり、ヴィクトルは彼の現実の自我である、全体的に、美化されずに、すべてのジャン・パウル的な諸力、諸反力の緊張状態を伴っている。……タイプの純粋さは青年という意味でも哲学的諧謔家という意味でもみられない。世界の嘲笑と世界の讃歌とが甲高く交差する」（『ジャン・パウル』一一一頁）。長編の主人公、ヴィクトルに関してはジャン・パウル自身が自分自身との類似性を記している。「侯爵はヴィクトルに彼の五番目の（七つの島で行方不明の）子息、ムッシュー〔長編の中のジャン・パウル〕との魅惑的な類似点を冗談や振る舞いの点で見いだしていて、それを好きになっていた」（第十七）。「ちなみに私は――私は私自身の自我を座らせて、彼の自我を染め上げたけれども――単に彼の惨めな、溶け去った、消去された石盤の複製にすぎない、単にこの魂の勝手な、敷衍された翻訳にすぎない」（第四十五、ほかに第三十九参照）。ジャン・パウル自身が長編に登場するのはスターンらの影響もあろうが、彼の場合、自我の謎、真実と虚偽、現実と虚構の不可分の関係構造に由来している。真実なる自我は、言葉を通して表現されたとき何か別物になるからである。自我は真実にして真実ではない。本物が登場するのは本物が捉えられないという身ぶりにほかならない。ヴィクトルがこのジャン・パウルに似ているということは、ヴィクトルもまたこの自我の構造、言葉の二重性を承知していることを意味している。この面を無視してはならない。ハンス・バッハは詳細に両者の類似性を列挙しているけれども、この面からの分析を欠いているように思われる。「それでヴィクトルは作者自身の『三つの異なる戯《おど》けた魂』を、『諧謔的、多感的、哲学的魂』を有する、同様にまた彼の倫理的性格の特徴を、外面的習慣すらも有する。ヴィクトルの中の多感な気高い人間はジャン・パウル同様にすべての音楽的印象に開かれていて、音楽を聞いて情景を描き、ピアノの伴奏の下、手紙からの一節を歌い、あるいはジャン・パウルも好きな散策の途次意味もなく思わず知らず歌っている。作者同様音楽に心動かされやすいが、そもそも涙脆いところがあって、このことをジャン・パウルは（Vitabuch の中で）『性格の弱さのせいというよりもせいぜい涙腺の弱さのせい』と説明している。舞踏会での感傷、子供の当てのない憧れ、並びに大人の子供時代へのなつかしさの思いというものは作者の面影をとどめている。ヴィクトルの洗練さへの愛着、空想癖、恋しやすくて、一目惚れの傾向も同様で、このため作者もたびたび主人公と同じく幻滅を味わっている。しかしジャン・パウル自身幻滅したからといって荒れることがなかったように、ヴィクトルもまた絶望の中にあっても隣人愛に帰還している。作者自身かつてこのように突然隣人愛の燃え上がるのを体験したのであった。しかしまた同様にヴィクトルは純粋に人間的なものを傷つけるもの、貶めるものすべてに嫌悪感を抱いている、商売の如才なさとか、人生の外面的事柄への気遣い、パンのための学問、キャリア志向といったもので、余りにも慎重な秘密保持までもがそれにあたる。作者の自我感情の分裂、魂のおどろおどろしい力に対する戦慄はヴィクトルに反映されていて、ヴィクトルは自分自身の肉体を他人の自我のように感じ、自分の蠟人形を前にぞっとしている。また速やかに感情が変わることとか、倫理的改善への突然の決心も作者並びに主人公の特徴的な性格である。ジャン・パウルの私的な肉体的な特性や習慣さえもヴィクトルには付与されていて、例えば作業能率を高めるためにワインやコーヒーを使用し、鬘と弁髪は嫌いで、部屋の中を急いで行ったり来たりする」（ベーレント版、第三巻、序文二八頁以下）。長々と引用した。バッハの論文のお蔭でヴィクトルとジャン・パウルの関係が明瞭になった。しかしここには何か欠けたものがある。ジャン・パウルの自我が同時に真実にして真実ならざるものであるならば、真実ならざる部分も記述しなければならないからである。これは彼の言語の使用、諧謔の方法を明らかにするということである。ジャン・パウルでは記述されたものは、記述しようと思っているものと完全には一致しない。しかし一致しないことは分かるように記述される。ジャン・パウルが仮にこれらのバッハの文を引用すれば、バッハはイロニー化されるであろう。彼の諷刺のひとつの方法は現実を正確に写していると主張することである。「実際ドイツ人はイロニーをまとめ、記すことはめったにないので、多くの真面目な本や書評に悪意のイロニーをなすりつけて、ともかくそれを所有する他ない。――そしてこれは私自身が試みていることと異ならず、私は開廷日には思念の中で裁判所を喜劇劇場に、法曹家を法律家のルカインと道化役に、審理全体を古代ギリシアの喜劇に高めている。善良な人々に裁判全体を単に客演として覚えて貰っており、自分は従ってその座付き作者、監督であると自ら信じ込むまでは安心できないからである。それで本当は私は威勢よく私の黙した顔をドイツ人の喜劇的ポケット劇場として彼らの最も高貴な屋敷（例えば大学、政府）を通じて持ち運んでおり、全くこっそりと――垂らした顔の肌のカーテンの奥で――自然の喜劇を芸術の喜劇へと高めているのである」（第一）。この方法をヴィクトルも作者と共有している。「ヴィクトルはしかし彼の頭の骨壁の間にドイツ人の喜劇劇場を雇い入れていたが、それはただ現実の人間を笑ってしまわないようにするためであった。彼の気まぐれは他の人々の美徳、感傷同様に理想的であった。こうした気まぐれの中で彼は（腹話術師のように）すべての権力者達に対してただの内的演説を行い――騎士用祭典席では教会視察演説に、帝国都市代表議席では弔辞に立ち――教皇席では乙女のエウロペと教会の花嫁に麦藁冠奉呈の祝辞を述べた――権力者達は皆また彼に答えなければならなかったが、その様はどうかと言えば、彼が、大臣のように、彼の頭の中のプロンプターの穴からすべてを彼らの口に教えたのであった——それから立ち去って、皆を笑い飛ばした」（第十二）。権力者達については、「第二十一の犬の郵便日」では「彼らは自らの欲することと話すことをその王座のプロンプターより数日遅れで知る」とされる。

このプロンプターの喜劇愛好の他に作者と主人公は現在に対する同じような嫌悪を共有している。これは直接性の謎に由来するものであろうが、両者とも直接性よりは間接性、つまり言葉を、あるいは追憶と希望を贔屓している。近代の自我は自明のことながら世界での身の置き所がない。ジャン・パウルにとって、「現在は人間の胃のため以外には出来ていません。過去は歴史から出来ていますが、それはまた畳まれた、被殺害者の住む現在で、……それで自分の外でよりも自分の内でより幸せになりたい人間にとっては、未来あるいは空想、つまり長編小説しか残されていません」（第一）。「現在はいつも我々の魂をかくも卑小にする、ただ未来だけがそれを偉大にする」（第四十五）。ヴィクトルにとって、「たぶらかされている人間を劇全体を通じて案内しているのは二人の背景画の女流画家、つまり、思い出と希望です——現在にあっては人間は不安で、享楽は人間にはガリバーのようにただ千ものリリパットのような瞬間へと注がれてしまいます。どうしてこれが陶酔させたり、満腹させたりしましょう」（第七、その他第十六参照）。研究者の中にはこの現在の忌避をデリダと関連付けて理解しようとする者もいる。「純粋な現在は『動物的』で、人間にとっては現在は単に現在の意識の中で、つまり、そもそも思い出／過去と希望／未来の楕円に関連してのみ可能となる。ここでは過去の次元は『痕跡』と、未来の次元は『延期』と考えることができよう」（ヘルベルト・カイザー『ジャン・パウル講義』二三七頁)。

パンのための学問に対してはジャン・パウルは確かにバッハの主張するように否定的である。「学問は美徳よりもそれ自らで報われる」(第八)。しかしヴィクトルは眼科医である。ヴィクトルの学問についてジャン・パウルはこう述べている。「それにヴィクトルは将来の平価切り下げの後、羽根飾り付き帽子喪失の後でも最も良くドクトル帽で日々の市民としてのパンを稼ぐことができる——と卿は見た」(第三十九)。ジャン・パウルは従って就任演説の中のシラーのようには一面的にパンのための学問を切り捨ててはいない。

ジャン・パウルが別のジャン・パウルを包摂するのであれば、ヴィクトルに他人の部分が見られることは不思議なことではない。バッハは「ヴェルナーの気鬱症」と「若干のヴィーラント」が取り入れられていると指摘している(バッハ、同上、三三三頁)。ジャン・パウルでは、果たして独我論が破られ、本当の他者に至れるのか問題となろう。

主人公の他にジャン・パウルの多くの別の自我が登場している。策謀家のマチューは研究書では言及されることが少ないが、しかしよく見ると典型的にジャン・パウル的な人物の一人である。彼も同様のプロンプターの技術、つまり模倣を心得ているからである。ただ倫理的な意味で批判的に評価されているにすぎない。「好色の天才で、これほどひどい者はいなかった——彼はフラクセンフィンゲンの一座のすべての俳優を真似、茶化し、その上桟敷席までそうすることが出来た——彼は宮廷全体よりも学問を解し、いや更に言語を解し、それどころか小夜啼鳥や雄鶏の声にまで至り、それをそっくり真似たので、ペトラルカやペトロも逃げ出すところだった」(第四)。実際彼は小夜啼鳥の声を二度ほどそっくりに真似ている、一度はヴィクトルがフラーミンにマチューとの友情を警告している時で（第五）、もう一度はヴィクトルがクロティルデと至福の時を過ごしている時である（第三十六）。その上彼はクロティルデの声を真似（第十二）、エマーヌエルの声を真似ている（第三十八）。この模倣の才能は『巨人』のロケロルを思い出させる。彼は美的模倣家という点でロケロルの先駆者といえる。彼はまた上手な影絵作家である。これは『ジーベンケース』の諧謔家ライプゲーバーが得意としていたものである。ちなみに至福の時は錯覚かもしれないというのは、ジャン・パウルの基本的感覚である。マチューはそれ故ジャン・パウルの主要人物の特性を萌芽として有する重要な人物である。感覚にエマーヌエルの死は影響を受けている。彼は自分の予告していた夏至の日には死ねない、翌日に死ぬ。鬼火は火薬庫爆破の準備と説明される。

ホーリオン卿は政治家である。彼は大抵冷徹な打算家として描かれる（第二）。若干否定的なことも言われている（第十三）。しかし結局は卿の信仰告白は気高い崇高なものとして記されている。興味深いことに卿にもこの信仰告白ではジャン・パウルの、（あるいは神経小枝の上の木の精とするヴィクトルの）魂の理解に似たものが見られる。「しかし死は崇高かもしれない。私には理解出来ないのだから。それで私は心臓から跳び出し、戯れながら人間の頭と人間の自我とを高みに持ち上げている血のアーチを、噴水のようにその上に置かれた中空の球を漂わせているこの泉を短剣で崩し、自我を落とすことにしよう」（第四十一）。ここでは同時に死の崇高化が感じられる。卿は長編の最後では自裁して果てる。この死は筆者には政治的意味での必然性が余り感じられない。確かにジャン・パウルはリュクルゴスのように死んだのかもしれないと説明している（第四十五）。ハンザー版の注ではリュクルゴスのようにとは、「リュクルゴスはデルフォイの神託を聞きにいく前に、自分が戻るまで彼の法を何も変えないという誓いをスパルタ人にさせた。神託は彼の法は良いと保証したので、彼は食を絶ち、異郷で亡くなった。死に際に自分の死体を焼いて、そうしてスパルタ人が誓いを解くことが出来ないようするように命じた」と説明している。とすればギリシア風の死であるが、しかしながらこの死に対してはパウル・ツェランの一節を思い出さないわけにいかない。「死はドイツからきた名手」。死のロマンチックな美化のみがこの作品では唯一後のナチズムとの親和性を疑わしめるものである。

『ヘスペルス』では一七九二年と一七九三年の現実のカレンダーが利用されている。現実の日の記載は先に述べた同一性への同様な希求から生じている。このモチーフは根底的には模写と原物、体と魂、蠟人形、クロティルデの影絵、紗の帽子、子供交換、ジャン・パウルの登場といった諸問題と共通している。この際には現実の祝日と誕生日等の虚構の日とが記述されることになる。ジャン・パウルは現実の、流れ去る、捉えどころのない日々を、義歯のように現実を模倣する虚構の助けを借りて、確定したいのである。虚しさの気配を漂わせながら。ここに一七九二年と一七九三年のカレンダーを示す。枠で囲った日付は長編の物語と関連し、下線を付した日付はジャン・パウルの称する記述と関連している。

一七九二年五月一日ヴィクトル到着（第一）、五月四日二人のゼバスティアンの歓迎会、アイマンと卿の誕生日（第六）、五月二十七日聖霊降臨祭、ヴィクトルの安息週（第八）、六月十五日ヴィクトルのル・ボー訪問（第八）、六月二十日聖リューネへの卿と侯爵の訪問（第八）、六月二十一日ヴィクトルのクセヴィッツ旅行（第九）、六月二十三日和合の島へのヴィクトルの旅行（第十二）、同日マイ

1792

Jan

S	M	Tu	W	Th	F	S
1	2	3	4	5	6	7
8	9	10	11	12	13	14
15	16	17	18	19	20	21
22	23	24	25	26	27	28
29	30	31				

Feb

S	M	Tu	W	Th	F	S
			1	2	3	4
5	6	7	8	9	10	11
12	13	14	15	16	17	18
19	20	21	22	23	24	25
26	27	28	29			

Mar

S	M	Tu	W	Th	F	S
				1	2	3
4	5	6	7	8	9	10
11	12	13	14	15	16	17
18	19	20	21	22	23	24
25	26	27	28	29	30	31

Apr

S	M	Tu	W	Th	F	S
1	2	3	4	5	6	7
8	9	10	11	12	13	14
15	16	17	18	19	20	21
22	23	24	25	26	27	28
29	30					

May

S	M	Tu	W	Th	F	S
		1	2	3	**4**	5
6	7	8	9	10	11	12
13	14	15	16	17	18	19
20	21	22	23	24	25	26
27	28	29	30	31		

Jun

S	M	Tu	W	Th	F	S
					1	2
3	4	5	6	7	8	9
10	11	12	13	14	**15**	16
17	18	19	**20**	**21**	22	**23**
24	**25**	26	27	28	29	30

Jul

S	M	Tu	W	Th	F	S
1	2	3	4	5	6	7
8	9	10	11	12	13	14
15	16	17	18	19	20	21
22	23	24	25	26	27	28
29	30	31				

Aug

S	M	Tu	W	Th	F	S
			1	2	3	4
5	6	7	8	9	10	11
12	13	14	15	16	17	18
19	**20**	21	22	23	24	25
26	27	28	29	30	31	

Sep

S	M	Tu	W	Th	F	S
						1
2	3	4	5	6	7	8
9	10	11	12	13	14	15
16	17	18	19	20	21	22
23	24	25	26	27	28	29
30						

Oct

S	M	Tu	W	Th	F	S
	1	2	3	4	5	6
7	8	9	10	11	12	13
14	15	16	17	18	19	20
21	22	23	24	25	26	27
28	29	30	31			

Nov

S	M	Tu	W	Th	F	S
				1	2	**3**
4	5	6	7	8	9	10
11	**12**	13	14	**15**	16	17
18	19	20	21	22	23	24
25	26	27	28	29	30	

Dec

S	M	Tu	W	Th	F	S
						1
2	3	4	5	6	7	8
9	10	11	12	13	14	15
16	17	18	19	20	21	22
23	24	25	26	27	28	29
30	**31**					

エンタールへの旅行（第十三）、六月二十四日エマーヌエルの夏至（第十四）、六月二十五日ヴィクトルの別れ（第十五）、八月二十日フラクセンフィンゲンへのヴィクトルの出発（第十六）、十月二十一日クロティルデの誕生日、シュターミッツの庭園演奏会、町の長老の銀婚式、彼の娘の結婚式（ヴィクトルの失恋、第十九）、十一月三日、十一月十一日、十二日、十五日、十二月一日から三十一日までヴィクトルとヨアヒメ（第二十二）、一七九三年二月二十五日月蝕（ここでこの年が一七九三年と分かる、第二十四）、二月二十六日イフィゲーニエの劇（第二十四）、三月二十四日？受難週にクロティ

1793

Jan

S	M	Tu	W	Th	F	S
		1	2	3	4	5
6	7	8	9	10	11	12
13	14	15	16	17	18	19
20	21	22	23	24	25	26
27	28	29	30	31		

Feb

S	M	Tu	W	Th	F	S
					1	2
3	4	5	6	7	8	9
10	11	12	13	14	15	16
17	18	19	20	21	22	23
24	25	26	27	28		

Mar

S	M	Tu	W	Th	F	S
					1	2
3	4	5	6	7	8	9
10	11	12	13	14	15	16
17	18	19	20	21	22	23
24	25	26	27	28	29	30
31						

Apr

S	M	Tu	W	Th	F	S
	1	2	3	4	5	6
7	8	9	10	11	12	13
14	15	16	17	18	19	20
21	22	23	24	25	26	27
28	29	30				

May

S	M	Tu	W	Th	F	S
			1	2	3	4
5	6	7	8	9	10	11
12	13	14	15	16	17	18
19	20	21	22	23	24	25
26	27	28	29	30	31	

Jun

S	M	Tu	W	Th	F	S
						1
2	3	4	5	6	7	8
9	10	11	12	13	14	15
16	17	18	19	20	21	22
23	24	25	26	27	28	29
30						

Jul

S	M	Tu	W	Th	F	S
	1	2	3	4	5	6
7	8	9	10	11	12	13
14	15	16	17	18	19	20
21	22	23	24	25	26	27
28	29	30	31			

Aug

S	M	Tu	W	Th	F	S
				1	2	3
4	5	6	7	8	9	10
11	12	13	14	15	16	17
18	19	20	21	22	23	24
25	26	27	28	29	30	31

Sep

S	M	Tu	W	Th	F	S
1	2	3	4	5	6	7
8	9	10	11	12	13	14
15	16	17	18	19	20	21
22	23	24	25	26	27	28
29	30					

Oct

S	M	Tu	W	Th	F	S
		1	2	3	4	5
6	7	8	9	10	11	12
13	14	15	16	17	18	19
20	21	22	23	24	25	26
27	28	29	30	31		

Nov

S	M	Tu	W	Th	F	S
					1	2
3	4	5	6	7	8	9
10	11	12	13	14	15	16
17	18	19	20	21	22	23
24	25	26	27	28	29	30

Dec

S	M	Tu	W	Th	F	S
1	2	3	4	5	6	7
8	9	10	11	12	13	14
15	16	17	18	19	20	21
22	23	24	25	26	27	28
29	30	31				

ルデは聖リューネに旅する（第二十七）、三月三十日アニョラの誘惑（第二十七）、三月三十一日最初の復活祭の祝日、ヴィクトルの牧師館への到着（第二十八）、四月一日自らに対する弔辞（第二十八）、四月二日橇の遠乗り（ヴィクトルの恋の告白、第二十八）、四月三十日手紙を持ってヴィクトルはマイエンタールへ旅する（一七九二年五月一日にジューリアは死んでいる、第三十一）、五月四日アイマンの誕生日のクラブ、政治談義（第三十二）、五月十九日最初の聖霊降臨祭（第三十三）、五月二十日第二の聖霊降臨祭（第三十四）、五月二十一日第三の聖霊降臨祭、夜警人の息子の結婚式

（第三十五）、五月二十二日第四の聖霊降臨祭（第三十六）（これらの聖霊降臨祭の日々をヴィクトルはクロティルデとエマーヌエルとともに幸せに過ごすが、四日目にフラーミンが現れてヴィクトルに対してならず者と言う）、六月二十四日エマーヌエルの死の予告、夏至、火薬庫の爆発（第三十八）、六月二十五日エマーヌエルの死（第三十八）、九月二十二日クロティルデの手紙（第四十二）、十月二十一日マチューとフラーミンの釈放（第四十三）、クロティルデの誕生日、ヴィクトルとクロティルデとの実際の婚約（第四十四）、十月三十一日（あるいは十一月一日）卿の自裁（第四十五）。

記述に関してはこうである。一七九三年四月二十九日ジャン・パウルはスピッツに出会う（第一）、五月一日執筆開始（第三十二）、五月四日読者との条約（第六）、五月三十一日一ヵ月働いた（第八）、六月三十日第十六を書き上げる、七月三十一日第二十四を書き上げる、第四十の結末では、物語は今八月で執筆者は先の十月にいる、十一月一日午前四時長編を書き終える。実際の執筆は一七九二年九月二十一日から一七九四年六月二十一日（一年九ヵ月）だそうである（バッハ序文、六頁）。

長編の物語は一七九二年五月一日に始まり、一七九三年十月三十一日（あるいは十一月一日）に終わっている、ちょうど一年半である。ジャン・パウルが記述を開始したのは一七九三年五月一日で同年十一月一日に終わっている、ちょうど半年である。それ故形式面ではこの伝記は前もっての計算が働いているといえよう、内容面ではギュンター・デ・ブロインのように言えるかもしれないが。「彼は実際ある犬の郵便日を書いているとき、次の犬の郵便日についてはほとんど知らない」（『ジャン・パウル・フリードリヒ・リヒターの生涯』一三七頁）。五月一日のヴィクトルの喜ばしい到着の日は実はジューリアの死を隠していて、この死は最後の卿の死と照応する。長編は死に囲まれているのである。長編の中でもエマーヌエルの死が語られるが、その傍らでは祝日、誕生日、結婚式が、つまり生の日が、同様に旅立ちの傍らでは到着が語られる。フィリップ・アリエスによると「誕生日が重要な日となり、版画のよく知られたテーマとして取り上げられるほど、重要な祭日となったのはこの頃［十九世紀初頭］であった」（『教育の誕生』九六頁）そうである。これについては既に例えばシェークスピアに誕生日の言及があることから、反論は容易であろうが、一般的にはアリエスの言うとおりかもしれない。実際冒頭でのヴィクトルの到着に対する家庭的な喜びとそれに続く牧師館での誕生祝いはなかなか印象的である。ヴィクトルが結局クロティルデの誕生日に彼女と結ばれるのは象徴的である。家庭的な雰囲気は誕生祝いの他には「第十六の犬の郵便日」の別れの同伴の場面で効果的に表現されている。ちなみに誕生日はゲーテの『親和力』でも重要な構成要素として利用されている。近代の自我は家庭的雰囲気の誕生のときに同時に疎外されているといえよう。

ジャン・パウルはしばしばドイツ人に対して諷刺をおこなっている。民族は常に個々人から成り立っている以上、ある民族についてのイメージは蓋然性に基づいているにすぎない。ある民族の特性を記述する際には、その記述が真実と虚偽の間にとどまることをさけられない。この事実はさておき、ジャン・パウルが当時のドイツ人をどのように見ていたかは興味をそそられるところである。なんといってもドイツ人は後にナチに共鳴することになった民族であるからである。第一に彼らには自由な諧謔、権威に対する自由が欠けている。「ドイツときたら宮廷の指令する楽しみしか国中でしてはならないのでありましょうか」（第四十）。第二に彼らには簡潔さが欠けている。「正直な批評家は簡潔な書を次の点でもう誇っているが、それはドイツ人は法律家や神学者の中に冗漫に書く最良の手本を有しているからというもので、その冗漫さときたら、――考えは魂で、言葉は肉体であるので――言葉の間で人間のより高次な友情を築くかもしれないもので、この友情というのはアリストテレスによれば、一つの魂（一つの考え）が幾つかの肉体（言葉）の中に同時に住むということである」（第三十二）。第三に彼らには洗練さが欠けている。彼らは散文的で、現実的、田舎者で、感傷的である。例は多い。「なんといっても胃は最大のドイツ人の部分なのだから」（第十七）。「この折、彼は、機知と芸術に対するドイツ人の冷淡さを考えて、全く間違った命題を述べた。イギリス人、フランス人、イタリア人は人間であるが――ドイツ人は市民で――後者は人生を稼ぐが――前者は享受する、そしてオランダ人は銅版画ではない単なる印刷用紙によるドイツ人のより廉価な版である、と」（第十）。ちなみにジャン・パウルはオランダ人を嫌っている。彼らは彼にとってドイツ人よりも散文的である。「ヴィクトルは祖国との血のつながりがなくてもイギリス人を愛したことだろう――そしてそれがあってもオランダ人を嫌ったことだろう」（第二十八）。ある号外でフラクセンフィンゲン人は小ウィーン人と形容されている。ここではあるドイツ人達（フラクセンフィンゲン人）は非難され、別のドイツ人達が賞賛されている。「ウィーンの作家は読者にあの魂の貴族を通じて、あの地球の蔑視を通じて、あの古来の美徳と自由、より高い愛に対する敬意を通じてすべての現在を越えて行く翼をもたらさない、この点に於いて他のドイツの天才達は聖なる光の中にあるように輝いている」（第十八）。しかし天才達は例外であって、一般には、「ヴィクトルは十六人の女性の目の前より一人の女性の目の前でよく当惑したが、この当惑というのはちなみに女性の文法では最も粗野なドナートゥスの誤謬、ドイツ語用法である」（第三十四）。ドイツの長編小説は大抵感傷的で、劣悪である。「立派な市民階級の愛のための調理法を述べましょう。二個の若い大きな心臓を取って――洗礼水もしくはドイツの長編小説の印刷用黒インキで綺麗に洗い――その上に熱い血と涙を注ぎ――……」（第二十四）。「ただイギリス人だけが立派な女性を描けている。大抵のドイツの長編小説の鋳型職人にとっては女性は男性に、コケットな女性は娼－に、立像は塊に、花の絵は菓子の絵に転化する。これはモデルよりは画家の所為であることは、モデル自身が知っているのみならず、……」（第三十一）。「ドイツの読者を育てているのは、七面鳥と同様に白いのが最良であるようなそのような作品であるからである」（第二十六）。ジャン・パウルはドイツの女性に対しても時に諷刺的である。「彼女はドイツ女性にしては余りに洗練され、イギリス女性にしては余りに感傷的ではなく、スペイン女性にしては余りに活発であったからである」（第二十七）。「すべての美しいものは彼女の心に深く迫った。それ故彼女はクロティルデを大いに愛し、多くのドイツ女性に対してはそうではなかった」（第二十五）。しかし時に女性に対しては気の利いたことを言っている。「男というものはただのオランダ人、あるいはせいぜいドイツ人であるが、女性は生まれながらのフランス人あるいはパリ女性であるとさえ言える」（第二十三）。この小説ではじめて知ったのであるが、当時は少女達に関して帝国警察規則があって、少女達は一人で外出してはならず、連れだって出なければならなかったそうである。「スペインの少女が私に足を、トルコの少女が私に顔を見せたら、そしてドイツの少女が一人で立派な若者の所に行ったら、私は確かに遺憾に思う」（第三十三）。第四に彼らには当時も「ドイツ人の丁付けする鈍重さ」（第二十二）が、ジャン・パウル自身、筆者自身免れていないと反省することであるが、欠けていない。「私はドイツ人を知っているからである。彼らは形而上学者同様にすべてを最初から知ろうとする、全く正確に、大八つ折り判で、過度に縮めず、若干の引用で。彼らは一つのエピグラムに一つの序言を付け、愛のマドリガールに事項索引を付ける――西からのそよ風を羅牌に従って規定し――少女の心を円錐曲線に従って決め――すべてを商人のようにドイツ文字で表し、すべてを法律家のように証明する――彼らの脳の膜は生きた計算皮で、彼らの足は秘密の標尺、歩数計である――彼らは九人のミューズのヴェールを切り裂いて、これらの娘の心にノギスを置き、頭に検査棒を置く」（第二十二）。

主要参考文献（単行本のみ）

Geulen, Hans und Gößling, Andreas(Hrsg.): "Standhafte Zuschauer ästhetischer Leiden" Interpretation und Lesarten zu Jean Pauls Hesperus. Kleinheinrich. 1989.

Verschuren, Harry: Jean Pauls "Hesperus" und das zeitgenössische Lesepublikum. Van Gorcum, Assen. 1980.

Hedinger-Fröhner, Dorothee: Jean Paul. Der utopische Gehalt des Hesperus. Bouvier. 1977.

Bach, Hans: Jean Pauls Hesperus. Palaestra 166. 1929. (Johnson Reprint Corporation. 1970)

第二章　『ジーベンケース』について

『ジーベンケース』と題して論ずるが、原題は『花の絵、果実の絵、茨の絵、あるいは帝国市場町クーシュナッペルにおける貧民弁護士F・St・ジーベンケースの結婚生活と死と婚礼』（一七九六―九七年）という長いもので、物語の他に様々な付録が付いている。ジャン・パウルでは著者と読者が本来の主人公と言われるように、物語に筋はあるものの、そればかりが眼目ではなく、脱線等の著者の自在な語り口を楽しむことも肝要となる。まず物語の粗筋を述べると、主人公ジーベンケースは小市民のレネッテと結婚する。ジーベンケースは友人ライプゲーバーと瓜二つで、友情の証に名前を交換したのであった。しかしこの交換が徒となって後見人に遺産の継承を拒否される。そこで窮乏生活を余儀なくされるが、妻レネッテの掃除の音や蠟燭の芯切り等こまごましたことで執筆活動がうまくいかず、質屋通いも重なり夫婦仲は悪くなる一方である。射的会で王様になるという僥倖はあるものの苦しい生活が続く。そこへライプゲーバーが仮死という手段を思い付き、死んだ振りをして主人公は妻と別れ、ライプゲーバーになりすまして彼に約束されていた職に就く。最後にはバイロイトで知り合っていた知的女性のナターリエと結婚するに至る。仮死の際には寡婦年金の手配をするという周到さである。物語の中心にあるのはこの当時の庶民の生活描写と仮死という茶番劇（例えば公証人が遺言の内容に驚いて窓から飛び降りたり、大家の床屋が仮死者の髪を取りに来て、棺での髑髏の仕掛けにたまげる場面）であるが、この他にこの小説で見逃せないのは、著者のアイロニカルな語り口、雑学、比喩、人間のエゴイズムや神の不在を嘆く付録部分での論考、主人公の一風変わった処世哲学やライプゲーバーのエロスの見えかくれする諧謔等であって、こうした箇所は概して難解であり、ゆっくり読むことが必要である。

本章では主に次の項目に従って筆を進める。1 茶番的仮死の場面の紹介、2 冠婚葬祭を中心にした物語の進行、3 二重自我の分析、4 エゴイズムについて

1 茶番的仮死の場面の紹介

公証人は、遺産を渡さない後見人に死後化けて出るぞという遺言の内容に驚いて窓から飛び出るのであるが、単なるこの場面もジャン・パウルの筆にかかると原型と模型という二重自我の問題、執筆者の生の問題にいきつくテーマと関わることになる。この問題は影絵切りのモチーフ、ライプゲーバーの得意とする影絵切りとも照応するであろう。変奏してジャン・パウルでは頻出する金貨の肖像画への言及とも照応することになる。

「そのとき公証人は飛び上がって、息苦しいと述べて、より新鮮な空気を吸うために窓際に近寄った、そして下の方に窓台からわずかな射程の所にタンニン樹皮の丘が築かれているのを見ると、背後から後押しするような恐怖のために彼は胸壁から外に押し出された。このような第一歩の後、彼を遺言の証人の一人が後ろから摑まえる間もなく、彼は第二の長い歩みをもろに空中に行って、そしてその自動秤の自らの指針として窓台を越えて、それで彼は低い浮き彫り台に――つまりタンニン樹皮に――容易にぶつかることが出来た。落下する芸術家として彼が到着の後仕上げた結構なものは、自ら

の顔を彫刻刀として、彫塑の型として、コピー機として利用し、そうして自分の像を凹み細工として生気なく丘の中に象ることに他ならなかった。この丘に彼の指は勤勉な彫刻刀として置かれ、自分自身をコピーし、そしてインク壺の横に置いていて持ってきた公証人の印章でもって彼は偶然この偶発事に連署した。このように簡単に公証人は――宮中伯に似て――第二の公証人を創り出す」（第二十章）。

当時は髑髏は手近に見られたとみえ、ライプゲーバーは見張りの代わりに髑髏を探してきて、仮死者の周りを窺う者どもをびっくりさせる仕掛けを作る。忍び込む大家の床屋はかつて鳥撃ちの射的では主人公ジーベンケースと同盟を結び、一緒に射的の王となった仲である。

「夕方ハインリヒは理髪師とレネッテの許に下りて行き、その際ドアに鍵を差したままにしておいた、上に住んでいる借家人達は最近の幽霊の噂を耳にして以来余りに臆病になっていて、自分達のドアから頭を突き出すことすらできなかったからである。故人の髪を巻くことを許されなかったことをまだ怒っていた理髪師は、自分が上にこっそり忍んで行き、毛髪の森林を伐採したら、ちょっとしたものだという考えに至った。髪や薪の販売は――殊に髪は輪や文字へと編まれるので――その生え変わりよりも活発であって、それで死者に棺や自分の髪を残すべきではない、髪はすでに古代人が冥府の神々の祭壇のために切り取っていた。――そこでメルビッツァーは爪先立って部屋に入り、早速鋏の鉗子状器官を広げて構えていた。ジーベンケースは寝室にいて容易に仮面の眼窩から盗み見て鋏と大家の組合から間近に迫っている不幸とポープの巻き毛盗みとを察知した。彼は、この苦境にあっては自分の頭よりはベッドの下の禿頭が頼りになると見てとった。臆病げに背後のドアを退却のために開け放ったままにしていた大家はようやく人間の植木鉢の植物まで近寄ってきて、この収穫の月に草刈り人夫として務め、ひげ剃り屋と髪結いとを一体化させ、ひげ剃り屋の敵を討とうとした。ジーベンケースは隠した指で出来るだけ上手に髑髏を巻き上げて外へ出そうとした。しかしこれは余りにゆっくりとした動きであって——逆にメルビッツァーは余りに急いでいたので、——それで一時彼はその間——殊に邪悪な霊は人間にしばしば息を吹きかけるので——大家に対し仮面の口の割れ目から長い夜風を吹きつけることでしのがざるを得なかった。メルビッツァーは自分にまことの息詰まる空気、殺人的なサムーン［砂嵐］を寄越すゆゆしい送風器の正体が分からずにいた、そして彼の暖かい構成要素は氷の円錐に結晶し始めた。しかし残念ながら故人は息を撃ち尽くして、空気銃にゆっくりと新たに装塡せざるを得なかった。この静止によって巻き毛の盗人は再び気を取り直し、やる気が出て、それでナイトキャップの総飾りの先端を握って、この薄い浮遊する蜘蛛の糸、帽子を髪の野から剝がそうと新たな準備をした。しかし摑んでいる最中に彼はベッドの下で何かが動き始めたような音を聞き取った——彼はじっとして、悠然と——鼠かもしれなかったので——この物音が更にどんな正体を現すことになるか見守っていた。しかし待機しているとき突然彼は何か丸いものが彼の太股を伝って、回りながら上の方に押し上がってくるのを感じた。彼は早速空の手を——もう一方の手は鋏を広げていたので——下の方に伸ばした、するとこの手は、絶えずこの手を持ち上げようとする、つるつるした上昇する球になすすべもなくノギスのように当てられることになった。メルビッツァーは見る見るうちに骨のように堅くなってこちこちになった——しかし置かれた手が新たに持ち上げられ、忍び寄る柄頭を一目見ると、青ざめて凝固して床にへたりこむ前に、恐怖のすさまじいキックを受けて、それで彼は容易に部屋から飛び去った、不安の四十ポンド砲の火薬によって直射されたかのような按配であった——彼は下の部屋の中へ入って来た、手には広げられた鍬を持って、口と目とを広げて、顔には漂白場を設けていた、これに比すれば彼の下着や髪粉は宮中喪であった。にもかかわらず彼はこの新たな状況の中で大いに分別を見せて——彼の名誉のために喜んで報告するが、——この出来事については一言も漏らさなかった、一つには幽霊の話は九日経っていないうちに話すと大いなる災いがあるからであり、もう一つにはそもそも髪の刈り込み、私掠についてはいかなる日でも話すことは出来なかったからである。——」（第二十一章）。

小説を読む楽しみの一つに当時の状況が分かるようになって面白いという側面があるが、この小説ではその興味も満喫させられる。仮死の場面では、医者の出現、遺言のための公証人の出現、死後の棺桶屋の手配、湯灌婆、この理髪師やひげ剃り屋の出現、墓碑銘の文等である。この小説で仮死が可能なのは、葬儀が、今でもヨーロッパではそうだと思われるが、土葬であるからである。火葬であれば、死後石ころだけが出現し、露見することになる。

2　冠婚葬祭を中心にした物語の進行

次のカレンダーは物語で利用されている一七八五年と一七八六年のカレンダーである。現実の日（原物）と創作の日（模型）とがやはり分かちがたく結び付いている。言及されている日、あるいは推測される日は祭日が多い（九州大学六本松地区のサーバーより入手したカレンダーである）。

上述したようにこの小説を歴史学的文化人類学的視点から興味深いものにしているのは、当時の冠

1785

Jan

S	M	Tu	W	Th	F	S
						1
2	3	4	5	6	7	8
9	10	11	12	13	14	15
16	17	18	19	20	21	22
23	24	25	26	27	28	29
30	31					

Feb

S	M	Tu	W	Th	F	S
		1	2	3	4	5
6	7	8	9	10	11	12
13	14	15	16	17	18	19
20	21	22	23	24	25	26
27	28					

Mar

S	M	Tu	W	Th	F	S
		1	2	3	4	5
6	7	8	9	10	11	12
13	14	15	16	17	18	19
20	21	22	23	24	25	26
27	28	29	30	31		

Apr

S	M	Tu	W	Th	F	S
					1	2
3	4	5	6	7	8	9
10	11	12	13	14	15	16
17	18	19	20	21	22	23
24	25	26	27	28	29	30

May

S	M	Tu	W	Th	F	S
1	2	3	4	5	6	7
8	9	10	11	12	13	14
15	16	17	18	19	20	21
22	23	24	25	26	27	28
29	30	31				

Jun

S	M	Tu	W	Th	F	S
			1	2	3	4
5	6	7	8	9	10	11
12	13	14	15	16	17	18
19	20	21	22	23	24	25
26	27	28	29	30		

Jul

S	M	Tu	W	Th	F	S
					1	2
3	4	5	6	7	8	9
10	11	12	13	14	15	16
17	18	19	20	21	22	23
24	25	26	27	28	29	30
31						

Aug

S	M	Tu	W	Th	F	S
	1	2	3	4	5	6
7	8	9	10	11	12	13
14	15	16	17	18	19	20
21	22	23	24	25	26	27
28	29	30	31			

Sep

S	M	Tu	W	Th	F	S
				1	2	3
4	5	6	7	8	9	10
11	12	13	14	15	16	17
18	19	20	21	22	23	24
25	26	27	28	29	30	

Oct

S	M	Tu	W	Th	F	S
						1
2	3	4	5	6	7	8
9	10	11	12	13	14	15
16	17	18	19	20	21	22
23	24	25	26	27	28	29
30	31					

Nov

S	M	Tu	W	Th	F	S
		1	2	3	4	5
6	7	8	9	10	11	12
13	14	15	16	17	18	19
20	21	22	23	24	25	26
27	28	29	30			

Dec

S	M	Tu	W	Th	F	S
				1	2	3
4	5	6	7	8	9	10
11	12	13	14	15	16	17
18	19	20	21	22	23	24
25	26	27	28	29	30	31

婚葬祭、祭日の具体的記述である。物語の冒頭はレネッテの輿入れから始まる。レネッテの冠や結婚式の際の食事等細かく描かれている。仮死の場面は当時の葬儀の段取りが窺われて、先に述べたように歴史的資料としても貴重なものであろう。最後はまた主人公の結婚で終わるが、カレンダーを見て気付くことは、この物語の期間が仮死を中心にしてちょうど二年で完結していることである。一七八五年の八月主人公はレネッテと結婚し、一七八六年八月仮死、一七八七年彼の「命日の月」にナターリエは旅して、墓地で主人公と会い、結婚することになる。日付の確認出来るものを具体的に見ていくと、

1786

Jan

S	M	Tu	W	Th	F	S
1	2	3	4	5	6	7
8	9	10	11	12	13	14
15	16	17	18	19	20	21
22	23	24	25	26	27	28
29	30	31				

Feb

S	M	Tu	W	Th	F	S
			1	2	3	4
5	6	7	8	9	10	11
12	13	14	15	16	17	18
19	20	21	22	23	24	25
26	27	28				

Mar

S	M	Tu	W	Th	F	S
			1	2	3	4
5	6	7	8	9	10	11
12	13	14	15	16	17	18
19	20	21	22	23	24	25
26	27	28	29	30	31	

Apr

S	M	Tu	W	Th	F	S
						1
2	3	4	5	6	7	8
9	10	11	12	13	14	15
16	17	18	19	20	21	22
23	24	25	26	27	28	29
30						

May

S	M	Tu	W	Th	F	S
	1	2	3	4	5	6
7	8	9	10	11	12	13
14	15	16	17	18	19	20
21	22	23	24	25	26	27
28	29	30	31			

Jun

S	M	Tu	W	Th	F	S
				1	2	3
4	5	6	7	8	9	10
11	12	13	14	15	16	17
18	19	20	21	22	23	24
25	26	27	28	29	30	

Jul

S	M	Tu	W	Th	F	S
						1
2	3	4	5	6	7	8
9	10	11	12	13	14	15
16	17	18	19	20	21	22
23	24	25	26	27	28	29
30	31					

Aug

S	M	Tu	W	Th	F	S
		1	2	3	4	5
6	7	8	9	10	11	12
13	14	15	16	17	18	19
20	21	22	23	24	25	26
27	28	29	30	31		

Sep

S	M	Tu	W	Th	F	S
					1	2
3	4	5	6	7	8	9
10	11	12	13	14	15	16
17	18	19	20	21	22	23
24	25	26	27	28	29	30

Oct

S	M	Tu	W	Th	F	S
1	2	3	4	5	6	7
8	9	10	11	12	13	14
15	16	17	18	19	20	21
22	23	24	25	26	27	28
29	30	31				

Nov

S	M	Tu	W	Th	F	S
			1	2	3	4
5	6	7	8	9	10	11
12	13	14	15	16	17	18
19	20	21	22	23	24	25
26	27	28	29	30		

Dec

S	M	Tu	W	Th	F	S
					1	2
3	4	5	6	7	8	9
10	11	12	13	14	15	16
17	18	19	20	21	22	23
24	25	26	27	28	29	30
31						

冒頭の結婚式の日時は確定できないものの、八月二十日付けの後見人の訴訟受付から推定するに、その前後の火曜日となると、八月十六日か二十三日ということになる。一七八五年の祭日は開基祭、ミカエルの日の市（九月二十九日）でケーキ作りの言及、聖マルティン祭（十一月十一日）は鵞鳥の苦心の入手、競売日（十一月二十八日）で若干の潤い、聖アンドレアスの日は射的の日（十一月三十日）で、主人公は最後に的を倒して王様となる。十二月四日は射的で王になったことの祝いの日曜日だが、造花の誤解で夫婦の不和、十二月八日は聖母マリアの無垢受胎の日、コーヒーを飲みに出掛け、一時的和解、

十二月三十一日大晦日は喪服の質入れと不和、一七八六年元日には生命保険に入る決心をし、二月十一日はレネッテの誕生日、この日は地震の予告日でもあり、時計の質入れによる喪服の請け出しをし、和解、四月十二日、二度目の訴訟敗訴、四月十三日（聖木曜日）ライプゲーバーへの手紙、復活祭を経て、五月上旬（日付は不明）バイロイトへの旅立ち、五月七日はナターリエとの初めての出会い、五月八日ライプゲーバーとの再会、仮死の取り決めをする、この日は名前の命名の日［聖名祝日］でシュターニスラウの日である、八月十七日はフリードリヒ大王の死去の日であるが、遅れて伝わっている ことが分かる、いよいよ八月二十四日仮死決行（これは墓碑銘より分かること、第二十一章）、十月二十日レネッテ再婚（これも墓碑銘より分かること、第二十五章）、レネッテ死亡（一七八七年七月二十二日）、一七八七年八月主人公とナターリエとの結婚（仮死の命日の月にナターリエの旅と記述あり、第二十五章）、その他付録の部分で春分の日（ジャン・パウル誕生日）の言及がある。また数字の上で興味深いことはレネッテが一七六七年生まれであり、従って結婚のとき十九歳を越えていないことが明らかにされており（第一章）、ジーベンケースは二十九歳（第二章）であって、ライプゲーバーは「ジーベンケースより年下だった」（第二章）と設定されていることである。レネッテはうっかりすると中年の主婦というイメージがあるが、随分若いわけである。

以上概括したように物語は結婚ではじまり、結婚で終わり、その間に仮死を挟んでいる。日常は「市民階級の祭事に彼女は愛着を有しており、クリスマスにシュトレンが——復活祭にチーズケーキが——聖マルティンの日に鵞鳥が欠けるくらいなら賛美歌や聖福音集が欠けていいと思う」（第六章の続き）という具合に、日常の生の場面が具体的に描かれているのであるが、その他にジャン・パウルではお馴染みであるが、死を想えのMemento moriのモチーフも通奏低音のように描かれている。主人公は髑髏を手に次のような感慨に耽る。

「彼は骨になって野外に眠っている頭を転がし、両手で――レネッテが身を汚すことのないよういくら頼んでも――多くの住処を持つ精神のこの最後のカプセルを持ち上げて、そしてこの破壊された離宮の空しい窓穴を見て言った。『真夜中に人は教会の中の説教壇に立って、自我のこの皮を剝がれた仮面を、砂時計や聖書の代わりに説教台の上に置いて、他のまだ皮に覆われている頭の持ち主達の前でそのことについて説教すべきだ。人々がそうしたいというのであれば、私の頭の皮を私の死後剝いで、教会に、鰊の頭をそうするように、綱で洗礼盤の天使のようにぶら下げても構わない、愚かな魂の者達が一度は上の方を見、一度は下の方を見るようにさせるためにだ、私どもは天と墓地の間に吊るされ、漂っているのだから。私どもの頭には、参事官殿、まだはしばみ虫〔象虫〕が巣くっています。しかしこの頭部から虫はすでに変態して飛び去っています、というのはこの頭部には穴があって、その中身は粉末にされていますから』」（第八章）。

描写にも次のような無常感をそそるものがある。「歌の節はいつも次のように終わった。『諸行は無常、逝きて帰らず』。彼は痛みに、それが被嚢類であるかのように、その暗い窒息させる皮で包まれた」（第九章）。「彼が旅館に入ると、一人のハープ弾きの女が幼いフルート奏者の伴奏の下、酒場にいる客の前で歌を歌っていた、その歌のリフレインは『逝きて帰らず、諸行は無常』であった」（第二十五章）。

著者自身無常感を述べる文章を時に書いている。「かくて我々人間は、我々の最期のベッドの上で我々の花弁が閉じるとき、より高い存在のために花時計の役を果たすことが出来る——あるいは、我々の人生の砂時計がきれいにこぼれ落ちて、それが別世界で裏返されるとき、砂時計の役を果たすことが出来る、あるいはこの下界で我々の弔鐘が鳴って、我々の像が箱から、かの第二世界の中へ歩み出すとき、からくり時計の役を果たすことができる——より高い存在は、七十年の人間の年月が過ぎ去ったこのようなすべての場合にこう言うことが出来る。『すでにまた一時間経過しました、神様、何と時は移ろうことでしょう』(第十三章)。

このように茶番の仮死による手法であれ、真面目な感懐であれ、手を変え品を変えジャン・パウルは死に接近しようとしているのであるが、ここで生ずるのは、人間は仮死以上の死を知り得ない、描写による死も遂に真の死に及ばない、死ぬのはいつも他人という感懐である。本人は生きているかぎり仮死以上の死に至ることはない。

またジャン・パウルでは筋立てが自然に細部まで計算されることがあって、先の主人公が髑髏を手にとって眺める場面は、それによって手が汚れることを嫌うレネッテの清潔好きのモチーフと結び付くことになる。先の場面では主人公との和解を勧められたレネッテは握手を拒否するが、それは彼が手を洗っていないからという作者の説明が付けられることになり(第八章参照)、後の場面で彼女がライプゲーバーから遠ざかるとき、その理由は単に犬がなめた手を洗っていない人だからという種明かしとなる(第十九章)。ここではついでに彼女のファンテジー宮殿と空想との取り違えも種明かしされることになる。

3　二重自我の分析

ベーレント版のベーレントの序文によると、『ジーベンケース』はドイツ文学史上の最初の偉大な現実的な長編小説であり、最初の立派な夫婦生活の長編小説であるそうである。この上に最初の二重自我（Doppeltgänger、第二章）の出現する長編小説という栄誉が加わる。トリューブナーの辞書によるとジャン・パウルによって一七九六年造られた言葉とある。即ち本書である。

（http://gutenberg.aol.de//jeanpaul/siebenksより）

一般のイメージはそっくりな二人の出現であろう。事実『ジーベンケース』挿し絵と思われる絵は図のごとく、顔も洋服も同一の二人を描いている。ジャン・パウルの説明では「いや、彼らの対極の名前の単なる相違が（というのはジーベンケースは許すことをより好み、ライプゲーバーは罰することをより好んだ、前者はよりホラティウス的な諷刺であり、後者はより非文学的かつ文学的な厳しさをもったアリストファネス的な流行歌であったからである）、お互いに惹かれ合うように決定づけたのではなかった。しかし女性の友人同士が同じ服を着るのを喜ぶように、彼らの魂は完全に人生のポーランド服[子供服]と部屋着を着ていた。つまり私が言っているのは、同一の縫い取りと色とボタン穴と飾り紐と型をした二つの肉体のことである。二人は同じ目の閃光と、同じ土色の顔を持ち、背丈も痩せ方も何もかも一緒だった」(第一章)。大体魂の嗜好は同じであるが、肉体はそっくり、ただライプゲーバーはびっこを引く、そして二人は友情の証に名前を交換したと語られている。しかし注意しなければならないが、肉体は同じでも普段着る洋服は同じでないということである。そのことが明らかになるのはジーベンケースの仮死の後ライプゲーバーとして復活するために洋服の交換が行われる場面(第二十二章)である。従って挿し絵の情景はこの小説の二重自我の説明としては間違っているのである。しかしうっかりするとそう勘違いしたくなるようにジャン・パウルは説明している。

ジーベンケースの性向をより過激にしたのが、ライプゲーバーであると思われるが、そのことが確認されるのが、ライプゲーバーの言説である。彼は独身であるが、その彼の方がジーベンケースよりもエロスの見える言説を行う。一方結婚生活を行っているジーベンケースはほとんどエロスについて言及しない。例えばライプゲーバーは第四章で自分をアダムと見立てて、その精子で何人もの悪人の先祖ともなるし、また善人の先祖ともなるのだと述べている。その口調は一々具体的である。「けれども神様に誓って、私は、その中にはあらゆる民族の種子が入っている種入れ袋をぶらさげて遍歴し、全人類の目録と出版金庫を、小さな全世界を、『世界図絵』を自分の前に持って、歩き回っているが、……」(第四章)。「けれども、未来を完全に見通している私は、自分の詞華集から分かるのだが、私が本当に自分のブルーメンバッハが名づけた形成衝動を用いて、あの悪名高き初夜権に、最初に作られた人間の眼差しを何度か送らねばならないとしたら、誰かが例えばやるように十人の愚か者を作るのではなく、十の数兆倍の人間と――さらにそれに加えて数兆人が、私の中に住んでいるすべての生粋のボヘミア人――パリ人――ウィーン人――ライプツィヒ人――バイロイト人――ホーフ人――ダブリン人――クーシュナッペル人（とその妻と娘たちも含めて）に関して――私を通じて生を受けることになるだろうが、彼らの中には、常に道理をわきまえてもおらず、理性も持たない人間が百万人に対して五百人以上はいることになるだろう」（同）。「私は、アリストテレスやプラトン、シェークスピア、ニュートン、ルソー、ゲーテ、カント、ライプニッツといった、総じてその祖先自身よりもはるかに頭脳の優れた者たちの先祖、祖先、ベツレヘム、形成的自然になるのだ」（同）。

その他ライプゲーバーは木食虫のノックの音を死の訪れと取る迷信について言及しながら、実はそれは愛する雌のためのノックであると述べているが（第十九章）、次の浴槽での仕事は想像力を刺激するエロスに満ちている。「突然彼は飛び上がって言った。『もし叶うなら、一度ブリュッケナウへ行きたい。そこの風呂の大桶の上は私の講座、ミューズの座となろう。商人の妻、参事官夫人、田舎貴族夫人あるいはその娘が閉ざされた浴槽、聖遺物入れの小箱の中に甲殻類として入っていて、服の場合と同様に首だけ出していて、この首を私は啓発することになる――どのような説教を私はパドゥアのアントニウスとして優しい鯉やセイレーンに向かって魅力的に説いたらいいだろうか、これはむしろ濠をもった要塞であるけれども。私は彼女達の燐のように水中でも消えないような燃えるような魅力の木製のケースの上に座って、講義することだろう。――しかしこれは、私自身がこのような入れ物、容器の中に入り込み、その湯の中を水圧オルガンのように動き、河の神として私の少しばかりの職務の才能を浴槽の学校で試してみるときに私がなし得る益と比べたら何というものだろうか。私はマギステルの帽子を被った頭だけが鞘から刀の柄頭のように出ているので、確かに湯の中で教える身振りをするが、しかし美しい鋳型どもや、水中に繁茂している稲穂、水生植物、哲学的な水利工事やこうした類を浴槽から追い出し、今まさしく私のクエーカー教徒の樽や、ディオゲネスの樽を取り囲んでいるのが見えるすべての婦人達を、極上の教えを撒きながら逃がしてしまうことに比べたら。――誓って。私はブリュッケナウに急ごう、湯治客よりは私講師となるために』」(第十五章)。

こうしたエロス的言説の一方、ジャン・パウルではよく議論される自己対鏡と言おうか、鏡を前にしての自己の二重化をライプゲーバーは行っており(第二十二章)、原型と模型について自己の肉体を前に省察を行っているのであるが、ここでは更に指による世間の二重化、簡易喜劇法を紹介しておきたい。「『下の路地では勿論もっとうまくいって、はるかに多い一行を得られる。私が人差し指で眼球を押さえると、どんな人であれ、すぐにその双子が得られ、どんな亭主もそのつけ同様に倍になる。自分の同僚を探して会議に出掛ける議長も、そのオランウータンを私が与えないような議長はいない、両者は頭を付き合わせて私の前を歩いて行く。――一人の天才が模倣者を欲するならば、私は筆記指、人差し指を取り出して、生きた複写が即座に生み出される。――どの学者の協力者の側でも一人の協力者が協力して働き、補佐人には補佐人が補佐される、一人息子達にはコピーが準備される。というのは御覧のように、私は彫塑の自然力、花糸、彫刻刀を、つまり指を有しているからである。――私がソロの踊り手を四本の足で跳ねさせないことはめったになく、この踊り手はペアとして空中に吊るされなければならない。しかし私が唯一人の男とその肢体をこのようにグループ化して何を得ているか、君は評価すべきだ。私が葬列や別な行列までも二重自我に倍加して、どの連隊も、すべてを先んじて行うか真似する一連隊全体の翼兵分だけ補強するときの獲得された民衆の数を数えてみるがいい。というのは、先に言ったように、私はいなごのように産卵筒を有するからで、つまり指のことだ。――こういうわけだから、フィルミアン、私は君達すべてよりも多くの人間を享受しているという安心を、つまりちょうどその倍だけを、それも自らの猿としてどの動作においても何かまことに滑稽なことで容易に楽しませてくれる人々ばかりを享受しているという安心を少なくとも得ておくれ』」（第二十二章）。こうした指先のだぶりの視線による笑いは『ヘスペルス』のヴィクトルが現実をそのまま見て、心の中で喜劇に見立てる手法と相似ており、ルカーチの類ならば現実宥和の諧謔と見なしうる、誰も現実には傷付かない笑いであろう。しかしこれはまた他者との付き合いという点で洗練されており、実は政治的感覚までそなえた笑いとまで言えるかもしれない。読者は安んじて笑える。ライプゲーバーが政治的感覚を備えていることは、ファドゥーツの領主（伯爵）と懇意であることから明らかである。確かに彼は次のように述べて、自分の孤高性を強調している。ジーベンケースが仮死後なぜライプゲーバーと再会出来ないのかという問いに彼はこう答えている。「『第一に』――と彼は悠然と答えた――『伯爵や寡婦年金、君の未亡人といった人々には、私が二つの版で存在すること、これは第一版、原典本でも、一人乗りでも、独り寝でいてもほとんど気に入って貰えないような世界ではいまいましい不幸であろうから、このことに気付かれてはならないからである。第二に私はこの世の阿呆船では、あれこれのがさつ者の役を選んで、誰にも私と気付かれない限り、恥ずかしく思わずにやって行こうと決めているのだ。――もっと重要な理由を挙げようか。――自分が誰にも知られず、引き離され、束縛もなく、造化の戯れとして、機械仕掛けの悪魔として、全く未知の隕石として人々と地上に月から落っこちることは気分がいいのだ。フィルミアンよ、変えようがない。ひょっとしたら数年後一、二通の手紙を君に送るかもしれない、ガラテヤ人達は故人宛にまるで郵便局に投函するように火葬用の薪の上に手紙を置いたそうだから。――しかし今のところは実際変えようがない』」（第二十二章）。

このように彼は自分の孤高な処世を語っているが、しかしファドゥーツ伯爵は結局のところ真面目なジーベンケースよりは、この傍若無人なところのあるライプゲーバーの方が気に入っているのである。「『私はそれを喜んで許そう、理由と思われるものを察知しているのだから』と彼［伯爵］は付け加えた。しかし彼の許しは実は全く本当ではなかった。というのはすべての偉い人同様に彼にとってはすべての強い感情は、愛の感情ですら、うんざりするもので、最もそうであったのは悲しみの感情であったからである、そして力強い友情の握手は半ば足蹴に等しかった。それで彼の前では痛みは単に微笑んで、邪悪さは単に哄笑して、せいぜい笑い飛ばされて通り過ぎるべきであった、ちょうど最も冷淡な世の紳士がその最も温かい体温を横隔膜のあたりに有する肉体上の人間に似ているように。従って伯爵にとっては以前のライプゲーバーが――この暴風雨的でいて同時に晴朗な濃い青色の空である彼の方が――そう称している者よりも好ましかった。――しかし非難を静かに読んでいる我々よりもどんなに異なってジーベンケースは非難を耳にしたことだろう」（第二十四章）。この伯爵の言葉は、言っていることと思っていることは違うとジャン・パウルが注解している点でも政治家の言説の有様を窺わせて興味深い。

一方ジーベンケースの方は、夫婦生活を送っているが、エロスについてほとんど言及しない。貧民弁護士という職業であるが、ほとんど弁護士活動は行わず、もっぱら作者ジャン・パウルの初期諷刺集の『悪魔の文書からの抜粋』の執筆を行っている。彼の諷刺も大まかにはライプゲーバーのそれと大差はない。「すでに諷刺的な性格のために、ジーベンケースには、身分の低い人々にはあまりにも丁寧で、打ち解けた態度を示すのに、身分が高い人間にはあまりにも生意気な態度を取るという欠点があった」(第三章)。しかし身分の高い人々は生意気な態度を許すということを先に見た我々は、これもなかなか正しい処世であると察しが付こう。主人公は貧乏生活を続けるが、弁護士活動に本気にならないのは、主人公が執筆者の作者の投影に他ならないからであろう。また作者はこの『ジーベンケース』執筆当時独身である。従って本書ではエロスについての態度が二つに分かれて自己を防御していると見るのが自然であろう。顕在的隠蔽と隠蔽的顕在である。一方はライプゲーバーとしてエロスを顕在化して独身の自己のエロスを隠蔽しており、他方はジーベンケースとして夫婦生活を送ると称しながら、エロスを隠蔽している。しかし主人公ジーベンケースの隠蔽されたエロスが明らかになるのは最後のナターリエとの墓地での出会いの場面である。彼は薔薇の棘で血を流す。エロスの象徴的言及である。「彼はかつて彼女から渡された薔薇の小枝の固くなった棘の輪を見つめ、それと知らずに無感覚に棘を指に押しあてた。……しかし彼女の友は棘と血で一杯の手で彼女を抑えて言った。『私を見捨てるのですか、ナターリエ』」(第二十五章)。隠したるより顕るるはなし。これが独身者ジャン・パウルのエロスである。先の『ヘスペルス』(一七九五年)では王妃に誘惑された主人公ヴィクトルは王妃と自分との間にシャツの飾りピンがあって血を流すことになり、また女主人公クロティルデについては血斑の撫子、竜田撫子の比喩が用いられていた。この程度のものが独身者ジャン・パウルのエロスの描写である。勿論俗な笑話的性のエピソード、ローザ的な誘惑は別にしてであるが。

従ってこの二重自我の話は後年ドイツ・ロマン派で見られる二重自我の話のように、そしてすでにジャン・パウルの『巨人』でもそうであるが、自我の破壊で終わるものではない。ライプゲーバーは主人公のエロスを防御するという役目を守っている。ジーベンケースとナターリエはライプゲーバーの吹く音色に守られて逢い引きを楽しんでいる。「突然ハインリヒの音色が、さながら雷雨を告げる鐘楽のようにこちらに響いてきて、嵐の前のように二人の麻痺した者の魂を捉えた、そしてメロディーの熱い泉の中で陶然となった心は散った」(第十四章)。

4　エゴイズムについて

二重自我の出現はオットー・ランクの古典的『分身論』(一九一一年)によれば、「自己の避けがたい消滅にもっぱら脅威を感じている原始的な自己愛」に由来するものであるという。ジャン・パウルは原物に思い入れが深いが故にその模型にこだわると言えよう。『ジーベンケース』で顕著なことは、この自己愛に隣接する人間のエゴイズムを見据え、慨嘆したり、反省したりする文章が多く散見するということである。作者は晩年には著述家の虚栄心に専ら矛先を向けてくるが(例えば『フィーベルの生涯』)、この時分にはエゴの裸形に驚いている気配がある。

これは付録の部分での作者ではなく、ヴィクトルの反省であるが、「いやはや。利己愛というのは、即ち私や他人の利己愛は、本来何を欲しているか気付くのに私が三十歳にならないと分からなかったというのは一つの罪です――利己愛は自分の周りに自己の反復以外の何ものも求めていない、これが要求しているのはどの地上の王子も私のように牧師の息子であること――誰もが高貴な人間達を失ってまた得ること――誰もが侍医であって、その前にはゲッティンゲンで学問に専念していること――この者はゼバスティアンと言って、現在の鉱山局長が彼の生涯を『四十五の犬の郵便日』で書き記していること――要するに地球上に十億のヴィクトルがたった一人のヴィクトルの代わりに存在することなのです。私は各人にお願いしますが、自分自身の魂に探偵を送って調べさせて欲しいものです、この魂は他人が胃にベーコン薫蒸室を有するからといって、あるいは他人が極細ヌードルのように細いからといって、あるいはこの者がアウクスブルクのカトリックの夜警人であって左手が白、右手が赤と緑の上着を着ているからといって千倍も憎んでいやしないかと。人間ははなはだ自分の自我に没入しているので、誰もが他人の好みの料理の予定献立表をあくびしながら聞いているのに、自分のそれの新聞報道では他人を喜ばせていると思ってしまいます」（第一の果実の絵）。

「その理由はこうである。どの感情も、どの情熱も狂っていて、それ自身の世界を要求したり、築いたりしているのである。人間はもう十二時だ、あるいはやっと十二時だと言って怒ったりする。――何と馬鹿げたことだろう。情熱は自分自身の世界のみならず、自分自身の自我、自分自身の時間をも求める。――私は各人に一度内心の自分自身の情熱に隈なく語らせ、その言葉に耳を傾け、その情熱が一体何を欲しているか尋ねてみるようお願いしたい。人は情熱のこれまで口ごもっていた願望のものすごさに驚くことだろう。怒りは人間に一つの首を、愛は一つの心を、悲しみは二本の涙腺を、誇りは二つの屈した膝を願っているのである」（第六章）。

「私はこう言うだろう。泣いたり――荒れ狂ったり――がみがみ言ったり――恨んだり――黙ったり――吐いたり等々すると。かくもすさまじく利己心はごく繊細な道徳感情を偽造し、買収して同一の法律問題に対する二重の判決を下させる。私はある人物や決意の価値について判断が揺れる場合、それが印刷機から濡れたまま出てきており、長編小説とか伝記の中に描かれているものとして思い浮かべることによって即座に解決している――その後でも私が良いという場合、それは確かに良いものである」（第十八章）。

「しかし君達善良な者達よ、君達の半分の給料の許で、君達の飢える地球の冷たい空の孤児院で、君達の暗い迷路のさまよう割れ目の許で、そこではアリアドネの糸そのものが罠や網となるのであるが、この平和な財政状態が何の役に立とうか。――どれほど貧民弁護士は錫の担保のシリングと、次に彼が書くことになる二つの書評の収入でしのげるだろうか。――しかし我々は皆叙事詩の中のアダムのようなもので、我々の最初の夜を最後の審判の日と見なし、太陽の日没を世界の没落と見なす。我々は皆我々の友人の死を悼むが、あたかも向こうにはより良き未来はないかのようであり、あたかもこちらではより良き未来はないかのように自らの死を悼む。――というのは我々の情熱は皆生来の神の否認者であり、不信仰者であるからである」（第五章）。

「このように我々は皆、我々が苦しめた人々を埋葬するとき言う。しかし同じ葬式の晩に我々は投げ槍を、別のまだ暖かい胸に深く放つのである。我々は強い志をもった何という弱虫か。その死滅しつつある、我々自身によって付けられた傷を我々が後悔の涙とより良い決心とで償おうとする故人の姿が今日再び新たに造られ、若々しく元気に我々の中央に歩み出てきて、我々の許に留まるならば、我々はただ最初の何週間かだけは再び見いだしたより好ましい人物を大目にみながら我々の胸に抱くであろうが、しかし後には以前のように昔の鋭利な拷問具の中に押し込むであろう。我々がこうしたことを我々の愛する故人に対してもするであろうことは——生きている人々に対する苛酷さは別としても、——我々が夢の中で、亡き故人がまた姿を現したとき、故人に対して我々が後悔していることすべてを繰り返すことから見てとれる。——私がこのことを述べるのは、亡き人をもっと立派に愛するという後悔や感情の慰めを、悲嘆にくれている人から奪うためではなく、ただこうした後悔やこうした感情を得意に思う気持ちを弱めるためである」（第二十五章）。

主要参考文献

Dangel-Pelloquin, Elsbeth: Proliferation und Verdichtung. Zwei Fassungen des Siebenkäs. In: Schrift- und Schreibspiele. Hrsg.v. Geneviève Espagne, Christian Helmreich. Königshausen & Neumann. 2002.
Golz, Jochen: Alltag und Öffentlichkeit in Jean Pauls 'Siebenkäs'. In: Jahrbuch der Jean Paul Gesellschaft 26/27 (1992), S. 169-182.
Pott, Hans-Georg: Neue Theorie des Romans. Sterne–Jean Paul–Joyce–Schmidt. München: Fink 1990 [Kap.IV: Siebenkäs, S. 95-162].
Durzak, Manfred: Siebenkäs und Leibgeber. Die Personenkonstellation als Gestaltungsprinzip in Jean Pauls Roman "Siebenkäs"–Jean Paul Jb. 5 (1970). S. 124-138.

Lindemann, Gisela: Fantaisie und Phantasie. Zu einer Szene in Jean Pauls Roman “Siebenkäs” – Jean Paul. Sonderband a.d.R. Text + Kritik. Hrsg. v. Heinz Ludwig Arnold. 3. erw. Aufl. 1983. S. 65-76.

Böschenstein, Bernhard: Leibgeber und die Metapher der Hülle – Jean Paul. Sonderband a. d. R. Text + Kritik. Hrsg. v. Heinz Ludwig Arnold. a.a.O., S. 59-64.

第三章　コラーの『巨人』論

本章ではハンス゠クリストフ・コラーの論文『像、本そして演劇――ジャン・パウルの『巨人』における主体の構成』(Koller, Hans-Christoph: Bilder, Bücher und Theater. Zur Konstituierung des Subjekts in Jean Pauls "Titan". In: Jahrbuch der Jean Paul Gesellschaft 1986.S.23-62.) を紹介する。筆者にとってはこれまで読んだ『巨人』論の中で最も興味深いものであり、読者にとってはドイツ人の論考はどのようなレベルのものか興味もあろうと思われるので、概要の紹介の代わりに著者の許しを得て、「序」とその「像」の章だけを訳出してみる。コラーの論はラカンを援用しており、いわゆるポスト・モダンの論考である。コラーについては第六章でその『レヴァーナ』論も紹介するが、『巨人』論はこの博士論文以前のもので、修士論文に相当するものかと思われる。コラーは現在ハンブルク大学の教育学部の教授である。なお『巨人』の引用はハンザー版である。

＊

〈『巨人』の主人公アルバーノが第五ヨベル期で初めて首都ペスティッツに足を踏み入れるとき――勿論自らが最後にはこの王座に登るであろうとはまだ予感しないで、――直に宮廷世界が主人公の育った田舎の牧歌と違っているのが明らかになる。侯爵が彼の最初の宮廷訪問の際、絵画陳列室で迎えることであれ、一緒にゲーテの『タッソー』を読むために夕方侯爵夫人の許に人々が集まることであれ、老侯爵の死が一つの舞台へと町を通過しながら変化して次々に埋葬や忠誠、新侯爵の結婚の劇があらゆる劇場的奢侈と共に演出されることであれ――ここに見られるのは芸術への高い評価と同時に人間に対する無関心であって、この無関心は宮廷社会に芸術性［人為性］を刻印しており、この刻印に対してアルバーノは明確に対照をなす予定である。しかし全体としての宮廷社会ばかりでなく、アルバーノの伝記にとって重要な主要人物達、リアーネ、ロケロル、リンダ、ショッペ、ガスパールも『巨人』の中で特に像や本、演劇の形で出現している芸術に対する特別な関係で際だっている。これらの、すべてそれぞれの流儀で挫折していく結局は否定的に価値付けされる主要人物との対比においても主人公は「総体としては善良で理想的な天才」として立証される予定であり、そのような者としてジャン・パウルは構想原稿に従えば主人公を計画していたのであった。

勿論単に情熱的和解的結末から出発するのではなく、長編小説全体のテキストを考えれば、全くポジティヴな主人公の概念が本当に通用するか疑わしく、理想的主体のアルバーノもこのような概念がなしとげているよりももっと芸術の危険な影響の下にあるのではないかと思われる。ジャン・パウルの長編小説では著者と読者が本来の主人公であるというのが正しければ、勿論これらの人物も調査されなければならない。『巨人』についてのこの読書の主導的疑問はそれ故主要人物の著者と読者は像や本、演劇に対するその関係の中で主体としていかに構成されているかということである。

一、像

アルバーノの恋の来歴において像は見通しがたい意義を持っている。それは第一ヨベル期ですぐに始まっており、主人公がイーゾラ・ベラで夜、不思議な状況の下、「私が見せる美しい女性を愛せよ」という言葉と共に、「女性の形姿が極めて深い波間から長い栗毛の髪と黒い目を有して」出現してくるのを見た（49）ときのことである。アルバーノは勿論像の誘惑に対して毅然としている。この像はここで彼に――後に明らかになるように他の者の手によって――呈示されているものである。幻影が消え、アルバーノが眠りに陥ると、夢が恋人の別の像を示す。「見開かれた青い目」と「月光で作られているかのような白い形姿」で、この形姿を彼は熱くなって胸に引き寄せる(51f.)。白い夢の形姿は明らかに水の中からの栗毛の美人とは違う。他人の手品の仕業の像に対して夢の像が見たところごまかしのない、本源的な、アルバーノの魂による表出として対置される。そしてこの夢は正当であるかのように思われる。というのはリアーネの中にアルバーノは後に、自分の夢に出現した、かの青い目の白い形姿を見いだすからである(175,179)。

アルバーノのリアーネに対する恋は従って、彼の内奥から発する、他人の手による像の呈示によって呼び起こされるものではない感情として出現しているように見える。しかしもっと仔細に見るとこの愛は像によるコード化［暗号化］を免れているのではない。アルバーノの子供時代、少年時代を振り返って語る箇所で我々は主人公がすでにリアーネを、かの像が現れたときには愛していたことを知るのである。それにこの初期の愛は全く特定の像の効果であることが分かる。というのはアルバーノの教師達、養父のヴェールフリッツとダンス教師のファルテルレが彼に、ペスティッツの大臣の娘リアーネを教育学上の手本像として賞賛していたのであって、彼らはその際「リアーネの魅力の功績表」と「祭壇画」とを彼の前に掛けたのであった(111)――これらは我々が三頁後に主人公の内面に再び見いだす像である。「アルバーノよ、私は君の物静かな、厚く覆われた心を開け放ち、我々皆がその中でヴェールの背後に[…]リアーネの聖人画が、ラファエロの昇天の聖母マリアが掛かっているのを目撃できるようにしよう、君は震えながらその像に祈るためにそのヴェールをのけるのだ」(114)。アルバーノがリアーネを初めて目にする前に長いこと彼の中にはすでに彼女の像、彼女を聖母として示している像が存在していて、この像は彼に彼の教育者達が見せていた手本像に遡るものである。聖母のこの像が続いてアルバーノのリアーネへの愛を規定する。マリアの彫像や絵画の聖母がアルバーノに彼の恋人を思い出させるにせよ、逆にリアーネを見ているととりわけ「若々しい広い物静かな聖母マリアの額」が目につくことになるにせよ(178)、――常に彼の愛はマリア像とコード化されており、この像はクラウス・テーヴェライトが記述している「白い」女性という「男性達の空想」の古典的目録に入るものである。アルバーノの愛は、最初そう見えたように真実の主体の本源的感情でもなく、その愛は独自の、取り替えられない本性の女性に向けられたものでもない。根本的にこの愛はその対象物の生気ある実在に基づくものでは少しもない。アルバーノはリアーネにまだ初めて直接に会わないうちに、すでに彼女の死を空想している(167)、その死は実際後に生ずることになる。イメージ(像)はしかし恋人の死後も残り、ローマへの旅ではアルバーノは至る所にリアーネの像を見る(565)。しかしその死の悲しみはかなり急速に別の感情に移っていく。聖母がこれまでアルバーノにはリアーネに対する彼の愛の「守護聖人」に見えていた(199)とすれば、今や聖母は、新しい結び付き、リンダへの愛の守護者となる。二人がイスキア島で相まみえるや、アルバーノはリアーネを思い出す。「向こうの世界の聖女よ[…]御身はこの幸せを欲していた、姿を現し、これを祝福し給え」(626)。そしてあたかも偶然のように彼は突然小さな礼拝堂の聖母マリアの立像の前にいる、この立像は彼の心の欲求に速やかに応えたものである。

アルバーノの心の修業時代の第二段階をなすリンダへの愛も最初からイメージ[像]の印の下にある。というのはイーゾラ・ベラの夜の霊の場面でアルバーノの前に出現した女性の形姿は、後にリンダの像と判明し、ガスパールがリンダに対するアルバーノの愛を喚起しようと用いた蠟人形と分かるからである。しかしアルバーノの二度目の大いなる愛を呼び起こすのはこの像ではないとされる。最初彼が愛するのは——ガスパールの策謀の意図に反して——病弱なリアーネであって、更に霊の姿でリンダが彼に約束されたときはっきりリンダを諦めることが表明されさえする(254)。そして彼がその後イスキア島で初めて彼女に向かい合ったとき、こう言われる。「何と彼女についての像は偽っていたことだろう、この精神とこの生命を何と弱々しく現していたことだろう」(621)。像は偽る——像が策謀に仕えていて、主人公をその暗い陰謀の対象へと貶めているからである。アルバーノの愛する視線が初めてあるがままのリンダを見ているように見える。アルバーノのリンダに対する愛が、像によって前もって規定される嫌疑を免れることによって、見たところ主人公の自律性は、彼が策謀の目指していることをなす箇所、彼がリンダを愛する箇所でさえ保たれているように見える。しかしよく見てみるとここでも主人公の真正な愛の着想にひび割れが見られる。アルバーノがリンダを初めて見たとき、彼女のことをよく知る前にすでに奇妙な既視〔デジャヴ〕の体験に襲われている。「姿全体に彼にとって何か既知のもの、それでいて偉大なものがあった。彼女は彼に、随分前に天上的顔で彼の揺りかごに微笑みながら、贈り物をしながら覗き込んでいて、今精神が昔からの愛と共に再認識する妖精の女王のように思われた」(620)。揺りかごの言及はこの再認識を説明する手がかりへと導く。何気なくこの長編小説の冒頭で一度アルバーノの揺りかごとしてのイーゾラ・ベラについて言われている(70)、というのは主人公はそこで母親と妹と一緒に彼の最初の数年を過ごしたからである。最後に、この最も初期に関係した人物は彼の実の妹や母親ではなく、——リンダとその母親であったことが明らかになる。「微笑みながら、贈り物をしながら」アルバーノの揺りかごを覗いていた「妖精の女王」は、他ならぬリンダの母親であって、彼女は娘に瓜二つである。アルバーノの中で、彼がリンダに初めて向かい合ったとき、思い出としてひらめいたのは、彼の最初の看護人、彼の(思い込みの上での)母親の像であったのである。アルバーノのリンダに対する愛は従って、たとえ像による影響の疑いを免れていても、やはり一つの像に基づいている。恋人は最初の愛の対象、(思い込みの上での)母親の像によって前もって定められている。

このことの他にもリンダの場合主人公の認識はある別のイメージ〔像〕に囲まれている。聖母像の代わりに今や、主人公の直前のローマ体験に合致して、古典古代の女神達の肖像が出現している。すでに以前にリンダは次のように記されている。「しかし彼女は絵画的にというよりは彫像的に美しく、聖母よりはむしろユーノーやミネルヴァに似ている」(510)。従って彼にとってリンダが最初に登場するとき「女神」(619)として、あるいは「大理石像の神々の彫像」(625)として現れているのは、不思議なことではない（とりわけ何らアルバーノの真正な知覚ではない）。リンダの場合、像がリアーネの場合ほどアルバーノの知覚を全面的に刻印せず、生きた女性の代わりとなっていないのは、リンダが――『巨人』の男性の空想では赤い［豊満な］女性のタイプを代表するかに見えて――そのエーテル的、我を欠いた前任者よりもはるかに血と肉から出来ていることによるのかもしれない。しかし長編小説の筋の論理の面ではこれは彼女にとって何ら利点ではない。彼女の愛と彼女の幸せへの欲求の絶対性がまさに彼女を没落に導くのである。ただ恋人に肉体的にも捧げる用意があるが故に、ロケロルはアルバーノの仮面で誘惑する試みに成功する。この誘惑可能性こそは、リンダをアルバーノからの別れと、同時に長編からの無言の消失へと導くものである。

　それ故最後に、アルバーノが恋人を得るように三番目の女性が必要になる、この恋人は絶えざる大理石像との比較をなお行えば、――リアーネのように――全く像の背後に消えるのでもなく、――リンダのように――有り余る血と肉を有するものでもない。結局イドイーネは無色の妥協の像として現れる。リンダがあるとき呼んでいるように（713）、「尼僧と主婦の魅力的な中間物」である。この場合見たところアルバーノの恋を引き出すには像は必要ないように見える、リンダのように欺瞞の像や思い出の像も、リアーネについて彼の前で教育者達が描いていた手本の像も。しかしイドイーネの場合このような像が不必要なのは、単にイドイーネ自身が一つの像であるからである。彼女はリアーネと紛うほどに似ていて、「リアーネの似姿」（786）、「リアーネの美しい像にして同時に影」（787）である。聖母や女神、あるいは尼僧としてであれ、教育上の手本像、母親のイメージ、あるいは生き写しの似姿であれ、アルバーノの恋を刻印し、ある表象でコード化しているものは常に像である。それ故アルバーノの[表面的]像嫌いにもかかわらず、アルバーノの三人の恋人の中では唯一人アルバーノの意志に逆らい、彼のイメージの視線から逃げようとしているリンダが、あるときアルバーノに向かって次のように語っているのは結局は正しいのかもしれない。「人間は人間にとって何と意味することが少ないのでしょう、人間のイメージの方が人間にとってもっと大事なのです……」(663)。

アルバーノの像に対する感受性は女性達に対する彼の恋に限定されていない、それはむしろすべての可能な願望の対象に広がっている。ほとんど彼の憧れの対象はどれもリアルにあるいは比喩的に像として呈示されている。彼の（思い込みの上での）父親ガスパールを彼の養父母と教師は「彼の人生の書の著者として壮麗に銅版画の表題紙」(15)に彫り込んだので、彼はいつか自ら彼に会うという欲求に燃えた。母親と妹は彼には単に歪んだメダルの像として呈示される、これは最後に接眼レンズを借りて正しく認識されるのである。将来の友ロケロルはその妹リアーネ同様にすでにアルバーノの子供時代教育上の手本像として(107)働いており、面識を得ていない父親の代理としての「カエサルの巨大な像」の側ではローマの歴史が主人公にローマの像と共にペスティッツのイメージをも提供している。ペスティッツへは主人公は人生の最初の二十年間足を踏み入れることを許されない(106)。この観点の下で『巨人』を教養小説として読めば、アルバーノの教育を像による教育と形容出来よう。像は、伝統的な教養小説の概念が「教養」の下で理解していること（つまり現実世界との対話）に常に先立ってあるものである。像によるこの教育はとりわけあることを行う。つまりこの教育は願望を呼び起こすか強化する。フリードリヒ・キットラーがヴィルヘルム・マイスターの社会化の例で記していて、アルバーノの教育に多くの共通点が見られる「願望の喚起」による教育は、処罰するという脅威を与えず、倫理的教化を行わず、子供に子供がその願望を向けるべき手本像を呈示する——手本像のようになるという願望であれ、父親や友人や恋人へのかの手本像を有するという願望であれ。

このような像が現実の対象の代わりになりうるのは勿論ただ、世界との対話が若い主人公に組織的に与えられていないからにすぎない。子供時代と青年時代はアルバーノにとってとりわけ（大人の）世界の危険からの庇護と保護の空間である。最初の数年を彼はイーゾラ・ベラでの母親と妹との打ち解けた親密さの中で他のどのような影響からも遠く離されて過ごす。引き続き彼は二十歳になるまでブルーメンビュールの村の田舎的環境の下、全く市民階級の家族の理想にかなったある家族の中で暮らす。アルバーノの子供時代のこの描写は主人公の教育の自然性と彼の性格の健全さを保証するはずのものである。島や村や家族的親密さの牧歌の中で文化と社会の悪しき影響から守られてあることは『巨人』においては主人公の内的素質の自然な展開を保証するものに見える。

この構成においては勿論二つのことが矛盾している。一つは、ガスパールが教え子を（あるいは著者が主人公を）移す環境の自然はそのものが人為的演出の結果であるということである。というのはイーゾラ・ベラは（ジャン・パウルも手本として使ったマジョーレ湖の島の絵が示しているように）、すでに当時手の入っていない島などではなく、テラスや庭園や建物で極めて人工的に造られたバロックの造園建築であったからである。同様なことがアルバーノの教育の家庭的な配置にも言える。というのは関係人物を母親と妹に限ることや、ブルーメンビュールでの調和的内密な核家族は人間の共同生活の自然に付与された形態ではなく、次第に子供中心の近代的家族が支配的な家族形態となった社会文化的発展の結果にかなり正確に合致したものであるからである。もう一つはすべての余所の社会的文化的影響から孤立を図ることは自然な展開にとっての保護空間としてばかりでなく、現実の人為的な不許可を意味しているということである。そしてこの人為的不許可がアルバーノの中に思い込みの上では根源的な不許可の対象への願望をまず呼び起こしており、あるいは少なくともその願望を強めている。かくてアルバーノのガスパールに対する憧れが次のように言われる。「騎士が姿を見せないことが騎士の偉大さの一部をなしていた」(17)、そして「アルバーノは決してペスティッツへ行くことを許されなかった」と述べられた後で、次の文が続いている。「町がこのように長く門を閉められていたため彼の町への憧れは更に強められた」(71)。同じようなことがアルバーノのリアーネやロケロルやリンダへの愛にも言えるであろう。

こうした、可能な願望対象の人為的不許可がアルバーノを特別な仕方で、不許可の対象の代わりに登場する像に対して受け入れやすくしている。不在の父親の場を「カエサルの巨大な像」が占め、古代ローマの像が禁じられたペスティッツの償いをし、そして聖母像が高嶺の花の恋人の代わりとなっている。見たところ真正なアルバーノの願望はかくて相応する対象の組織的な不許可によって喚起されたものあるいは強化されたものと明らかになり、これらの対象の空虚な場を主人公の空想の中で占める像によってあらかじめ形成されたものと明らかになる。像はしかし、アルバーノの願望が他人の手によって現実の対象を許されない計画の下でのみ生ずるのではなく、自分の願望が自分自身に関連する所でも生ずる。アルバーノの最も顕著な性格の特性の一つに「偉大さへの憧れ」(77)がある。それは単に、彼を再三最も高い所、大抵は孤独な場所に導く「高さへの抑えようもない憧れ」(同)の中にのみならず、「並外れた人間への奇妙な愛着」(19)と「――すべてを、つまり同時に自分と一つの国とを幸福にし、立派なものにし、照らし出すことの他には何ら偉大なものにもならないし、行わない」(137)という生涯計画の中にも見られる。この偉大さと民衆の幸福への願望がすでに若いアルバーノを特徴付けていること、アルバーノがフランス革命のために戦線に赴くことを決心し、それからこのことを侯爵になるという自分の使命が明らかになって断念せざるを得なくなるはるか以前にそう特徴付けていることは、主人公のより高いものへの志向をその本性の根源的特徴と思わせている。しかしここでも像が演じている。かなり後の箇所で、少年時代のアルバーノにまだ三歳にもならない時期に彼を「鼓舞する」ために、軍服を着た大人の男としての彼を見せる一つの蠟人形が呈示されていたことを我々は知る。蠟人形として外的姿となっているものは、比喩的意味でアルバーノの総体的教育原理である。というのは彼の教師ヴェーマイヤーも個人レッスンの際、「倫理的古代人」を、つまり偉大なギリシア人やローマ人の伝記を「彼の周りに鋳型室でのように集めてきた」(102)のであり、そして彼の芸術上の師ディーアンは彼に「古代人の鋳型」を見せ、「自分の形姿と心とを古代人の高貴な静けさに従って形成する」(132)という願望を喚起している。

アルバーノは、彼の教育とレッスンとをこう見てくれば分かることだが、確かに彼の姿と自画像とを、あたかもここでは本源的偉大さが讃えられるべきであるかのように見える具合に刻印している一連の手本の像のギャラリーの中で育っている。

自分自身の像は『巨人』では特に鏡像として意味を有している。無数の鏡が筋の場面を支配していて、鏡の隠喩がこの長編小説のすべてのテキストを貫いている。自己の鏡像を見ることはまず虚栄心と映る。アルバーノのダンス教師ファルテルレについて、彼は「いつも鏡の前で自分の自我に従事した」(105)と報告され、ペスティッツの大臣フルレは「鏡の前でより上品に微笑む」ことを試してみて、宮廷で「真の極楽鳥」として出現出来るようにする(420f.)。

宮廷の代表者達が、自分の自我をより美しく見せるために鏡を利用しているのに対し、リアーネはちょうどその逆のことをしている。彼女は「いつも単に鏡像の方だけを美しいと思い、自分の方は美しいと思わなかった」(424)。「鏡像」というのはここではリアーネの友人、イザベラ侯爵夫人で、リアーネはそうと自覚していないが彼女に似ている。この構造がリアーネの女性の友人達への関係のすべてを決めている。アルバーノとリアーネがあるときラファエロの聖母マリアを見ているとき、次のように言われている。「ある種の女性像は——例えばこの像は——彼女の魂すべてを感動させた。つまり彼女は子供時分長編小説のヒロインや常に目に見えない女性達によって自分の内部の天に輝かしい星座を描いて貰っていて[…]、そうした女性に会うことに恐れと同時に憧れを感じていた。それ故彼女は空想のこの巨大なニンフの神殿から容易に幻惑されて、とても熱い心の敬意を抱いて純なる女性の友人達を[…]出迎えた。ある種の絵画はこうした祭壇画を写しのように連れ戻した。善良なる女性には思い至らなかったことであるが[…]、この愛らしく下を見ている聖母マリアの目を単に生き生きと動くようにし、この唇を単に音声で暖めるようにしさえすればよかったのである——するとリアーネを得ることになった」(323f.)。リアーネは彼女の女性の友人達に子供時代の理想化された女性像を認めているが、こうした「祭壇画」が単に自分自身の「写し」に過ぎないことに気付いていていない。リアーネは女性の友人達の中に見いだす鏡像を理想化しているが、彼女の一貫した自我の否定と自己犠牲にふさわしく、彼女はこの鏡像が自分自身の自我と似ていることを見誤っている。

こうした態度やファルテルレやフルレの虚栄心ともアルバーノの自己の鏡像に対する関係は正反対に向かい合っているように見える。主人公は像による自己の二重化を格別評価していない。少年のときすでに肖像を描かれることに逆らっている(128f.)、そして後にイーゾラ・ベラで自分自身の蠟人形を見つけると、「二回もは要らない」と言って蠟製の顔を砕いている(671)。

自らの鏡像に対するこの拒否と攻撃がどこに由来しているかは、アルバーノのロケロルに対する関係をもっと詳しく考察すると明らかになる。特に、アルバーノがロケロルの友情を求めてロケロル宛に書いている手紙はこの関係が他者への自らを誤認している鏡像化であることを示している。「君には人間の最も長い祈りが届いたことがあるかい、未知の友よ、君は自分の友を持っているかい。[…]二つの心と四本の腕を持っているかい、戦いの世において不死身のように二回生きているかい。あるいは君は一人っきりで凍って黙した狭い氷河の先端に立っていて、創造のアルプスを指し示すことの出来るような人間を一人も有しないのかい[…]。春が燃え上がって、すべての春の蜜の萼が開き、春の澄んだ天と春の楽園の許のすべての百もの門が開くとき、君は僕のように切なく見上げて、神に君のために一つの心をと祈ったのかい[…]。そのような者だと君が言うのであれば、僕の心の許に来るがいい、僕は君と同じだ」(230-232 強調筆者)。友人の選択は自己の自我との類似性を基準に行われている。自分の憧憬の記述に続いて要求がなされる、「君はそのような者[つまり僕のような者]であれば、僕の心の許に来るがいい」。アルバーノは自らすべてであるためには自らを二重にする鏡像というそのような友を必要としている、というのは「二回」生きる者が初めて「不死身のよう」であって、二重化した自我に初めて「創造のアルプス」や春、世界の充実が明らかになるからである。

類似の相手の像がアルバーノにとって魅力となるのは勿論それが決定的な点において似ていないことによる。最初のヨベル期で主人公に関してこう言われる。「しかしどの高貴な心でもより高貴な心への永遠の渇望が燃えており、美しい心はより美しい心へ憧れる。心はその理想が自分の外部に肉体化して、神々しい体あるいは仮の体と共にあるのを見て、より容易に理想を得たいと欲する、高い人間はただ高い人間の許で成熟するからである」(17)。アルバーノが自らの鏡像の許で「高い」人間へ成熟するためには、この鏡像は彼に幾らか勝っていなければならない。これは彼自身よりもより高貴で、より美しく、より完全でなければならない。ラカンの「鏡像段階」の自我のようにアルバーノの自我は別のより完全な相手の像を経る途次に構成される。しかし「鏡像段階」の自我がこの相手への依存を誤認するように、アルバーノにも彼の自我の由来は隠されている。彼の偉大さへの憧れは他人の手によって駆り立てられているのではなく、自らの力で偉大であるという願望によって刻印されているが、友情においても彼は自律の幻想を保たなければならない。かくて彼は二つのことを見誤る。つまり彼の友人への憧れはただ自らの鏡像に向けられているということであり、もう一つは単にこの類似して異なる相手を通じてのみ自分の存在があるということである。リアーネが自分の鏡像を理想化して、鏡像の自分との類似性を自ら見誤る、自らの自我を否認するが故に見誤るのに対し、アルバーノは逆に相手の像とその像の自分への影響を見誤る、自らの自我を理想化するが故に見誤る。自分自身の(鏡の)像との出会いを彼が避けるのは、彼の主観性の根底にある秘密の構造が明らかにされかねないからであると結論付けることが出来よう。

しかしながらこの小説の一人の人物が自分の鏡像との脅威的遭遇に極めて先鋭化された形で晒され

ている。アルバーノの友人にして教育者のショッペである。アルバーノ同様にまず自らの「多重化」(546)に対する拒否が彼を特徴付けている。しかし次第に彼は自分の想像上の相手とのコミュニケーションにますます強くはまっていく。結局鏡像は彼にとって絶対的脅威となる。「あの私が来るかもしれない」(766)という不安に駆られて、彼はすべての鏡を壊す。最後にショッペは自分の友人であり二重自我であるジーベンケースを見て死ぬ、ジーベンケースは彼には「昔の私」に見え、鏡像の脅威全体を体現しているものである(800)。ショッペの自らの鏡像に対する独特の関係の背景を明瞭にしているのは、彼がアルバーノに「あの私が来るかもしれない」という自分の不安を説明しようとしている箇所である。「いやはや、フィヒテとその司教総代理であり脳の従者であるシェリングとを私ほどに冗談から何度も読んだ者は、遂にその中から十分に真面目なことを引き出します。自己が自らと自我とを、何人かの者が世界と呼んでいる、かの残余と共に措定します。哲学者が何かを、例えば理念とか自らを自分から導き出せば、彼らの許に何があれ、残りの宇宙も導き出します。彼らは全くかの酔っぱらいと同じで、この酔っぱらいは自分の尿を噴水に放ちながら、一晩中その前に立っていたものです、止んだ音が聞こえないし、それで耳に聞き続けることのすべてを自分のせいにしていたからです」(766f.)。

ショッペはここで自我についてのある観念を批判しているが、この観念は自らの鏡像に対するアルバーノの関係との著しい類似を示しているものである。彼は鏡像（「自我」）と世界との総体とを自律的自我の単なる産物と仮定する——勿論単に、この考えを酔っぱらいとの比較で早速不合理へと導くためである。そこでは昼の光が噴水の独立した存在と酔っぱらいの迷妄とを明らかにするように、鏡像や二重自我での「自我」の出現は他者の自我の独立した存在と、自律した自我の幻想を明らかにしている。不分明なのは勿論、何故「自我」の出現は結局ショッペの死を導くかということである、その出現は「純粋な知的な自己、神々の中の神」(767)に対する彼の批判の正しさを証しているからである。『巨人』の下書きから明らかなように、ジャン・パウルは、ショッペがジーベンケースの出現で狂気から癒されることにするか、その出現で破滅することにするか長いこと決めかねていた。後者の決断に導いたものが何であれ、この決断は、筋の面では鏡の問題に対する解決はないということを示している。リアーネやアルバーノのように自らの鏡像を見誤るか、あるいはショッペのようにそれが基で破滅するかである。

しかしながら像と鏡のモチーフは単に筋を支配しているばかりでなく、この長編の語りの方法、言語、詩学的反省も支配している。像のテーマの局面の下で語り手と読者を考察すれば、語り手と読者の関係はある方法で、アルバーノが周囲に対しているときのあの関係を再生していることに気付く。主人公に他人の手でしばしば像が呈示されているように、『巨人』の著者は読者に好んで描かれたものを目の前に置いている。肖像に描かれることを拒否しているアルバーノは著者にとっては好むと好まざるとにかかわらず「何年にもわたって柱頭行者のようにモデル台に座っていなければならない」(129)、そして自分の感傷的な描写を語り手は時折読者にとって「喜びの絵画」と呼んでいる(200)。

この像描写は、こう著者は自分の記述を呼んでいるが、『巨人』の言語の内部構造まで追っていける。この言語はドイツ語の他の作家にはほとんど見られないほどその比喩「像」性で際立っているものである。人物の性格付けであれ、風景や実情の記述であれ、ほとんどいつも比喩的な表現が通常の言語使用の因習的言葉や言い回しに勝っている。『巨人』のこうした比喩言語の内部はピーター・マイケルセンを援用して二つの異なった傾向に分けられよう。「情感的」隠喩法と「機知的」隠喩法である。「情感的」隠喩法はいつも長編の「気高い」場面との関連で出現する。主要人物の一人の最初の登場の際とか、愛の告白や友情の誓いの際、別れや死の際である。こうした場面の最後では隠喩法はしばしば濃縮して隠喩による一つの言語絵画となり、そこでは記述されたものの輪郭はぼやけ、宇宙的位相の一つの形成物へと合流して、これがすべてを包括する超俗的一つの全体を指し示す。それで例えばアルバーノがイーゾラ・ベラの最も高いテラスに立ったときの最初の周の結末はこうである。「気位の高い万有が彼の大きな胸を痛々しく広げ、それから至福の思いで満ち溢れさせた。そして彼が今、目を鷲のように広く確かに太陽に見開いたとき、そして幻惑されて光輝が大地を覆い、彼が一人っきりになったとき、そして大地が煙に、太陽がただ端の方で稲光する一つの白くて穏やかな世界になったとき、彼の一杯に詰まった精神は雷雲のようにはじけ、燃え、泣いた、そして澄んだ蒼白い太陽からは彼の母親が彼を見つめていた、そして大地の炎と煙の中に彼の父親と彼の生涯が覆われて立っていた」(22f.)。この言語絵画では主体と客体、アルバーノと万有、大地と太陽、母親と父親とは合流して、炎と煙、燃焼と涕泣、雷雲と白い穏やかな世界からなる一つの神秘的合一となっており、そこでは個別の実体はもはや分けられず、ただわずかに全体として一つの記号内容、アルバーノの崇高な感情状態を示している。

これに対して「機知的」隠喩法はとりわけショッペが口にし筆にしている。その例の一つは同様にすぐ第一周に見られるもので、アルバーノがショッペとディーアンと一緒にイーゾラ・ベラへの渡航の前の夕方をある料理屋で過ごすときのことである。「彼らがようやく出て、支払ったとき、そしてピッポ（亭主）がクレムニッツのドゥカーテン金貨に接吻しながら『右腕に子供を抱えた聖母マリアは称えられてあれ』と言ったとき、アルバーノは一晩中幼子イエスを揺すって食べさせていた敬虔な娘さんに父親が似てきたと喜んだ。勿論ショッペはこう言った、左腕だったら子供をもっと軽く抱くことになるだろう、と。しかし善良な若者の錯覚は真実同様に一つの功績であった」(19)（これにはジャン・パウルの注があって、「古いクレムニッツの金貨では幼子イエスは右腕にあるが、新しい、より軽い金貨では左腕にある」）。この箇所の機知は、子供を抱いた聖母の像で、本来何の共通点もない二つのことが一つに結ばれている、つまり金貨と聖母が結ばれていることにある。マイケルセンは、遠く離れた対象領域の結合は一般に「機知的」隠喩法の原理と強調している。しかしこの箇所ではこのことの他に、亭主の言葉では伝統的レトリックの意味では少しも隠喩は問題になっておらず（これは類似点関連が大事である）、換喩が（これは単なる隣接に基づく）問題になっていることに注目がいく。しかしアルバーノは暗示を隠喩と誤解して、即ち亭主の娘への比喩と取る。娘は、どの女性にも聖女を見がちな主人公にとって聖母に全く似ているのである。しかしショッペは暗示を理解して、その暗示を更に換喩を用いて続ける、彼は別な金貨の、鏡に映るように逆の聖母の模写像を更なる暗示へと利用しているのである。

換喩の概念は、「機知的」隠喩法の重要な特性をもっと詳しく記すのにふさわしいものに思える。換喩というのはしかしここではもはやレトリックの伝統の中ではなく、ジャック・ラカンの意味で理解されるべきであろう、つまり記号内容とそれと同時に意味を初めて産出することになる隠喩的置換に対する記号表示の非意味論的結合のことである。『巨人』の「機知的」隠喩法はこの意味で換喩的性格を持っていて、言語上の像を並べる際、それぞれの像の結合の連鎖がそれらの意味よりも勝っている。この素敵な例は同様にこの長編の最初の数ページに見られる、「高い人間はただ高い人間の許で成熟する」と言われる箇所である。「これに対して文士や、小都市民、新聞配達人、新聞記者が偉大な頭脳を目にしたいとなると、そしてこの者が偉大な頭脳に対して、三つの頭を有する奇形児――それと同数の冠[三重冠]を有する法王や――あるいは剝製の鮫――あるいは話す機械、バター製造機に対するように夢中になっているならば、この者がこうする動機は、偉大な男性という温かい、自分の内部の人間に魂を吹き込む理想、法王、鮫、三つの頭、バター製造機が自分を駆り立てるからではなく、早朝に『どんなものか目にしたら、感心することだろう』と思うからであり、夕方には一杯のビールを飲みながら報告したいからである」(17f.)。

この箇所はまず「機知的」隠喩法の典型的特徴を示している。真面目なもの、崇高なものに対する外面的コントラストと(アルバーノの「高い」人間に対する憧れは低俗な人間の「偉大な頭脳」に対する単なる好奇心と比較され、そのことによって先の陳述に対して、皮肉な照明が当てられている)、それとはるかに懸け離れた対象領域からの例の間に見られる内在的コントラストである。しかしこれらの例の連鎖には「機知的」隠喩法の換喩的傾向が見られる。この連鎖で生ずる像の列では、確かに個々の像はどれも一つの隠喩であって、「偉大な頭脳」を置換し、そうして像の記号内容となっている。しかしこの記号内容に対する隠喩的関連は像の並びの中で完全にそれらの内的結合の背後に退いている。前面にあるのは記号表示の動きであり、記号内容の支配のない文脈形成である。ここで並列させられている像はまずは記号表示であって、これらは何も代置せず、同等の権利を持って互いに並んでいる。そしてその結合は共通の意味論的結合には基づかず、共通の記号表示（数字の「三」とか「機械」という単語の部分）に基づいている。マイケルセンやベシェンシュタイン、シュタイガーといった論者達からはジャン・パウルの言語にはその比喩を展開している独自な力学故に現実の否認が見られるという非難を受けている。自分にふさわしい「現実的」な言語で現実的なものを表現する代わりに、その言語は表現手段を自己目的とし、現実を隠喩の遊びに解体しているとされる。かくて、現実について述べるという言語の基礎付けの機能は破壊されると言われる。別の言い方をすれば、詩人的言語の手段（記号表示）はその意味や目的（記号内容）に対して自律してしまう。この批判は、これまで像に関して『巨人』の批判として述べられたことと若干類似性を有している、つまり人間そのものよりも人間の像に重きが置かれているという苦情のことで――それは侯爵の絵画陳列室でのことであれ、ガスパールの策謀のことであれ、あるいはリアーネやショッペの空想のことであれ見られた苦情である。こう見てくれば、『巨人』の隠喩的言語も、それがやはり写されたものよりも像の方を重要視して、像を自己目的化しているが故に像についてのこうした批判にさらされないだろうか。

この問いに答えようとして、『巨人』の語り手本人の注釈的陳述に当たってみると、必然的にまた鏡の問題に行き当たる。この長編の語りの虚構が縷々述べられる「巨人のプログラムの初披露」で著者は、自分は「本当の話を幻想的に取り扱った」(66)と主張している。この長編はかくてある真の話の異化された再話、いわば現実の歪んだ鏡像として見えることになる。その根拠の一つに当たるのが少し後の箇所である。「このように現在は単に像を光学的歪像とする、そして我々の精神こそは、これらの像を美しい人間形姿に変換する崇高な鏡である」(80)。人間の精神と(ジャン・パウルの意味で補足するとすれば)詩文こそは現実の歪んだ現象を真の像に変身させる歪み矯正の鏡である。異化していく隠喩的言語はかくて、この言語が因習的「現実的」な言語よりも真なるものであるとされることによって正当化されよう。というのは散文の精神こそは現実の偽りの像を美しい像に変換するように、情報提供者ハーフェンレッファーの手から「薄い葉の骨子」に「植物性顔料と輝く緑」(199)とを織り込むのは他ならぬ『巨人』の語り手なのであるからである。

現実の偽りの像の歪みを正すことによって初めて真理を開示する言語的鏡として詩人の隠喩法を解釈するこの解釈に対して『巨人』ではもう一つこれに競り合う動きがあって、これを特徴的に示しているのが第八のヨベル期の結末の比較的長い語り手の省察である。「私は申し上げるが、この地で詩作が生となり、我々の牧歌的世界が一つの牧歌、各々の夢が一つの白日となるならば、このことは我々の希望をただ高めるばかりで、決して満足させることはないであろう、より高い現実はただより高い詩文を、より高い思い出と希望とを生むことだろう――アルカディアにおれば我々はユートピアに憧れることだろう、そしてどの太陽の許にいても、深い星空が遠のいていくのを見るだろう、そして我々は――ここに居るのと同様に溜め息をつくだろう」(222)。

ここでは詩文は、この世の最終的な、真の鏡像とはなっていず、むしろ無限の鏡像化の過程となっている。この世のより良い像であって、この世に投影されるならば、また新たなより良い像を生み出すに違いないものであって、表示されたものを最終的に代置するものではなく、究極の真理を述べるものでない、単にまた新たな像を呼び出し得るものである。このように出現する潜在的に無限の像の列は、「機知的」隠喩法の換喩的傾向の像の連鎖を思い出させる。上述の引用では勿論隠喩的連関が支配的である。一つの像はそれぞれ先の像を代置する。「ユートピア」が「アルカディア」の代わりに登場し、すべては一緒に「より良い世界」という意味を代理している。無限性が仮定されているけれども像の運動はここでは一つの究極の真理、最良の世界、彼岸を目指している。「機知的」隠喩法においては逆に、先に示したように、隠喩的連関は像の換喩的結合の背後に退いている。そこでは像の連鎖はもはや仮想の目標を持たず、一つの真理の表現のために仕えることはもはやなく、その真理はむしろ像の無限の遊戯そのものの中にある。「機知的」隠喩法の換喩的絵草紙においては、それ故、主体の最終的真理はもはや存在せず、主体に残っているのは、像を像として認知して、その遊戯に関係する機会である。〉

*

コラーは次の「本」の章では、ロケロルが本の毒を受けているのに対し、アルバーノは行動への欲求を示し、対照的に見えるが、しかしアルバーノの欲求は、友情も含め、プルタークの影響を受けたものであり、本の影響は免れがたい。本を現実の人生よりも重要と見なす傾向は著者自身にも見られ、事実ジャン・パウルは『巨人』の舞台イタリアについてその知識を読書から得ており、「主体はすでにいつも言葉と文書の秩序の中へ産み落とされている」と述べている。

その次の「演劇」の章では、ロケロル、ガスパール、ショッペは劇的なものの特別な流儀を体現しているが、主人公アルバーノの生命はこうした人物達の死で贖われており、主人公の自律した主体の構成は難しくなっている。解決は二通りである。死による彼岸の真実かあるいは生の此岸での陽気な芝居かである、と述べている。

第四章　『生意気盛り』について

『生意気盛り』は最初一八〇四年五月、第三小巻までがとりあえずチュービンゲンのコッタから出版された。誤植も多かったらしく、『巨人』の最終巻同様、読者や批評家の好意は得られず、その後はかばかしく進捗せずに、作中人物のヴァルトの夢とヴルトの別れで一応の結末を見る形で、一八〇五年十月、第四小巻が出版された。最初の部数は従来ベーレント等を含めて四千部とされていたが、ルートヴィヒ・フェルティヒの研究によると（一九八九年）「コッタが、大きな部数がさばけるというジャン・パウルの期待に対して懐疑的で、最初の三巻はわずか三千部しか刷らなかったことには多くの傍証がある。第四巻はわずか千五百部しか印刷されなかった可能性が多分に高い」とされている。このように作者の生前はさほどこの小説の価値は認められなかったのであるが、今日ではこの作品は作者の最も成功した、最もポピュラーな作品との評価（ウーヴェ・シュヴァイケルト）を受けている。レクラム版も、ｄｔｖ版もあることがその証左である。作家ヘルマン・ヘッセは一九二一年こう述べている。「近代の本でドイツの魂が最も強く、最も特徴的に表現されている本を挙げよと試問されれば、私は躊躇することなくジャン・パウルの『生意気盛り』を挙げるだろう」。また作家のローベルト・ヴァルザーは一九二五年次のように語っている。「彼の本は何であれ、とりわけ、『生意気盛り』は、ベルリンのティアガルテン〔動物園〕で読むことができる。この豊かな本は日本へ一緒に持っていったり、スイス旅行に持参できる。この本はビエンヌ湖のピエール島でもロンドンのオムニバスの高い座席でも同様に快適に読める、世界と人生の詰まった本だからである。この本は世の紳士然としたものと、村での牧歌とが最も素敵に、快活にミックスされている、この中では陽気に小都市風、大都市風のことがこもごもなされる」。そしてテーマとしては、「この本は二本の主要な糸に貫かれている。一つは金であり、もう一つは愛である。誰もが知っているように、この二つの強力なものはどの人の人生をも貫いている」と見ている。

このようなヴァルザーの視点から、先のヘッセに対してはドイツ的という非政治的人間に対する反省を踏まえて、『生意気盛り』の筋を概括すると次のようなものになる。話の筋はある富豪が遺言で一人の夢想家の青年を包括相続人に指定することから始まる。この青年が実務能力を備えたとき遺産を継承すると遺言は定めてあるが、青年は詩人気質を矯正できない。助っ人にこの青年の双子の弟、放浪のフルート奏者が登場する。弟は諷刺家で、兄と一緒に抒情と諷刺の二重小説を書こうと提案する。話は次第に兄の実務能力養成とははずれて、弟が背後で見守る兄の一人旅、最後にはこの双子の兄弟のある娘への恋愛葛藤に移っていく。冒頭の富豪の本名はリヒター（ジャン・パウル）であり、小説の中の小説とか、一人の女性をめぐる双子の愛といった同一性の問題が全体の構成の軸となっている。同時にまた当時の時代、――貨幣が人間の意識を支配していく市民の時代が、――微細に観察されている。村の牧歌的にしてまた貧しい生活ばかりでなく、都市での多様な生活が描写されている。貴族の生存様式に対して愛憎半ばする対応がなされる。こうした時代に生きる抒情詩人及び諷刺詩人の内的、外的構造の分析の手がかりとなるものが、作中にはちりばめられている。つまり抒情詩人は貨幣を遺産等の偶然によって手に入るものとしか認識しないが、諷刺詩人はその外部に立ち、このような抒情詩人を守る姿勢によって、自らかなり計算された出版計画を立てることになる。一方の極には社会に対するカマトト的善意、抒情的無力感があって、他方の極には社会を騙そうとする知ったか振りの悪意、諷刺的全能感があり、広く読者の歓心を買おうとする魂胆がみられる。各章の表題は作者が遺言者から貰う博物室の標本から採られているが、各章の内容と関係がなくもない。

まず生意気盛り[Flegeljahre]という表題を問題にすると、これはユダヤ人としてナチに追われ、一九三八年から一九五七年まで亡命したベーレント自身が先のヘッセのように一九三四年の『生意気盛り』の批判校訂本の序言の中でこう評している。「『生意気盛り』はこの最もドイツ的な作家の作品の中で、最もドイツ的なものである、他国語へ翻訳できないタイトルから始まって、その人物描写、その象徴、その諧謔、その言葉遣いの究極の洗練性に至るまで、いやそのロマンチックな未完成に至るまでがそうである」。かくてベーレントは英訳(一八四六年)のタイトルが『ヴァルトとヴルト あるいは双子』となっていると指摘しているが、最近ジャン・パウルを英語で抄訳したある訳者の試みではFledgling Years(未熟者の時期)となっており、この抄訳者は、この原語は翻訳するのに最も難しいが、他に可能なのはThe Callow Years(青二才の時期)であり、The Awkward Age(思春期)とするとふさわしくなく、カーライル訳のWild Oats(女道楽)ははずれていると付言している(一九九二年)。Flegeljahreは Trübnerの辞書によると、「少年から青年への移行期で、無様で粗野な振舞いという特徴がある。はじめて使用したのはJohann Timotheus Hermesであるが、ジャン・パウルが評判をとった本のタイトルとして使用してから、日用語と定着した」旨記されている。このように翻訳の難しい語とされているのだが、通常日本では『生意気盛り』は文学史等で定着しており、この訳本でも従来の訳に従っている。

ジャン・パウルの同一性をめぐる議論の根底には、私はある私である、つまり私は私という記号、交換可能な記号であるとともに、私という内容、交換不可能な内容であるという認識、原型は模型を通じてしか再現されえないという認識があるが、同一性の戯れは、『生意気盛り』でも様々な局面で見られる。まず顕著なのは双子の登場である。この双子についてある論者（Peter Dettmering 一九七八年）は次のように論じている。精神分析を応用したもので、ヴァルトに正直者の得恋者、ヴルトに放蕩息子の嫉妬する失恋者の役割を割り振っている。「こうした役割分担はすでに誕生のときの国境に反映されていて、この国境は生誕の地エルテルラインと両親の家の中を通じて分割しているものである。右側の小川の岸辺の住人を『右手の人（正しい人）』、左側の岸辺の人を『左手の人』と呼ぶ習慣に、この兄弟は後になっても離れられずにいる。『君が部屋でも左手の者で、僕が右手の者なのは』とヴァルトは、ヴルトが彼の許に引っ越してきたとき尋ねている、『偶然だろうか』と。同じような分配は父親が決めた名前にも反映されている。ゴットヴァルトという名前が、父親がこの息子からは何か正しいものを期待していることを表しているとすると、二つ目の名前――『Quod Deus Vult』――は途方にくれた様を表している。『せいぜい女の子か、あるいは神の御心のままに』」。

これは一見もっともらしい評論であるが、ヴルトが彼の許に引っ越してきて言ったとされるヴァルトの言葉は実はヴルトの言であって、ヴァルトは左手の人だと作品の中で再三言われていることを知ると、この評論は全く瓦解してしまう。正直者のヴァルトには不器用な左手の者という特性が付与されており、二人の性格についてはもっと綿密な後付けが必要であろう。

「公証人［ヴァルト］は、皿とその中身の斬新さに全く眩惑されて、いつものように二本の左の手［不器用と左」を出す代わりに二本の右の手［正しいと右］を出して、まことに上品に食べ、ナイフで栄誉礼のサーベルを振るった」（第二十二番）。ベーレントの注によると、つまり彼はいつもは右手でも不器用であったという解釈になる。ヴァルトには不器用という特性が付与されていることを無視してはならない。全体の印象は確かにDettmeringの言うようにヴァルトをプラスとすると、ヴルトはマイナスの役割を担っているが、しかしこの長編でおそらくはじめてジャン・パウルの主人公にマイナスの要素が明瞭に刻印されていて、ヴァルトは様々な失敗をする。しかしマイナスと評価されているヴルトについてもよく見るとプラスの要素が多く、全体としてみれば、双子として互いに兄たりがたく弟たりがたいことが予測されよう。また名前についても、ゴットヴァルトについては（Gottwalt）「神の御心のままに［正義のなされんことを］」というニュアンスがあり、ヴルトの（Quod Deus Vult）については、「神の御心のままに［どうなとなれ］」というニュアンスがありそうな気がするが、しかし他のドイツの学者は「ヴルトという名前の由来のQuod deus vultはGottwaltと同じことを意味しており、この名前のラテン語に移された翻訳である」（Gert Ueding）としており、第六十三番でヴルトがヴァルトの仮装をしてヴィーナに吐く科白、自分は「ゴットヴァルト、つまり神の御心のままに（Gott walte!）と呼ばれるのももっともな者である」と述べる科白を、「勿論ヴルトはGott walteと言いながら自分自身の名前のドイツ語化を考えていて、従ってまったく不当であるとは言えない」とPeter Horst Neumannは解釈している。名前の面からも二人は同一にして違うというジャン・パウルの「私」の謎の基本的構造を体現しているのである。

ヴァルトは抒情詩人として伸展詩という散文詩を書いているが、この詩について分析すると、特徴的なことは、内容に反映をテーマとしたものがある他に、こうした詩を書いているときの詩に対する詩人の距離が言及されていることである。全体としてはヴァルトの母親が言及しているように、詩は「『信心深くて悲しげなことが書かれているようだけど』と母親が言った」（第十番）とあるように、死や愛をテーマとしている。ただ反映ということに絞ると、第九番にある「ヴェスヴィオの海への反映」と題する詩、「『見給え、どのように下では炎が星々の下へ飛ぶかを、赤い奔流が底の山の周りを重々しく転がり、美しい庭園を食い尽くす。しかしいつの間にか我々は涼しい炎の上を滑って、我々の姿が燃える波から微笑む』。こう楽しげに船頭は言って、轟く山の方を不安げに見上げた。しかし私は言った。『御覧、このようにミューズは軽やかにその永遠の鏡にこの世の重い嘆きを映す、そして不幸な者達はそれを覗き込む、しかし痛みは彼らをも喜ばせる』と」、あるいは象徴化された反映あるいは観照としての第十九番の「虹がかかった滝の側で」と題する詩、「憤怒の瀑布の上には平和の虹が何と確固と浮かんでいることか。このように神は天に在す、そして時代の激流は引きさらっていくが、すべての波の上には神の平和の虹が浮かんでいる」等が挙げられる。ここに見られるのは詩とか詩人は劇的感情、事件等から一歩退いた観照する次元にあるという認識である。このことを具体的に示しているのが、ヴァルトの詩の内容と彼の気分の乖離の指摘である。例えば、第十四番の「死者の開いた目」、「僕を見つめないでおくれ、冷たい、強張った、盲いた目よ、君は死者だ、いや死なのだ。友人達よ、目を閉ざしておくれ、さればそれは微睡にすぎない」という伸展詩を聞いて、次のような会話が交わされている。「『こんな素敵な日に君はそんなに悲しい気分だったのかい』とヴルトは尋ねた。『今と同様に幸せだった』とヴァルトは言った。するとヴルトは彼の手を握って、意味深長に言った。『それは結構、それでこそ詩人だ、続けて』」。同様な状況は第五十七番でも見られる。「『様子が変だぞ、悲しかったのかい』――『幸せな気分だったし、今ではもっと幸せだ』」。要するにヴァルトは「信心深くて悲しげなこと」を幸せな気分のときに書けるのである。これはまた根本的にはヴルトの主張する芸術論と径庭はないのであって、普通の人間としては倫理的に非難されかねない要素を併せ持つものである。他ならぬヴルトが兄ヴァルトの致命的欠陥を指摘している。「即ち案じられることは、君が――いつもは家畜のようにまことに無垢であるけれども――ただ詩的にのみ人を愛することが出来て、どこかのハンスとかクンツという人を愛するのではなく、どんなにすばらしいハンス達、クンツ達、例えばクローターに対しても極めて冷淡であって、その人達の中でただ君の内部の人生の絵、魂の絵の拙劣に書きなぐられた聖人画だけを跪いて崇めているということである」（第五十六番）。

ヴァルトは芸術家という面でフルート奏者のヴルトと共通する身振りがあるのだが、一般に人を愛するだけで、世慣れぬ男と見なされがちなこの詩人にも、政治家にして詩人であったとされるペトラルカ（第十八番）やヴォルテール（第十一番）には及びもつかないものの、ときに世慣れた面を示す場面もある。それはザブロッキー将軍とその娘ヴィーナとの会食の場面である。ここではじめヴァルトはワインの年代について無知をさらけ出して、世慣れぬ面を見せているものの、その後請われて逸話を話す場面では如才ないところを見せている。まず第一は難聴者が先に話されて受けた笑話を繰り返してしまうという逸話であり、次に窓枠だけの付いた別荘での風景観賞の逸話であり、最後は牧師が練習した聖歌を郵便ラッパの音に合わせてしまうという逸話である。いずれも落語にでもありそうな小話であり、ジャン・パウルの諧謔の理論によるこちたい分析を必要としない一般的に笑える話である。こうした振る舞いはヴァルトの意外に紳士的な面であるが、しかし全体的には愚鈍な（blöde）観照的性格で、そこをつけこまれ、仮装舞踏会ではヴィーナの愛の視線と手とを弟に盗まれることになる。なお細かいことを言えば、難聴者に対する笑いとかは差別がタブーの現代では問題となるが、差別といえば、皮剝人に対する世間の差別が言及されており（第三十番、第六十一番）、歴史的に見て興味深い。

ヴルトに関しては全般的には嫉妬する失恋者の役回りであるが、フルート奏者としての芸術理解はジャン・パウルのそれであり、プラスの面を見せている。例えば、「芸術は同時にその手段にして目的でなければならない。ライトフットによればユダヤ人の神殿を通って、単に別な所に行ってはならなかった。そのようにミューズの神殿を単に通過することも禁じられている。パルナッソス山を通って肥沃な谷へ行くことは許されない」（第十四番）。あるいは、「芸術においては、太陽の前と同様に、ただ干し草だけが暖かくなるのであって、生きた花がそうなることはない」（第五十七番）。ヴルトがジャン・パウルの分身であることは彼が『グリーンランド訴訟』というジャン・パウルの失敗した諷刺集の著者とされていることからも明らかであるが、しかし何と言っても『生意気盛り』を退屈な教養小説に陥ることから救い、生彩あらしめているのは、ヴルトの登場である。彼は偽装の名手である。偽盲人の振りをして、演奏会の聴衆を集める。このパフォーマンスに『生意気盛り』のテーマ、愛と金を解く鍵がありそうである。金は大切なものである、しかしそれは巧妙に集められなければならない。盲人が成功するのは同情されるからである。これを愛に応用すれば愛を成就するには成就を禁ずることであろう。失敗する物語によって成功することである。二人の兄弟の書く小説がことごとく出販者によって拒絶されるように、そうして読者の歓心を買うように、愛は読者の嫉妬をあらかじめ計算にいれて、前もって成就が不可能であるように仕掛けられなければならない。双子の兄弟の一人の娘に対する愛はその不可能の構図である。

双子といういわば二重自我の視点からみれば、この二人の双子の一人の女性に対する愛はクライストの『アンフィトリオン』と同じテーマ、――女性に愛されているのは、愛する者の肉体的現前なのか、精神なのか、――と分離しないでいいものを分離して愛の成就に疑問符を投げかける試みである。その答えは幕切れの女主人公アルクメーネの「ああ」であり、これはこれまで解釈者が多様な解釈をしてきた多義的なものである。『生意気盛り』でのヴィーナの返事は、この「ああ」の解釈の一つとして足りうるもので、「他の人が話すよう強いるときよりも厳しくあなたは黙るよう強いていています」（第六十三番）である。ただ明瞭に『アンフィトリオン』と異なる点は、双子の風貌、性格が異なる点で、このため仮装舞踏会という設定が必要となる。少年時代にその違いははっきりと説明されている（第五番）。ヴァルトについては風貌は「白い巻き毛で、細腕、華奢で」青い目をしており、「少年はとても信心深い、内気な、繊細きわまる、敬虔な、物覚えのよい、夢見がちな性質で、同時に滑稽なまでに武骨で弾力的にはずんでいたので、父親が忌々しく思ったことに――父は法律家の後継者を育てたかった――村の誰もが、牧師でさえ言った、彼はカエサルのように村で一番の者、つまり牧師になるに違いない、と」と書かれている。これに対してヴルトの方は、「しかし双子の弟の方、ヴルトは、と人々はより楽しげに言った、この黒髪の、痘痕のある頑丈な悪漢は、村の半ばとつかみ合いをし、いつも徘徊していて、まことのポータブル［指人形］のイタリア座であって、どのような表情や声も真似て――これは別物だ」とされている。ヴルトは黒髪、黒い目であって、従って厳密に考えれば、ヴルトがいかに仮装しようとも、当時のレベルではコンタクトレンズで目の色を変える技術はなかったとすれば、ヴァルトに仮装しているヴルトをヴィーナはヴァルトではないと気付いたはずである。しかしヴィーナは伸展詩で歌われているように、「気づかない女性」である。この服装が肉体の比喩であることは明瞭であろうが、作品の中にもそれを暗示している文がある。当時の奇形児に対するイメージがそれである。「不具者が先の諸世紀に肉体上の頭飾り、カフス、短いズボンと共に生まれてきたのは単に、こうしたもので世間に、道学者が推測していたように、当時の衣装上のこれらを非難するためにすぎなかったのです」(第五十六番)。従ってヴルトがヴィーナの愛の視線と手とを仮装の上であっても得たことは、その肉体を盗んだに等しい。誰もが気づくように、ここでは洗練された形で、『巨人』のロケロルが夜盲症のリンダをその恋人アルバーノの声を真似て闇夜に誘惑した愛の劇が再現されているのである。愛は盗みうる、これがジャン・パウル、クライストに共通の認識であろう。これに対して友情は盗めない。そのことを如実に示しているのが、失敗に終わったクロータ一邸でのヴァルトの貴族としての仮装である。ジャン・パウルのメッセージは、友情は盗めない、盗んではならない、しかし愛は盗むものが出現してもやむを得ないものにみえるということであるように思われる。

これは男性という精神(言葉)が女性という肉体を詐術によって得る場合であるが、反対に女性が肉体をもって精神(言葉)に迫ってくるとどういうことになるか。ジャン・パウルの主人公が女性に誘惑されるのは処女作の『見えないロッジ』の中だけであり、その後主人公達は誘惑から逃げていく。

その際顕著なことは、女性の肉体の現前は有無をいわさず、圧倒的なのであるが、どういうわけか、言葉を交わしてしまうとコミュニケーションが混乱してしまう。言葉の間接性のため、言葉が一義的でない、あるいは言葉にこだわってしまい、肉体の現前を失念してしまうのである。ヤコビーネのヴァルトに対する誘惑の場面は拙訳ではこうなる。「『しかしあなたは大胆すぎる』と彼は言った。『あなたは臆病だから、そんなことないわ』と彼女は答えた。彼は彼女が彼の襲撃について言ったことを間違って彼の汚れない評判に対するものと解し、いかに上品に私心のない自分の評判への気遣いを――彼女の評判の方がもっと大事なのであるから――彼女にごく手早く簡潔に（将軍とドアのせいで）説明したものか分からずにいた」。こうした行き違いは『ヘスペルス』でも見られるもので、どうやらジャン・パウルは言葉のために肉体の現前を忘れることを優先させているようにみえる。王妃アニョラとヴィクトルのやりとりはなかなか微妙である。「『若者をお許し下さい――その圧倒された心を――その眩惑された目を――どのような罰をも受けます、どのような罰も私には許しです――私は我を忘れていました』。――『デモ許シタラ、私ハ我ヲ忘レテシマウ』と彼女は曖昧な目で言った、彼は立ち上がって、彼女の返事は最も快適な解釈と最も屈辱的な解釈の選択を迫っていたので、喜んで自らに後の解釈の罰を科した」（第二十七の犬の郵便日）。

言葉の世界ではすべてが間接的であり、直接的なものは何もないことを本に適用させれば、ヴァルトとヴルトが共同執筆するという『ホッペルポッペルあるいは心』の出現であり、これが同時に本の中の本として本そのものの一部を形成することになる。またジャン・パウルではお馴染みのことであるが、ジャン・パウルそのものも出現し、ここではリヒター即ち遺言者ファン・デア・カーベルの本名として、すでに亡き者として登場している他、遺言の執行者に依頼された伝記作者としても登場している。言葉の世界では現にこの小説を読む者が感ずるように、ジャン・パウルは死んではいない。親しく語りかけてくるのである。言葉の世界に故人はいない。その上作中人物ヴァルトは遺産継承に成功すれば、リヒターの名前を継ぐことになっている。ジャン・パウルの再生は予告されてもいる。しかし精神の世界、言葉の世界に生きるが故に不可能の愛、成就しない愛、不可能の小説、売れない小説に拘泥するのかもしれず、この意味では現世ですでに死んでいるのである。ヴルトはこれを干し草と言っていた。ジャン・パウルの世界は意外に単純である。死して成れ、貨幣を蔑視して貨幣を得ることである。

市民階級の担い手、宮中代理商の娘ラファエラが醜いとされるのは何故であろうか。おそらくジャン・パウルがむき出しの金の威力を嫌っているからであろう。これに対し将軍の娘ヴィーナが綺麗であるとされるのは、こうした金が制度によっていわば洗われた状態にあって、暗黙裡に貴族の生存形態が首肯されているからであろう。作者の分身のヴァルトの貨幣に対する関係はまことに素朴である。彼が得る遺産は偶然ファン・デア・カーベルにその人柄を認められたからにすぎない。課題の公証人の仕事では失敗ばかりして、ヴァルトが本当に願っているのは、一定の安定した金をもたらす牧師職である。彼は旅で乞食に金を施すが、これが貧民の本質的解決にならず、施す者の自己満足でしかないことは明らかである。僥倖で金を得、それを振りまいても資本主義化していく世界では取り残される処世でしかない。父親、母親の息子に対する要請が公証人職、弁護士職であり、主人公の本音が牧師職にあるということは、市民社会に生きる抒情詩人はすでに欲望のままに生きられないことを暗示し、その公証人職での無能ぶりは、近代市民社会に生きる詩人の無力感の表明である。詩人としての芸が身を助ける幸せを示しているのは、能筆によるフランス語の写字への謝礼と、娘達のために売られる年賀への謝礼（第六十一番）だけである。その他は無能なのであるが、しかし作者はこの無能ぶりが多くの読者の同情を買うことも承知していたに違いない。

この同情の視線を体現しているのが作者のもう一つの分身ヴァルトである。彼は第三小巻ではヴァルトの旅を見守るが、このような過度の関心は、主人公の女性に対する徳操を監視するという大義名分はあるものの、普段はまずありえないロマンチックな旅の創作である。ヴァルトは自分の名前がすでに宿の主人に知られているのを体験したりするが、これは旅ではロマンチックなものが失われているという近代社会の裏返しであろう。無名化、匿名化していく社会の中で、ヴァルトは自分の力を恃み、時代の趨勢に逆らった演出をしようとする。名前を創作し、貴族と称し、人間は騙すに値するとうそぶく。ここに見られるのは抒情的無力感とは対照をなす、己の力に対する過信である。貨幣への彼の手段はフルート奏者としての稼ぎを除けば、賭博、ペテン等によるものしかないが、真面目に本の執筆をヴァルトに提案する。これはことごとく出版者から拒絶される。ことに彼の諷刺の部分が嫌われるとされる。諷刺によって世間を暴きながら、その作品は受け入れられないのである。ここにも読者の歓心を買うものがある。諷刺詩人は全能の知恵を開示してみせなければならない。読者は無力な詩人ばかりでなく、世の仕組みを暴く、例えば貴族の実体を暴く明敏な著者（第十八番のヴルトの手紙）をも期待しているのだから。しかしその作品は売れないのが望ましい。先に引用したヴルトの言によれば、芸術で肥沃な谷に行ってはならない。作中の作品が出版者から拒絶されるのは、作者の計算であるが、しかしこれはヴルトの美学の反映でもある。かくて読者の同情を引くことになる。もとよりジャン・パウルは成功した作家として知られており、ヴァルトのヴィーナへの愛も潰えたわけではなく、すべてはハッピー・エンドが遠くに見え隠れしながら、実際の展開は、愛は双子の出現によって成就を妨げられ、作中の本は成功しない。技巧的に見て、読者の歓心を買うに十分な構成を持った作品と言うべきであろう。

『生意気盛り』についてギュンター・デ・ブロインは『ジャン・パウルの生涯』の中で次のように論評している。「勿論楽しみになるのは（主要な前提、諧謔のセンスを除けば）、静かに落ち着いて読むときに限られる。読み飛ばすとか斜めに読むことは出来ない。本当の喜びは繰り返し読むときにはじめて生ずるのかもしれない。緊迫感が欠けることは全くないが、しかしサスペンス物ではない。どんな享楽もそうであるように（例えばワイン）、これも経験を必要としている。前もって修練を積むことである。それ故ジャン・パウル通は、自分もそうなりたいという人達に、どの作品から読み始めるのが一番いいか尋ねられたら、『ヴッツ』、『フィクスライン』、『ジーベンケース』あるいは『カッツェンベルガー』と答えたらいいだろうが、『生意気盛り』はいけない。これは初心者用の順番の最後となるべきであろう」。何故最後になるのか、何故修練が必要なのかはおそらくこの作品がジャン・パウルの後期の作品であって、文中に多くの自己引用が含まれているが故にそれを味わうには他の作品に通じていることが必要となるからであろう。しかし美味しいワインを後回しにする必要はない。注釈を詳しくすれば済む話であろう。初心者にはその注釈がいささか煩わしく思えるかも知れないが。例えば筆者が気づいたのは、ジャン・パウルの諧謔の筆法に現世の営みがあの世では逆転するかもしれないというのがあって、これがいろいろ変奏されて利用されている。『生意気盛り』では例えば次のような具合である。「しかし、星々の背後の世界では、そこではきっと独自の、全く奇妙な敬虔の概念を有していて、思わず知らず組んだ手そのものがすでに立派な祈りと見なされることは信じられることである。ちょうど多くのこちらでの握手や接吻、いや多くの悪態が向こうでは短祈禱、瞬発祈禱として流通するかもしれないように。——一方同時に偉大な高僧達にとってこちらの祈禱は、これを彼らは印刷と出版のために何の自己批判もなしにただ他人の需要に応えて絶えず真の男性的な説教術を斟酌して草稿に手を入れているけれども、向こうでは単なる悪態として記されることが考えられる」(第三十六番)。これは教会音楽について下手な村の教会の音楽を誉め上げる『ヘスペルス』の「第十九の犬の郵便日」での論法と似通っている。「より高い精霊達は我々の佳調の近い関係を余りに安易、単調と見なし、これに対して我々の調子外れのより大きな関係を魅力的なもの、自分達の理解を越えないものと見なすであろう。礼拝は人間のためよりもより高い者達の名誉のために行われるので、教会のスタイルも、より高い者達に合う音楽、つまり調子外れの音楽が作られるよう、そしてまさに我々の耳に最も忌まわしいものを神殿に最もふさわしいものとして選ぶよう努めなければならない」。同じようにあの世の視点を導入して『ヘスペルス』の「第四の序言」では、「より高い霊達はホメロスやゲーテに少なくとも人間らしい手法を見いだすことであろう」と述べている。更にはゆくりなくも次のような『レヴァーナ』の「侯爵の教育」の章の中の楽しい一節を思い出す。「つまり、カントの精妙な見解によれば、規則正しい人間の歌の反復にはやがて聞きあきてしまうのに対して、永遠の鳥の歌声ではそうならないのは、鳥の歌声には規則がなく、ただ定かならぬ交替があるからというわけで、そのように学校教師はまとまった単調な思考連鎖といつも何かに至ろうという決められた目的を持った話しぶりのためやがて眠りをさそうのに対し、世慣れた男は、いつでも本筋を離れたことを言って、皆を元気付かせます」云々である。読書の際にはこうした自己引用、自己模倣が他の作家からの引用同様に理解されることが望ましいであろう。筆者が気づいたのはわずかで、他には次のような些細な子供達との接吻の楽しみに気づいたにすぎない。「彼は彼女達に部屋の皆の前でちょっと接吻し、赤くなった。――半ば、あたかも華奢な青白い母親に唇で触れたような気がした」（第四十番）。これは「第十九の犬の郵便日」を思い出させる。「しかし彼が小さな唇に捜したものは彼女の接吻で、ひょっとしたらアペルもまた彼の接吻を捜したのかもしれない」。こうした類似点の偉大な発見者はベーレントで、ベーレントの注釈を参考にすれば、ジャン・パウルが同種のイメージを多様に変奏しながら、自分の独自の作品世界を形成していることがよく分かる。

主要参考文献（単行本のみ）

Vonau, Michael: Quodlibet. Studien zur poetologischen Selbstreflexivität von Jean Pauls Roman Flegeljahre. Ergon Verlag. 1997.

Holdener, Ephrem: Jean Paul und die Frühromantik. Thesis-Verlag. 1993.

Rose, Ulrich: Poesie als Praxis. Deutscher Universitäts-Verlag. 1990.

Lohmann, Gustav: Jean Pauls Flegeljahre. Königshausen & Neumann. 第一部、一九九〇年、第二部、一九九五年。

Maurer, Peter: Wunsch und Maske. Vandenhoeck und Ruprecht. 1981.
Neumann, Peter Horst: Jean Pauls Flegeljahre. Vandenhoeck und Ruprecht. 1966.
Freye, Karl: Jean Pauls Flegeljahre. 1907. (reprinting, 1967, Johnson Reprint Corporation)

第五章　『彗星』について

『彗星』は長いことかかって書かれている。最初の着想は一八〇六年に遡るが、まとめて書き出したのは一八一一年からである。そして一八二〇年に第一巻と第二巻が出版され、一八二二年第三巻が出版されている。一八二一年の息子の死や、翌年の友人ハインリヒ・フォスの死が作品の完成に打撃を与えたと見られている。

物語は主人公ニコラウス・マークグラーフを中心にしたもので、彼は母が臨終の際、侯爵の私生児であると告解し、その告解を聞いていた父の薬剤師に侯爵の子息としての教育を受ける。父の算段では後で養育費をせしめるつもりであった。彼は鼻に十二の痘痕を有し、また電気の作用であるが、髪に後光がさすことがある。この二つが侯爵への手掛かりとされる。彼は恋をする。五人連れの皇女達の一人アマンダに路上ですれ違い一目惚れし、後にその蠟人形を盗み、大型箱時計の中に仕舞って時に眺める。父が死に、困窮状態に陥るが、幸い人工ダイヤモンドの製造に成功し、潤沢な金を得る。この金を貧しい者に喜捨したりしながら、侯爵の父とアマンダを求めての旅にでる。旅行世話人は幼友達のヴォルブレである。彼は催眠術を心得る諧謔家で、主人公の旅のパスポートは精神病の治療のためという名目で取得する周到さである。旅の同行者には日常をぼやく牧師ジュープティッツ、喧嘩を止めずに格好の画材にする画家のレノヴァンツ、実直な付き人のシュトース等であり、途中から若き姿の作家自身天気予報師として登場し随行することになる。ルカの町で、ニコラウスはネーデルランド派の画家達とイタリア派の画家達に合計三十二枚の肖像画を描いて貰い、法外な謝礼をする。この町でカインと名乗る人間嫌いの夢遊病者が出現し、この大きな狂気でニコラウスの小さな狂気が治るかと期待されるところで、未完のまま物語は終わる。

題名の『彗星』は大きくみえるかと思うと小さくなる楕円軌道の彗星が、主人公の聖人か「ニコラウス」と思えばそうでもない、侯爵か「マークグラーフ」と思えばそうでもない両面性を象徴して名付けられたものである。作者自身「序言」で述べている。「更に『彗星』という表題に関して思い出すべきことは、この書の命名に当たっては他ならぬその主人公マークグラーフ自身がその性質と共に名親として立っているということである。私はそれ故、彼の彗星との類似を描くためには、彗星は周知の通り天ではなはだ大きくなったり、小さくなったり――同様に極めて熱くなったり冷たくなったりし――軌道上でしばしばあからさまに遊星の軌道に逆らったり、いや北から南へ行くことが出来るもので――しばしば二つの女性主人とか太陽に仕え、ある太陽から別の太陽へ移るのであるが――私は、申し上げると、彗星との類似を証明するためには、ただ主人公自身の話を披露し、類似を次々に示していくだけでよさそうである」（ハンザー版 Bd.6, S.568. 以下引用は同じ版）。

またジャン・パウル自身比喩の都合上「核だけの彗星」と称している箇所もあるが、全体的にみれば、長い尾即ち脱線部分を大いに有する点も「彗星」の特徴かもしれない。

尾の部分として脱線はいろいろあるが、特に最後の「飛び領土」の部分は訳していて殊の外興味深かった所であり、ジャン・パウルの特徴とされる啓蒙の部分と慰謝の部分が混じり合っていて、全体的には滑稽を意図する知が勝ってはいるが、ジャン・パウルの後期の文体をよく表していると思われるので、紹介しておきたい。まず「第一の飛び領土」はジュープティッツという作中の教戒師の旅の悩みを綴ったもの。蝿の悩み、ベッドの掛け布団の悩みといった微細なもので、ジャン・パウルの観察眼の細かさを窺わせるが、最後の妻宛の手紙では祝祭長老牧師の祝宴に招かれながら、シャツを左手から着ていたか右手からだったか分からなくなったなどと述べながら、最後に牧師へのスピーチを考えていて、そのスピーチについて分析している。「――最愛の、最高の妻よ、おまえに、もっと十倍も少なく考えるような夫が恵まれていたならば、と思うよ。――しかしそれはかなわぬこと、私は大いに考えてしまう。――かくて私は記念祭の男にスピーチする前に、急いで語ること（実にスピーチすること）はどういうことか考えをめぐらしてしまった。そしてその際共同して働く人間の行為に驚いた。第一に、人間の単なる純粋な思考の列を、どれ程の長さになるかは分からないが、前もって紡ぎ出して、それからその網を意識して観照しなければならない――第二に、その鎖の各部分を言葉に変えなければならない――第三にまたこれらの言葉を文法のシンタックスによって言葉の鎖に一緒に引っかけなければならない（こうした機能の最中に自己意識は絶えずその幾層もの観照を続けることになる）――そして第四に、演説者は、こうした一切が単に内的に済まされた後、上述の内的鎖を聞き取れる鎖へと変換し、そして口からシラブルごとに取り出さなければならない――そして第五に、この者はコンマやセミコロン、あるいはコロンの間の文を発声しながら、この発声に耳目を傾けていてはならない、今や次のコンマに至る文を内的に加工して仕上げて、それを早速外部のしゃべった文に接合しなければならないからである、かくて人は本来自分の言っていることは分からず、単に言いたいことが分かるだけなのである。――――まことに、こういう事情だと、どうして人間が半分だけでも分別あるように話せるのかほとんど分からない」(S.1021)。これはメタ・スピーチというべきものであり、これを語りに応用すれば、ジャン・パウルが物語そのものにおいても、語りそのものに十分自覚的であり、語り手として登場することの必然性が納得出来よう。『彗星』では語り手として読者の現前にある他にまた若き聖職候補生のリヒターとして主人公の旅に同行しており、過去への視線も含む点が特徴的である。いずれにせよスピーチの分析はジャン・パウルの啓蒙家としての面を示すものでもある。次の「第二の飛び領土」では先の祝祭長老牧師に仕え、同じく祝福を受けた女中への弔辞が書かれている。これはこの女中が弟に似ていてその顔が鏡を見ると彷彿されると述べて、鏡のモチーフを見せたり、「汚物薬局」による咳の治療等滑稽な面もあるものの、全体的にはほとんど日曜日を楽しみとするしかなかった下層民への愛が窺われる慰謝の説教となっている。これを読めば有り難い感じがして読者は納得することになる。「彼女の晩年の日々が名誉の日までしか続かなかったのは私の最も喜びとするところです。裕福な晩年にはすでに休息と無為に過ごすことが、以前汗して耕した大地の上でふさわしいものです。しかし奉公人の困窮した晩年は耕された下での無為の眠りの他に休みがあるでしょうか。――人生ではモン・ブランの場合と同じで、登りよりは降りが最も難しいものです、殊に頂上の代わりに深淵を見ることになりますから。――私どもの記念祭の女性レギーナはすでに青春時代に死より他に素晴らしいものを知りませんでした――彼女の身分の若い人々の間にまさしく最も率直に見られる願いです、一方役立たずの僧侶達は、無意味な『死を想え』を唱えながら一層年取るにつれて、それだけ一層年取ってゆくことをやめようとは思わなくなります、あたかも彼らは生よりも死にふさわしくないかの如くであります。――幸い死は、人間や神々からどんなに見放されていても常に実現する唯一の願いです。かくて奉公の記念祭も生涯でただ一度だけ祝う唯一の祝いです。このような祝典の後は、人間が咳すること、多くの者が歌う前にするように咳することは結構なことです。――と言いますのは、実際私どもの記念祭の女性はその咳を単に前もって、彼女が全くより素敵な万有の広野で彼女の楽しい歌を始める前にしただけなのです、この歌声を私どももいつかは耳にすることでしょうし、この歌声に唱和することでしょう。アーメン」(S.1033)。『彗星』に言及した論文では、Baierl(1992)が、作品内部では主人公には救いは見られないのに、第一小巻末尾の脱線「女性の読者のための真面目な脱線の付録」、殊に「宇宙についての夢」は作品内部に拮抗する慰謝効果を有すると述べており、Goebel(1999)も同じようなことを述べている。

ジャン・パウルの後期の文はそれなりに味わいはあるのであるが、ただ問題なのはそのテーマがあくまで青春時代のテーマの続きである点である。彼は成熟しているのであるが、そこで讃えられるのは、青春の恋であり、友情であり、初めての出会いである。例を挙げる。

「この行に至るまで主人公の愛について述べられなかった、世間は今尚これについての一語を待っていよう。――これが述べられる予定である。――というのは我々は皆まだ、主人公が背景以外には出て来ない前章の時代に生きているけれども、しかしどの読者だって愛とは何か知っているからである、つまりこれは青春の高まるパン種であり――青春の思念の群の蜜蜂の女王であり――すべての若々しい心、並びにすべての若い植物の有する生命の樹の髄である、一方古い虚ろな幹の胴体は容易に髄もないのに茂り続け、心臓は晩年には化石化し、空漠となり、自分の血管のため以外には脈打たない」(S.625f.)。

「こうした青春の友情、学校の友情には何か不滅のものがあって、殊に後年土地を離れて、盟友の感情という青春の野火に冷たい隙間が入ることがない場合はそうである。互いにまだ人生の朝焼けと学問の曙光に照らされたことを知っており――その時には不安げに価値に対して価値を、類似しないもの、身分や才能の違いに類似するものを比較考量することがなく、学問の同じ太陽によって共通の軌道に運ばれ、学習を愛情に変え、戦友として真理への出征に陶然となったのであれば、君達は自分達がいかに愛しているか忘れることが出来ようか」(S.742)。

「――人間の心を考察すると、人間は晩年の業績に従ってよりも青春の感情に従って評価すべきであろう、人間はまさに青春の感情の面でその完成を見せるのであって、後年にはまさに最良のものよりは何か別なものが増大する。ちょうど人間の場合は生涯を通じてますます大きくなっていく魚や蛇とは逆に、後年には爪と髪しかましなものは何も成長しなくなるようなものである。幸い人間は致命的な年次を経ての劣化に対して改善のための適切な速効手段、その効果の手短さ故にどんなに褒めても十分でない手段を発明したが、それは所謂絞首台の改心で、これは正直な人間の場合臨終の床での改心に他ならないものであり、それで、実際人間はブラウンシュヴァイクのムンメ[黒ビール]のように手順の間に下で何度も酸っぱくなりながら、最後にはムンメのように全くおいしいものとなって上に上がるのである」(S.875f.)。

「侯爵の史実記録者は紙上で、自分達が侯爵を遂にその同輩の前に列することが出来るとき、格別の満足を覚えるものである、かくて今私には、ニコラウスが生涯で初めて侯爵の身分の者の前に、それもそれ以上の者、つまり女性のそうした身分の者の前に達するであろうという希望が与えられている。この件は本当に起きれば、彼自身に最大の影響を及ぼすであろう。というのは侯爵との最初の会話は信じられないほど長く人生に反響し、その後も残るからである。いやどのような人間であれ、最初の会話は、例えば最初の将軍――最初の大臣――最初の宮中従僕――作家あるいは黒人奴隷、これも作家同様にヨーロッパの白[紙]の上の黒[活字]であり――それに最初のオランウータンの会話でさえそうである」(S.958)。

以上のような信念を持つ作家が、しかしこのような言を吐かしめるものは老年の英知であると思い至るとき、かなり奇妙な状況に陥るのは避けがたい。テーマが固定化して、新鮮であるべきものに新鮮さが失われがちになりながらも、作家は新鮮さのテーマを離れられないのである。端的にいえば主人公の中年、老年の恋が描かれないことになる。そのような窮屈さがあるものの、しかし十八番を聞く楽しみがあるとジャン・パウルのファンは言うことが出来よう。主人公が蠟人形を隠し持って旅する趣向、三十二枚もの肖像画を描いて貰う趣向、いずれも新鮮さと陳腐さとがないまぜになっている。更に『彗星』は旧来のジャン・パウルの世界の他に『ドン・キホーテ』、『詩と真実』、『新約聖書』がもじられていると解釈する論者もいる (Jan Phillip Reemtsma, 2001)。同じ蠟人形にしても『ヘスペルス』では女主人公クロティルデが主人公ヴィクトルをその蠟人形と勘違いしながら見つめ、そのことに気付いた主人公が蠟人形の振りをして動かないという場面があるが、こちらの方がやはりより新鮮な気がするが、どうであろうか。蠟人形にしろ肖像画にしろこうしたものへの偏愛は直接的現実よりは文字という間接世界を選び取った文筆家としてのジャン・パウルの業に起因するものであり、二重自我と同じく自我の消滅への恐れを隠している。ただ初めての二重自我というよりは三十二の自我であり、パロディ化されているわけである。『彗星』での二重自我的出来事は主人公ニコラウスと友人ヴォルブレによるパスポート交換による医学博士号取得のペテンであろう（S.768参照）。ここではパスポートに関する史的事実も興味深い。「以前は容易に――現在ではパスポートは予備手配書として旅行者の体つきを記載しているので難しくなっているが――今日では知らないこうした種類の冗談がなされたことであろう」（S.769）。二重自我のテーマも『彗星』ではくたびれてきていて、主人公はダイヤモンドを発明する知性を有するものの『生意気盛り』のヴァルトと比較しても、ヴァルトの可愛げのある勘違いと比較すると、ニコラウスは内面に没頭して、外面の把握が出来ず、道化に近くなっている。内面そのものもジャン・パウルの説明では詩人のそれではなく、役者のそれで、空虚である。「というのは彼の得がたい空想力は自らを、詩人の空想力のように、他人の魂の代わりには置かず、俳優のように他人の魂を自分の魂の代わりに置いて、それから自分の魂については一言ももはや覚えていなかったからである」（S.590）。主人公に呼応して二重自我格のヴォルブレもずれてきている。何よりも彼はヴルトやショッペの性的禁欲を有しない。これらの諧謔家は性的なことに言及はしても、性の享受者という面はなかった。ところがヴォルブレは同居している料理人［男性という触れ込み］が次第に太っていき、遂には子供を生んで、女性ということがばれ、結婚する羽目になる他、ルカの町では旅館の娘の許へ忍び込もうとして失敗に終わっている。ただジャン・パウルはヴォルブレに磁気療法、催眠術の特技を付与しており催眠術による宴会という楽しいエピソード、当時のウィーン会議の諷刺でもあるものを描いている。磁気療法は夢を操作する教団への警告という機知的付録、これまた時代への諷刺であるものの執筆につながっている。しかし革人間に対するヴォルブレの催眠術ということになると、話が真面目になってきて、ジャン・パウルのオカルトへの傾斜を窺わせ、啓蒙主義者としてのジャン・パウルに影を投げかけている。もっとも当時の文脈ではこの超自然の悪魔祓いとも見える磁気療法は啓蒙主義的、自然的療法の範疇にあって、主人公や革人間の妄想世界、ドン・キホーテ的世界を磁気療法で救おうとするアイデアは新しい試みであると積極的に評価する論者もいる（Götz Müller, 1985）。

新鮮な驚きというものはジャン・パウルの場合、その自伝からも窺われるようにまずは自分の自我への驚きである。自我が自我に出合うということは、自我の外界との分裂を前提としている。後期の作品は抒情が少なくなり、その分反省が多くなるが、それでもジャン・パウルが内面と外界の不一致という青春のテーマを晩年に至るまで反復していることは伝わってくる。その理論的説明として、古いが今でも的確さを失っていないヴォルフェルの論文(Kurt Wölfel: "Ein Echo, das sich selber in das Unendliche nachhallt", 1966）の結論部分をまず引用しておきたい。

〈ジャン・パウルがこの曖昧さから訣別しようと試みるところでは彼は、それを自分が内奥でそうである者として、神秘家として行い、すべての現象を犠牲にして、外面化出来ない内面に戻っている。この神秘学の印の下にとりわけ彼の後期の作品はある。しかしすでに彼の最初の長編小説『見えないロッジ』において、その生命を自分の内に自分自身のために有する魂の前でのすべての現実の無関心さが気ままに公表されるエピソードが見られる。
主人公のグスタフが自分の最初の教師、精霊に憧れる。別の青年の肖像画は彼に「逃げ去った友との全くの類似性」を思い出させる。彼は「描かれた空無の中に凹面鏡の中でのように友の形姿を見た」。彼は眠り込む。夢は彼に、月光によって天へ運ばれ、その際自分を見下ろしている友を見せる。彼は目覚めて、静止した天を見上げて、夢に見た友を天から呼び戻す。

「『また来ておくれ、……姿を見せておくれ、……少なくとも君の天から君の声を届けておくれ』――いつの間にか何かが窓の前で空気を引き裂いて『グスタフ』と叫んだ、そして遠くへ飛び去りながら二度一層高く『グスタフ、グスタフ』と下へ呼びかけた」。

「二つの世界が今や彼のために一つに崩れ落ちた」と語り手は語っている、「長いことこの時から、……彼の魂の動揺は続くことだろう」。直接の合図、無限な者からの人間の呼びかけへの答えがここではなされているように見える。しかし単にそう見えるにすぎない。かの、言うなれば、いけしゃあしゃあとしたやり方で、ジャン・パウルがしばしば出し抜けに用いるやり方で説明が続いている。「年老いた椋鳥「これは話せる」が多分行ったのだろう、これは私の知るかぎり、百姓の許から逃げ去ったのであった。グスタフはそのことを知らなかった」。それから主人公にとって彼岸の世界の体験を意味していたこの散文的解決への語り手の注釈として次のように記している。

「魂が養殖池の波のようにシャツの胸飾りほどに波打つか、あるいは大洋の波のようにアルプスほどに波打つかは別々のことである。この高い動揺を椋鳥が引き起こすか、亡き者であるかは一つのどうでもいいことである」。

この出来事では、正確に「カンターテの講演」で定義されていること、「その空隙が我々の思考と我々の観照とを引き離してしまう何物か」が「天から間近に」引き寄せられることが生じている。グスタフの魂によって考えられた天上的なものが経験世界に現在化する。空隙は閉ざされている、有限なものと無限なものはもはや分かれていない。

「彼にとっては」、主人公にとっては、これらは「一つに崩れ落ちた」、「現実には」もちろん違う。椋鳥が彼に対しては、読者に対して作者が取っている役割を演じている、作者はその作品の中で「戯れの無限性」を幻想的に創りだして、それと共に「真面目な無限性」に案内しようとする。現実性を出来事は両方の場合本質的に外部にではなく内部に、一方では主人公の内部に、もう一方では読者の内部に持っている。両者とも「その魂の動揺」を、つまり「心」を居心地の悪い「居場所」を越えて持ち上げる無限の感覚を感じる、あるいは感じるべきであろう。単なる虚構がこうした動揺のきっかけであるかどうかということ、そして単なる虚構がきっかけであるという事実、これは魂の動揺という現実に照らして見れば重要なことではない。この文は、何故ジャン・パウルが、何の良心のとがめの痕跡を残さずに、かくもふんだんに倦むことなく彼の長編小説の中で魂の動揺の演出家として活動しているのかその理由を説明している。荒っぽい機械や血腥い驚愕の効果やトリックや欺瞞の少なくないすべての設備、装置、演出、飾りは結果の効果に対する現実の理由の無関係からその正当性を引き出している。この文はしかし他方ではまた何故語り手のジャン・パウルは根本的に、外部世界の事物を本質的に、魂によって魂のために上演される作品の書き割りや劇場の機械装置以上のものとして評価するに決して至らなかったのかも説明している、――これは、「自ら無限に鳴り響く木霊」の中で詩となる、つまりそこでは魂が全く自らの下にいながらそれでも一つの世界に囲まれている詩となる、魂のための作品である〉。

『彗星』ではこうした内面と外界との不一致、まずは一致と見せかけて、突き放す技法がふんだんに見られる。思いつくままに挙げると主人公の名前、後光、人工ダイヤモンド、喜捨、霧の中の歓声、ルカの町での皇女との出会い等である。

主人公の名前はニコラウス・マークグラーフである。ニコラウスは聖人の名前であり、マークグラーフは辺境伯と響きが同じである。聖人にして領主という宗教界と政治世界の代表という大層なもので、幼きニコラウスはまず聖人ニコラウスに憧れ、彼の役を演ずる。ジャン・パウルはこの段階では自己演技を擁護してこう述べている。「しかし今は、この件を語り尽くす前に、知っておきたいと思うが、ニコラウスが自分と同時に他人をペテンにかけるのを読んだばかりの男がいるとして、この男は果たして分金液［硝酸］を注いで、マホメット達やリエンツィ達、トーマス・ミュンスター達、ロヨラ達、クロムウェル達、ナポレオン達の話の中から、このような時代に酔った男達が他人に対して見せかけているものを、純粋に、彼らが自分自身に見せかけているものと区別して、かくてハーネマン式ワイン検査を通じて彼らの実在から彼らの仮象を析出させる勇気を持てるものだろうか」(S.595)。この段階では語り手は主人公の演技を認めている。しかし実はペテンだとも述べており、実在との不一致は明瞭である。

後光については語り手ははじめから明かしている。ニコラウスは鼻の十二の痘痕の他に、汗をかいたり、熱心に祈ったりすると頭に後光が射す珍しい特徴を持つとされるが、すぐに「この後光は多分ボーゼの列福に他ならない」とされ、注で電気的後光のことと説明されている（S.578）。そして皮肉なことに友人ヴォルブレと取っ組み合いの喧嘩をしているときに燐光を発しはじめ、聖人たるものが喧嘩をしてしまったと鏡に映った燐光を見ながら反省することになる（S.597）。宗教的後光は単に生理現象にすぎない。

人工ダイヤモンドの発明は金をもたらしており、ジャン・パウルの作品では珍しく主人公が裕福になる。金を有することは実在の世界での勝ち組を資本主義社会では意味するが、しかしニコラウスは結局のところ認定されてはいない。このことが明らかになるのはヴォルブレのパスポート管理である。「しかしこのことをヴォルブレは考えていた。彼と力強い妹のリベッテは――ローマでは金で、つまり多くの金で何でも出来、従ってパスポートと呼ばれる人間の表題紙も出来たので――警察へ行き、薬剤師は突然の幸運で頭が変になり、自らを領主に劣らぬ者とみなし、それ故領国を捜す旅に出るという当地の犬ドクトルの医学証明書を提出した。かくてローマ出身の薬剤師ニコラウス・マークグラーフを、この者をペーター・ヴォルブレ・ドクトルが医師兼監視人として彼の弱った分別力の回復のためにドイツ中の旅に連れ出すが、邪魔せずに通行、再通行させるようにと上級官庁からすべての役所に請願してある完全なパスポートが求められ、入手されたのであった」（S.898）。「金で何でも出来」

とは書いてあっても、名前通りの「辺境伯」と認定されはしないのである。ルカの町の人々が彼の前で帽子を脱ぐのは「ひょっとして被ったままでいたら彼が狂気の発作にかられて、自分達の頭を押さえるかもしれないと」案じてのことである（S.925）。しかし一方「金で何でも出来」る現実はあって、実在の側のルカの町の侯爵はそれほど豊かではなく、宮廷へのニコラウスの接近は可能となる。「二、三ターラーと引き換えに、ハーツェンコッペン［ニコラウス］は宮廷がまた退出したちょうどそのとき画廊に入るよう万事を定める」（S.962）という秘密の取り引きが可能となり、手違いから主人公は皇女と出会うことになる。ダイヤモンドに関しては、炭とダイヤモンドの要素が同じことから、フランス革命を背景にした市民と王との同一性を見る論者（Matthias Dörries, 1990）や、文学『作品』（Werner Nell, 1986）と解釈する論者、金をもたらす作家活動が透けて見えると見る論者（Herbert Kaiser, 1995）、現実の虚構性を説いて、炭からダイヤモンドを造ることを、現実のより高い実在への詩的変質の比喩と解釈する論者（Monika Schmitz-Emans, 2000/2001）がいて、それぞれに興味深いが、現在、人工ダイヤモンドは高くないことを考えると、情報価値は開示の有無で決まる、秘すれば花といった程度の感想しか思い浮かばない。秘すれば花となるところを語ってしまうのが、透明な神秘家ジャン・パウルの面目であろう。しかしまた『ジーベンケース』の「最初の果実の絵」の章に、「ただ雲の上に高く一つの光輝がある、それは神である。そしてそのずっと下に光る点がある、それは人間の自我である」という文があることを思い出すとき、ダイヤモンドをジャン・パウルの文筆活動の原点であった「自我」の比喩と見なすことも不可能ではないであろう。それはかつては光輝に満ちたものであっても、複製時代には高値を失う人工ダイヤモンド、合成方法の解明された宝石という観点で評価されるものであろう。

人工ダイヤモンドで金を得た主人公は、自分が好きでもない男に喜捨しようとして夜その部屋に忍び込み、不審者と思われさんざんな目に遭う。「喜びに酔ったマークグラーフにとって、上下を封印された二十四クロイツァー貨幣による百フローリンの金のロールをポケットに入れ、窮迫し、侮蔑された敵にこっそりとこのような弦のロールの贈り物によって再び彼の弦のない共鳴板の弦のための金属を与えるという思い付きほどに時宜にかなった思い付きがあり得たであろうか」（S.801）。しかし結果はこの敵の嘘と捕吏達との喧嘩であり、「しかしこれはマークグラーフのような者がそのダイヤモンドの凱旋の日に名誉と共に頼りとする勝利と言えようか」（S.806）という予想外というべきか、予想通りというべきか、ともかく内面と外界の一致しない結果に終わる。ちなみにジャン・パウルの主人公達は金を得てもそれで事業を起こすことはなく、喜捨するしか喜びを知らない。

主人公がルカの町へ入るときたまたま濃霧に襲われるが、ちょうどそのとき人々の王子誕生の知らせを、主人公は自分のことが言われていると錯覚する。これもジャン・パウルが技巧的に設定したものであろうと思われるので引用しておきたい。「『王子様だぞ』と霧の中から叫び声がした。——『大変だ、新しい王子様だ、今日は飲むぞ』と向こうで声がした。——『立派な体で、背丈があるが、しかし痩せているそうだ』——『いやに長いこと待たせたなあ』——と交互に聞こえてきた。侯爵薬剤師はこのような栄誉礼に接し、また自分の事情もあって、当然ながら、彼が町に入るとき同時にこの世に生まれた長いこと待たれていた世継ぎの王子の誕生を思いつくことは金輪際出来なかった。彼はそれ故、十分に正しく推測したとしても、侯爵の紋章の馬車の中に、夕方たまたま早く、あるいは自分のために先行して行ったとまで思った何人かの皇女達を想定する代わりに、侯爵家のお産のために至急近隣から呼ばれた産婆、助産婦といった者を考えることが出来なかった。それで彼は理性的な分別ある男としてあらゆる蓋然性を総合して――ローマ館での自分の借り上げ予約――町への前もって送った侯爵の微行――自分のお供――自分の首都、ニクラスの町を考え――そしてすべてのことからただ、人々は自分のことを嗅ぎつけ、彼を侯爵として町へ招ずるために太鼓を叩き、ラッパを吹き、鐘を鳴らし、大砲を放ち、叫び声を上げようとしているのだという結論しか引き出せなかった」(S. 907)。この件では主人公が王子誕生のニュースを聞いた段階でも、これと自分の到来への祝いを一緒にしている内面が描かれていて亀裂の深さを巧みに示している(S.915参照)。

ルカの町での皇女との出会いの場面は主人公ばかりでなく皇女の方の誤解も含むがいずれにせよ、内面と外界の不一致である。喜劇的色調であるが、内面の孤立は深い。初めはイタリアのローマと作中のローマとの取り違えが語られた後、次のような取り違えに至る。こうした取り違えは初期の頃から作中での誘惑的場面で一貫して利用されていることを考えると、これまたジャン・パウルの十八番といったものである。「伯爵[ニコラウス]は高貴な側からのすべてのこのような一致で次第に勇気を得ていって、長い間彼の顔に浮かんでいた歓喜の朝焼けの背後で遂には愛の太陽全体が明るく昇った。神々しい遠くの恋人のこのように美しく間近の女友達を前にしていて、彼は彼女に声高に言った。『私は彼女[貴女]をローマでの夕べ以来決して忘れたことがありません、妃殿下――私は彼女[貴女]を求めています――僕の旅はこの目的と心のこれに類した目的以外にはありません――このことを永遠の秘密にしていなくてはならないでしょうか――そんなことはありますまい、神々しいアマンダ』。

ハーツェンコッペン〔ニコラウス〕がこの語りを、口頭で行う代わりに、文書で渡して、従って『彼女』を『貴女』と区別出来るようにしていたならば、皇女は『貴女』と取り違えることはなく、彼の雅歌を自分に引き寄せることはなかったであろう。――しかし我々哀れなドイツ人は、ドイツ人のおしゃべりが続くかぎり、四重の多義性の嘆きを自らの裡に飲み込まなければならない。この『sie』を語るときである。まず『彼女はした』、第二は『そなたはした』、第三は『彼らはした』、第四は『貴方〔女〕はした』である。

皇女達はそもそも演習の驚きに慣れていず、当惑させるのと同様に簡単に（より簡単にとは言わなくても）当惑してしまうので、善良な余所のルカの町の皇女は、すでに長いことハーツェンコッペンの有頂天から狂った愛の告白以外の分別あるものを何も聞き取ることが出来ずに、それに対してただ分別ある愛の告白に対するのと同じように答えた、つまり飽きるほど見ることと見ぬふりをすること、そして飽きる程聞くことと聞かぬふりをすることであった」（S.989）。

以上のようにニコラウス自体すでに孤立した内面を窺わせているが、更にルカの町では革人間という夢遊病者が出現し、何故かニコラウスを嫌い、人間を嫌っている。しかし何故か女性には弱い。ニコラウスの一行を前にしての長い独白そのものが、孤独な存在を窺わせるが、その科白も次のような按配である。「一度おまえ達の様々な夜を一年に圧縮して、三六五日目の夜に一体枕の上の長い夢物語のうち、戦争や、娯楽や人間の社交や会話や長く不安な話のうち何が残っているか考えてみるがい い。一つの羽毛も、一つの微風も残っていない。――その上に更におまえ達の三六五の日中を数えて見ろ、同じことで、悪魔がおまえ達の夜とおまえ達の日中には笑い、支配しているのだ。しかしおまえ達はそれを知らない」（S.1001）。狂気を治す騎士の登場という『ドン・キホーテ』後編の影響があるのであろうが、この人間はどうやら作中の牧師ジュープティッツの言から判断するに主人公の侯爵という妄想を治すために創作されたようである。牧師は述べている。「この人物は世界の、それどころかより高い動物界の、ましてやそれより低い人間どもの、唯一の侯爵であると思い込んでいて、従ってこの人物はルカの町の侯爵の命の明かりを、他のどの侯爵のであれ同様に、簒奪者の命として、これまでおとなしかった怪物、あるいは非人間の発作が思いがけず生ずる瞬間ごとに無分別に吹き消しかねません」（S.973）。続いてジュープティッツは何故この人物が侯爵という妄想を抱くようになったか述べて、主人公が自分のことに関連付けて、自分の愚行をやめるようになるだろうと思ったというようなことが記されている。しかし「ニコラウスのような空想の人間は、空想そのものの中で空しい治療手段で空想を押さえ込もうとするすべての動きに静かな防御を見いだす」（S.974）とされ、効果はない。後に妹のリベッテも同様の治癒的影響を考えていると述べられるが（S.999）、やはり最終的効果は未定である。革人間についてはその特異な言動故に、これまで様々な解釈（最近では Monika Schmitz-Emans は革人間を贖罪の山羊の儀式と関連付けて論じている）がなされてきているが、しかし全体に今ひとつ革人間の造型は十分ではなく、作品の物語部分は革人間の独白の後、「皆彼から遠く離れた。恐れからではなく、驚きの余りであった」（S.1004）という、よく『彗星』論で引用される言葉と共に未完で終わっている。

物語としては確かに『彗星』は完成度が今ひとつであるが、しかし個々の人物の造型はそれなりに面白く、殊に訳していて楽しかったのは牧師ジュープティッツの言動である。すでにこの牧師については先にも「飛び領土」での脱線の部分を紹介したが、この牧師が旅に同行した理由の一つは何と旅は健康に良いということであって（S.825）、太っているから現代風な歩行の必要を感じてのことである。ちなみに途中で旅に加わる煙突掃除人も太っていて、入る煙突がなくなり、「長く歩いてまた登れるほどに痩せ」（S.887）なければならないことになっている。更に牧師には些細な失敗談の披露があり、笑いを誘う。例えば「極めて丁寧に急ぎ、極めて冷静に着衣することが不可欠の状況のとき、晴れ着のチョッキのボタンをはめるとき、下の方で一つのボタンが一つの穴を飛び越してしまい、それで一方のチョッキの端が不作法に首のところで突き出すことのないようにするには、すべてを指先で（不運なことに最も上等な穴やボタンであって）また外して、はめ込む必要にせまられ、その結果、宗教局評定官の許に着いたときには、この方はもう食卓に付いておられたのだった」（S.852）とぼやいている。二〇〇年前の日常が鮮やかに現代に伝わって来る。

『彗星』は大きく見えたり、小さく見えたりすることから表題に取られていることを考えると、文学作品から処世訓を引き出すのは余り気の利かないことであっても、印象に残った二つの箇所を引いて締め括りたい。「自然や史実が全く創作に従う」（S.584）という『彗星』に倣って、引用箇所を引用する。一つはローマでラファエロの絵を見てコレッジオが「私も画家だ」と叫んだという逸話を踏まえた箇所である（S.942）。これは各人に自信を持って生きよというメッセージとなりうるものである。大きく生きよである。もう一つは「凱旋の行列」で、ローマでは奴隷が凱旋将軍に「自分が人間であることを忘れるな」と呼びかける習慣があったことを踏まえた箇所である（S.997）。これは謙虚に、小さく生きよ、であろうか。

参考文献

Goebel, Eckart: Am Ufer der zweiten Welt. Stauffenburg. 1999.

Döll, Heike: Rollenspiel und Selbstinszenierung. Zur Modellfunktion des Theaters in Jean Pauls 'Titan' und 'Komet'. Frankfurt a. Main, Berlin u.a.: Lang. 1995（= Bochumer Schriften zur deutschen Literatur, Bd. 46).

Baierl, Redmer: Transzendenz. Königshausen und Neumann. 1992.

Gierlich, Susanne: Jean Paul "Der Komet oder Nikolaus Marggraf. Eine Komische Geschichte" Verlag Alfred Kummerle. 1972.

Schweikert, Uwe: Jean Pauls Komet. Selbstparodie der Kunst. Metzler. 1969.

Reemtsma, Jan Phillip: Komet. In: Jahrbuch der Jean Paul Gesellschaft 35/36(2000/2001), S.10-31.

Schmitz-Emans, Monika: Der Komet als ästhetische Programmschrift - Poetologische Konzepte, Aporien und ein Sündenbock. Ebenda. S.59-92.

Eickenrodt, Sabine: Horizontale Himmelfahrt. Die optische Metaphorik der Unsterblichkeit in Jean Pauls Komet. Ebenda. S.267-292.

Käuser, Andreas: Die Verdoppelung des Ich. Jean Pauls physiognomische Poetik im 'Komet'. In: JJPG 26/27（1992), S. 183-196.

Müller, Götz: Die Literarisierung des Mesmerismus in Jean Pauls Roman 'Der Komet'. In: Müller, Götz: Jean Paul im Kontext. Gesammelte Aufsätze. Mit einem Schriftenverzeichnis, hg. v. Wolfgang Riedel. Würzburg: Königshausen und Neumann. 1996. S.45-58.

Dörries, Matthias: Ent-setzter Apotheker. Ein Naturwissenschaftler als Metapher in Jean Pauls "Komet". In: JJPG 25 (1990), S.61-73.

Nell, Werner: Jean Pauls "Komet" und "Der Teutsche Don Quichotte" [von Wilhelm Ehrenfried Neugebauer]. Zum historischen Ort von Jean Pauls letztem Roman. In: JJPG 21(1986), S.77-96.

Wuthenow, Ralph-Rainer: Nikolaus Marggraf und die Reise durch die Zeit. In: Jean Paul. 3.Auflage. Text und Kritik. 1983. S.77-88.

第六章　『レヴァーナ』について

『レヴァーナ』初版（一八〇六年、奥付一八〇七年）二千五百部、第二版（一八一四年）二千部は人気のかげりの見えていたジャン・パウルにとって『ヘスペルス』（一七九五年）程の評判とはならなかったものの、『美学入門』（一八〇四年）同様好評をもって迎えられた教育論の書である。第一版の売り切れを知らされなかったジャン・パウルはそれを怒って第二版では出版社を変えている。本書はジャン・パウルが「私は後世に私の長編小説よりも『レヴァーナ』によって深く影響を及ぼすであろう」と自負するもので、ゲーテが「思いもよらぬ成熟が見られる」と評したことはよく知られている。現代ではヴァルター・ベンヤミンが、「ドイツ人はここでもまた自分の所有するものを知らない」と述べているそうであり、シュタイナー学校のルドルフ・シュタイナーも、「そもそもこの作品には教育についての黄金の洞察が秘められていて、通常よりももっともっと注目されてよいと思う。教育者にとってはこの領域の最も名声ある著述の幾つかよりもはるかに重要な作品である」と述べている。

タイトルの「レヴァーナ」は、古代ローマ人の間で、新生児を父親の足許に置いて、持ち上げて(levare)自分の子供と認知させるようにする習慣があり、その際女神レヴァーナ（レヴァナ）の助力が願われたことに由来するものである。出典としてジャン・パウルはアウグスティヌス『神の国』を挙げているが、出典の巻と章を間違えており（正しくは第四巻第十一章）、ベーレントは孫引きと推定している。

『レヴァーナ』は出版以来教育学の古典と認定され、レクラム文庫にも入り、抜粋本や英訳、仏訳等の翻訳も多いのであるが、しかしその研究となると心許ない。文学研究者には教育論は食指が動かず、教育学者は小説家の余技と見なしがちであったためか、一九八二年の段階で『レヴァーナ』の受容史を調べたフェルティヒの結論では、「十九世紀以来のジャン・パウルの教育論に関する量的に重要な著述を一望してみると、それを包括的にかつ偏見なく特徴付けようとする試みはほとんどなされていないと結論付けざるを得ない」そうである。しかし最近『レヴァーナ』に関するものが相次いで刊行され、目覚しいものがあるので、それらを簡単に紹介し、最後に筆者の見解も少しばかり述べることにしたい。比較のために一九〇七年の節目の年に発表されたミュンヒの斬新とは言えないまでも誠実なモノグラフィーも紹介する。その前に、目次でもあらかた分かることだが、『レヴァーナ』の概略を記しておく。

全体は九つの断編から成り立っており、第一断編では教育の重要性についての後、講演口調で教育の効果に対する疑念とその反論が語られる。第二断編ではブルジョワ的有用性を越える教育の精神と原理が述べられ、理想的人間の個人性、越えるべき時代精神、単なる道徳性ではない宗教性の涵養について論じられる。第三断編では生殖の有り様、魂の発生、妊娠についての後、最初の三年間のこと、特にこの時期には喜びが必要であり、遊びが肝要であること、その他子供の踊り、音楽について、命令、禁止、処罰の仕方、泣く子に対する対応、更には子供の信心、つまり大人に対する子供の無条件の信頼が聖なるものとして述べられる。第三断編の付録として身体の鍛錬について、素足、時々裸にさせること、冷水浴、雨にうたれること等が勧められる。第二の付録として家庭教師の特性について、口うるさいことは言わず、気骨があって、情のある、強い面を抑えるよりも弱い面を手助けする家庭教師が望まれる。第四断編では女性の教育について、気分的な女性の教育の仕方の欠点、女性の使命は子育てであること、世間に出て行く少年と違って少女は家で育てられること、深窓で大事に育てられるべきこと、更には自然な人間らしさを失うべきではない王女の教育について述べられる。第五断編は君主の教育について。君主の自覚を持って、しかし子弟の礼は守って、知育よりは性格の形成に重きを置いて育てられるべきこと。平和を愛するべきであるが、臆病であってはならない。第六断編は少年の道徳教育に関して。勇敢な少年を育てるべきである。心に銘記される観念、名誉の観念といったものを持てば臆病でなくなる。特に過去のストア派の例で刺激するとよい。正直が男性の徳の華である。しかし剛毅さばかりでなく愛に向かっても少年は育てられなければならない。第七断編では精神面の形成衝動の発展について。これはまず言葉を通じてであり、母国語の他に主にラテン語が推奨される。更には注意力、明示力、機知、反省、想起の発育が語られる。第八断編は美的感覚の形成について。外的感覚が物を言う美、美術、音楽、建築は内的感覚が物を言う詩作よりも早く教育するべきである。古典語教育は主に大学生の時期に行うとよい。第九断編は補遺、結語が語られる。

1　『レヴァーナ』の研究

ミュンヒの『ジャン・パウル』（一九〇七年）は『レヴァーナ』論で、内容紹介、同時代の教育論との比較、内容評価を骨子としている。ここではその内容評価を紹介したい。彼が指摘しているのはジャン・パウルの生得観念論、自己発展への支援、理想的人間の特性等である。

「ジャン・パウルにとって子供の心（Seele）には様々な素質が付与されており、それを発展させてゆくのが教育の役割である。従って子供の心は何か書き込まれるべき白紙であるとか、感覚を媒介にして、あるいは観念を教えることによって初めて心に何か形成されるといった考え方は退けられる。もとより外界の知覚は段階的になされなければならないが、しかし精神的倫理的価値をなすものはすべて生まれながらの無意識の諸力に基づいている。一種の神的本能が人間を高みに導く。この芽の中に、自由、神、徳、真理、美、永遠性の観念が宿っている。この楽天的性善説に反する見解もないわけではないが、全体的基調はそうである。彼の理想的人間は、人間的理想と個人性の調和的結合である。他の教育者達は理想のみを前面に掲げて個人性をなおざりにしている。ヘルバルトとかシュライエルマッハーはこの限りではないが。

ジャン・パウルは子供の特性をよく捉えている。肉体的成長とともに精神的成長が生ずること、子供のうちに宗教的根本概念、言語能力が潜在的に存在していること、子供の信頼を教養への重要な梃子とみなしていること、更には子供には過去も未来もなくただ現在だけがあり、養分というよりは、温かさ喜びを必要としていること、子供は聞きたがること、独自の力で言葉を理解してゆくこと、小きざみの発展のあと大きな飛躍をなすこと、その自己愛は罪がないこと、頑是なくなる憂鬱な気分の日があること、どんな面白くない日でも二十度も楽しくなれること等よく観察し独自の言葉で述べている。特に遊びの効用を説いていることは傾聴に値する。ルソーは肉体の運動を説き、博愛主義者は体操時間を設けているが、ジャン・パウルでは心理学的価値付けが見られる。遊びの分類、おもちゃ遊びと人間同士の遊び、空想に対する玩具の関係、子供が子供と一緒に遊ぶことの倫理的意義等適切である。少年少女の関係（共学の薦め）、少女についての観察のこまやかさ、恐怖や度胸の伝染性、嘘についての見解、子供の表面的な愛想のなさ、都会（人情味がない）の子供と小都市（憎み合う）の子供の違い等独自のものが見られる。また子供に対して残酷な両親や教師、肉体の世話をするからといって精神の世話をする資格はないということ、時が経てばなくなる不作法まで取り締まる愚かさ、過剰な要求、確固とした指針のなさ等の的確な批判がなされている。

ジャン・パウルの教育論の顕著な特徴は子供の自己発展に対する評価で、この自己発展の助長を使命としている。教育を支援、躾、伝授の三つに分類すると、ジャン・パウルでは後の二つより最初の支援が重きをなしている。躾に関しては、ルソーの自然罰ばかりではなく、人間による処置も考えられているけれども全体的にはルソー風である。外的知育の伝授は内的徳操の伝授よりも下位に置かれている。発展と伝授とがかみ合うことが望ましく、内的生命の伝授、生命により生命に火がともされること、偉大なもの高貴なものが心に輝くことが肝腎とされる。これは当時の知育偏重の教育に抗し、新人文主義、ロマン派の流れにそうものであろう。彼にとっては自分と同じく精神的に独自の生産的人間が完全な人間であって、このような天才的人間、一芸に秀でた人間の発展を妨げないことが大事とされる。子供は天才と見て育てるように。しかし一芸に秀でても他の力が抑圧されるかもしれない。それ故（どの力をも弱めないこと、その反対側の筋力を強めること）が規範となる。これを応用すれば、空想に対しては実用性を説くことが出来よう。

ジャン・パウルの理想的人間には次の三点が言える。第一に理想を普遍的なものとして掲げることの断念、第二に積極的な価値を持つものの出来るだけ完全な実現、第三に弱い面と強い面の調和である。個人性と同時に人間的特性の調和を求めるこの教育論は理想主義的に過ぎるところがあろう。しかし現代では単に風変わりな個人性が見られるだけであり、理想がもっと燃え上がってもよい。調和の概念は時代の産物でもある。

心身の鍛錬はルソー以来合言葉となっているが、他面彼は心的保護を大事に思っている。少女は軽佻な所ではなく聖なる所で育てられるべきという意見であり、少年もむやみに卑俗な現実に突き出すべきではなかろう。善なるもの高貴なるものを知らしめることが諸悪から護ることでもある。早期自己発展に信を置いて余り介入しない方針であり、人間を非難せずに行為を非難せよと説く。早期教育の否定もルソー流であり、肉体が発達しない最初の五年間は人為的に魂を発展させることは害があるという。早期の哲学には反対で数学を代わりに薦め、詩文も十三歳、十四歳頃までは遠ざけたいと考えている。機智の称揚は如何なものであろうか。自由な個人的見解、隠されていた関係の発見等機智には評価できる部分もあるが、しかしこれには魂を損ないかねない人為的部分があるのではないか。ビールの薦めは論外であり、オペラ鑑賞も選択の要があろう。その他自然科学の推奨、自国の詩文の推挽、日常の比喩の分析、書きたいことを書かせる作文教育、子供の服の軽装化への提言等聞くべきことが少なくない。全体に、君主教育をも論じているが、自分の出身層の家族のために書いており、社会教育、学校生活には余り触れていない」。

ミュンヒの論に若干補足すると、生得観念は経験以前には人間の精神は白紙であるとするロックの経験論哲学、そしてその流れをくむ『エミール』のルソーに対立するものであろう。『巨人』でも

「自由はすべての神的なもの同様に学習して修得できるものではない、生まれついてくるものである」(Bd.3,S.693) と述べているから、ジャン・パウルの持論と思われる。しかし「教育の精神はどの子にも隠されている理想的人間を自由になった者の手で自由にする試みに他ならない」(S.528) とか、「誰もが自らの中に理想的人間を持つ」(S.560) とかいう内的理想的人間は人口に膾炙して、ベーレントの言ではほとんど諺になっているそうである。生来の信 (fides implicita)というのは神学者の用語であるから、これは格別ジャン・パウル独自の思想とは言えない。しかし生来の信に関して言えば、ジャン・パウルはこれを子供の大人に対する無言の信頼の意味で遣っており、これがルソーにも見られない独自の思想と言えよう。

ミュンヒの評価する自己発展に信を置く教育については「序言」の中で明確に、最初の三年間は、「まだ伸ばしてゆく (entfaltende) という正しい教育が可能である。これがあれば第二の長い治療 (heilende) の教育、反教育は少しで済むであろう」(S.531) と記されており、当時の評者達も気付いている。「教育は定めるよりも限るべきもの、積極的というよりも消極的であるべきもの」(Köppen の書評、一八一五年) と評している。勿論ジャン・パウルは刺激のない世界はあり得ず、ルソーの消極教育は矛盾し、現実に合わないことを指摘しているが、徐々に段階的に刺激を加えてゆくやり方は評価している (S.559)。人間よりも事物で教育する点は、人間は動物ではないのだから言葉による教育があってしかるべきと反論している (S.619)。しかし「全体を損なうことはないけれども多くの不適当な例のみられるルソーの個別の規則ではなくて、全体を貫き生気づけているその教育の精神」(S. 527f.) を評価するとなれば、ジャン・パウルも消極教育の系譜に連なると言えよう。「子供の根源の力を育てる樹液を与えさえすれば、個々の枝に接ぎ木をしたり、葉形を刻んだり、花を着色する必要はなくなる」(S.669)。

次に現代の論文を見てみると、一九六三年シュペーマンが『反省と自発性』という論文の中でジャン・パウルをフェヌロンと比べて論じている。シュペーマンの論文では愛と反省とが対立するというテーマを承認しなければならないが、この範囲内では納得のゆく論文となっている。しかし全体的にはジャン・パウルは著述という反省の領域にいるのではないかという疑問が残る。フィヒテ批判についても、批判に躍起になっているのは自身半分はフィヒテ主義者であるところからきていることを忘れてはならないだろう。

「愛は反省の対極をなすものである。愛が世界の根底にあることを知るには自分の愛がまた前提となる。この循環を保ち、主体を孤立化させかねない反省から身を護ること、これが教育の目標である。源の自我、そして他者の自我に向かい合う根源的自発性が倫理の本来の根拠である。それ故正直であることは、ジャン・パウルにとって、カント的な単なる倫理的要請ではなく、〈教育の最高の果実〉(S.792)である。教育は愛の環境の中で、自我の超越、愛を自然に発展させることである。これは子供の嘘に対する彼の態度に明らかである。彼は子供の言うことをしばらく信じないことによって子供を処罰するルソーとカントの考えを退ける。これでは子供をもはや信じないと言うことによってまず裁く者自らが嘘つきになってしまうと反論する。〈いつ、いかにして逆にまた不信から信頼への不可欠の跳躍をなすつもりか、動機づけるつもりか〉(S.794)。子供の嘘につき合っても信頼関係は回復しない。ジャン・パウルはそもそもルソーの自然罰には与せず、この場合にはしばらく黙るようにと命ずる。信頼関係を壊してはならない。

自我を他者に、フィヒテ的非我ではなく、またある自我である他者に向けて開示するのは意志の働き（カント）ではなく、愛の働きである。愛のこの力は教育で得られるのではなく、教育ができるのはただ子供を愛へ向けて解き放ち、根源の太陽を明るみに出すことだけである。愛は神的、自発的なもので説明を要しない。ジャン・パウルにとって自己愛は二通りある。子供のそれは動物的なもので、無邪気なものである。愛を育むには愛があればいいが、しかし〈ただ自己の藪や巣に迷い込むと、自己を愛する程には他者を気高く純粋に愛さなくなる〉(S.805)。つまり純粋な愛を壊すのは、子供の自己愛ではなく、反省という自己享受への愛の反転である。愛それ自体は純粋なので動機により不純なものになることはない。相手のことは構わずに自分の状態を愛するようになって、不純なものは生ずる。発生の暗さではなく、反省の明るさが愛の純粋さを損なう。この点でジャン・パウルはフェヌロン、更にはルソーの後継者である。

『巨人』の中でジャン・パウルは田舎娘ラベッテの愛とロケロルの愛の違いを、素朴に相手を愛する愛、女性的愛と、恋人の代わりに恋を恋するようになる感覚の愛、口数の多い男性的愛とに分けている。女性の愛がより純粋であることの理由は『レヴァーナ』では、女性が反省、自省の二重化に向いていないことに求められる。〈男性は二つの自我を持つが、女性は一つの自我だけであり、自分の自我を見るためには他者の自我を必要としている。自己対話と自己二重化のこの女性の欠如から、女性の大抵の欠点、長所の説明がつく〉(S.684)。〈分割されない観照的な女性の性質〉(S.685)から更に別の女性の特性、現在性が由来する。『レヴァーナ』ではまた享楽に対して晴朗さが讃えられている。享楽的な反省に対して、対象に向けられた晴れやかで真摯な行為、愛が考えられる。

教育者は無論反省の芽生えを妨げてはならない。通常の実用的性質の子供には早くから自省への訓練を始めてよい。しかし少なくとも哲学的詩的性質の子供には、〈新鮮で確固とした人生を手に入れ維持できるように〉(S.847)、自省の時期を先に延ばすべきである。ルソーの早期教育に対する警告はここで重要な深化を迎えている。教育は母胎の暗さを持続させて、時期尚早に人生を明るみに出すことから護らなければならない。このような教育はジャン・パウルにとって時代に抗する教育である。反省の時代に対するフェヌロンの言辞はジャン・パウルでは反フィヒテ的言辞となっている。〈内部の世界に沈潜し、侵入することによって、人間に外部の地表の世界を隠し壊してしまう反省的な自己観照は現在どこの書店でもその坑内梯子が見いだされる。……従って現在は以前よりも多くの瘋癲が見られ詩人は少ない。哲学者と瘋癲は絶えず左手の人差し指で右手の人差し指を指して、客-主観と叫んでいる〉(S.846f.)。ただ教育者の愛のみが子供を軟弱な時代が陥っているこの〈自我の藪と巣〉(S.805)から救い出すことが出来る」。

最近では一九八九年エヴァースが『詩的存在形式としての子供時代』という論文の中で、ルソー、ヘルダー、ジャン・パウル、ノヴァーリス、ティークの子供観を論じている。ここではジャン・パウルの章を紹介する。

「ジャン・パウルはルソーによる子供の発見、その独自性に全体として従いながら、その範囲内でまたヘルダーの考えを継承している。しかしさらにこのヘルダーの子供の人間学に子供の形而上学が補完されている。三者とも子供と時代精神とは対立するものと見ており、彼らは子供の独自性の擁護者となっている。ジャン・パウルは時代精神を越えること、意志、愛、宗教の三つの力で時代に抗することを説く。有用性の教育論に対してルソー流の〈人間は市民よりも先である〉（S.558）を掲げる。子供はルソーの言う人間と動物の中間存在ではなく、はじめから人間である。〈人生の全体はどこにもないか、いつでも存在するか〉（S.609）である。人間は有機的統一体と見られる。教育は〈ただ伸びてくるものを組み立てようとしてはならない〉（S.528）。〈個々の枝ではなく、根に水を注ぐこと〉（S.528）が肝要である。肉体と精神は同時にからみ合って生成する。教育の力には制限が設けられる。子供の個人的性格は芽の状態であっても完全に存在している。精神的個人性、素質、性別は〈根源の瞬間〉に既に〈目に見えぬ筆によって決定されている〉（S.588）。真の教育はそれ故伸ばしてゆく（entfaltende, S.531）教育である。もちろん介入も必要である。特に個々の素質が一面的なものに片寄りがちな時に対立物の形成によって修正することが必要である。こうした有機的な考え方はヘルダーを踏襲したもので、これは人間を組立細工とみて、肉体的なものと精神的なものとが別個に発展し、外的に結ばれているとみる見方を排するものである。ルソーは精神的発展を肉体的成長と並行させようとしているけれども、この人間学的二元論にとどまっている。若きヘルダーはこれに対して人間は内的有機的統一をもった一者であるという一元論を唱えている。ジャン・パウルはこの有機的一元論の人間学を採用しているけれども、しかしまた二元論、形而上学的二元論に固執している。彼にとって人間の有機体を束ねる魂はまた現世を越える不滅の精神性、神性の宿る所である。この自我の核、自我の本能は、これ以外の心身の有機体をすべて現世的なもの時代的なものと見なし、有限な世界に満足することを許さない。若きヘルダーでは人間は有機的生の最高形態として神の似姿である。ジャン・パウルでは有機的存在としてではなく、精神的自我の核として神の似姿である。有機的存在としては人間は単に有限な存在であって、これはよく牢獄とか監獄とかの比喩で語られる自我とは疎遠ななじめない存在にすぎない。九〇年代以降ジャン・パウルは形而上学的二元論と有機的一元論を統合しようとしているが、これはパラドキシカルな結果をもたらしている。分裂が激化されるだけである。どんなに融合しようとしても有機体は自我とは無縁なものである。思弁の二重化が見られる。ジャン・パウルはルソー、ヘルダー同様に市民ではなく人間を教育するのだという。しかしまたこの世の外の、そして我々の内部の未来が、両者よりも大事なのだ。人間学的にはすべての個々人の素質の調和的発展が肝要である。しかし形而上学的には人間の永遠の救済が問題となる。二つの教育目標を一つにすることは出来ない。人間の救済は地上での完成にはない。

子供像の歴史で特異なのはジャン・パウルの子供時代の形而上学である。その核心は〈子供の精神の神統記〉(S.589) の説である。子供の生の最初の瞬間に神的純粋な自我は全面的に付与されているという。この神的光は顕現の時二重の屈折を受ける。まずは個々の光に分離し、次に個人的特性を帯びる。ジャン・パウルでは肉体的個別性が精神的個別性を生むのではない。〈両者は有機的瞬間に互いを前提としている〉(S.589)。自我は有限性と対立する無限性であり(超越性)、次にまた有限な有機体の統一を束ねるもの（内在性）である。魂は二重の働きをなしている。従って発達心理学的に自我は芽生えるのではなく、形而上学的に生ずる。不滅の魂の肉体への侵入が第一の奇蹟であり、その神々しさの意識化が第二の奇蹟である。無意識の子供時代はこの意識化に向けて〈石の殻〉（S.561）を剝ぎ取らなければならない。子供時代は神聖なものである。この神聖さは獲得されるべきものではなく、授かっているものである。地上的生は最大値から始まる。理想は現実よりも古いとヘルダーは言っているとジャン・パウルは言う。子供はどんなに無垢なものと思ってもさしつかえない。子供は〈時代と都市によって汚されていない〉（S.532）純なるものである。

理想的人間はすべての個々的素質の調和的最大値である。ここで考えられているのは、脱俗的な素質、無限への精神的本能、宗教的感覚、徳、真、美の感覚である。これらの発展は肉体的個別性に由来する生来の素因といつも調和するとは限らない。神的内面の世界を保つためには、〈個々の有用性、時代的、個別的手近な目標を蔑ろにしなければならない〉（S.528）状況に陥る。理想的人間の目指すものは、この世での人生の幸せとは必ずしも一致しない。教育の精神は〈どの子供にも隠されている理想的人間を自由になったものの手で自由にすること〉（S.528）である。このために一面では時代から隔離する教育、他面では欲望を抑え理想への親しみを覚えさせる教育がなされる。ルソー同様にジャン・パウルは社会、都市から離して育てるべきと考えている。しかし彼はヘルダーと同じく子供は最初から社会的存在であるとも考えている。そこで隔離は全くの孤立（ルソー）ではなく、小さな家族的世界へとなされる。しかしまた子供の宗教心涵養のために形而上学的隔離の意味をもたせて、子供を家の中に隔離し、接触なしに育てるようにと説く。『見えないロッジ』のグスタフの八年間の地下教育はエミールのパロディであるが、理想的内的人間を育てるための隔離教育の必要を寓意的に描いている。子供の方では肉体に対する禁欲的修練が必要となる。弱虫、臆病であってはならない。偉大な先人達の行跡、プルタークの英雄伝を教えることも大事となる。

ジャン・パウルにとっても思春期は人間学的には少年期と青年期に断絶をもたらすもの（ルソー）であるが、形而上学的には少年期と青年期は共に理想主義に貫かれており、違いは見られない。青年期の特徴をなす理想主義、神聖化、純粋な愛、熱狂、深い信頼、前途への希望、生の喜び、晴朗さはすべて子供時代に育ったものである。青年期に人間は肉体的にも内面的にも絶頂をむかえる。大人のように功利的現実に屈するようになると青春の輝きは消えうせる。〈市民階級の生活に満足するような若者は凡庸というべきであろう〉（ベーレント版、第二部 Bd.5, S.71）。青年期の理想主義が大人の時期の活力源となる。〈青年の理想の輝きがなかったらどうして生は成熟しよう。八月のないワインではないか〉（S.787）。逆に〈愛情に恵まれた少年時代があれば、後半生の冷たい世界をしのぐことができる〉（S.817）。少年時代を回想すると、散文の生に無限の光がさし込み、力付けられ、慰めを得られる。子供はより良い未来の、保証とはいえないが象徴である。これは人類の幻想であれ、恵みの多い幻想である」。

エヴァースは神的意識を明確にするために〈石の殻〉（S.561）を剝ぎ取る必要があるというが、子供は〈生来の無垢の状態〉（S.531）にあるのではなかったか。意識化は堕落ではなかったか。もっともこれはジャン・パウル自身の矛盾である。また子供を隔離して育てる傾向を強調しているが、しかし子供は子供同士一緒に遊ばせた方がいい（S.608）と明言しているのであるから、これに触れないのは片手落ちであろう。「子供の精神の神統記」（S.589）を引いているが、これは両親が魂の形成にいかに係っているかという問題の中で出てきており、どちらかというと内在的な魂の由来を説いた箇所である。しかしエヴァースの言う思弁の二重化、内在的にして超越的という魂の説明は便利である。人間の救済は地上での完成にはないとする見方はジャン・パウルの全体像からの判断であって、『レヴァーナ』だけではそこまで断言してはいないと思われる。例えば自分の子供に地上では救われないと言うであろうか。教育論の傾向は、息子マックス（一八〇三―一八二一）に対する教示が参考になろう。マックスが家学ともいうべき神学の専攻を希望したとき、ジャン・パウルは反対した。「真の神学は正統信仰にはない。天文学、自然科学、文学、プラトン、ライプニッツ、マルクス・アウレーリウス、ヘルダー、本来あらゆる学問を一度にやることにあるのだ」。『レヴァーナ』でもギムナジウムではパンのための学問、自然科学を薦めている（S.864）。息子の早逝後ジャン・パウルは神学、不死の魂の世界に帰ることになる。

また一九九〇年、コラーの博士論文が『レヴァーナ』を研究対象としている。タイトルは『子供に対する愛と教師の欲望――ペスタロッチとジャン・パウルの教育学的テキストに於ける教育概念と書体』であり、この論文で一気に『レヴァーナ』は現代に蘇っている。

方法論はラカン、デリダ、フーコーの説を組み合わせたものである。教師の子供に対する愛の無意識の層に迫るために、まず無意識は言語の構造をしているとするラカンの説を引く。ラカンによると言語表示は換喩による連鎖（差異）と隠喩による代置を経て言語内容となる。完全を期す愛の要求の下では実現し得ぬものが残るがこれが欲望（差異）である。二極が考えられる。他者との想像上の同定化によって欲望を停止させる、つまり他者の他者性を誤認し単なる隠喩的分節化をなすか、それとも欲望の成就しがたさ、他者の他者性を認識し、絶えず換喩的ずれを追うという欲望の実現を図るかである（S.54）。テキストについてはデリダを引いて、文字表記に於ける差異性と現在の消失、一方の手が書くとき他方の手は消すという無意識の抑圧、著者像の多層化といった特徴を挙げている（S.79）。これらの言語観に歴史との関連をもたせるために、フーコーの説を引いて、一八〇〇年頃に言語を事物の代理とみる見方が崩れ、言語はそれ自体独自の文法をもつとともに主観の表現であるとみる見方に転回し、それが言語観の歴史的アプリオリ、積極的無意識となっているとして、当時のテキストの言語表現、言語観に欲望を探る条件がととのったとみている（S.93）。分析の結論を記すと、ペスタロッチの教育学的愛は子供を教師との共生的結合に閉じ込めようとする傾向があるのに対し、ジャン・パウルの教育論は換喩的文体で、教育の原理的風通しのよさ、子供の再現し得ぬ他者性を認めているということになる。ジャン・パウルでも隠喩的同定化の極はあって、理想的人間との内的一致、彼岸への信仰、正直さと簡明な男性的物言いの薦め、無垢な幼児への愛等には欲望と欠乏は見られず、抑圧的である。言語観は多分に代理とみる見方が支配的であるが、これに反する見方、文体があって、これに相応する教育観がある。言語の遊戯的美的要素の強調、機智の要請、著者と読者間の同一化を阻む仮面遊戯、換喩的比喩（語呂合せ）といった面には、無垢の幼児への愛ではなく、言葉遊びに興ずる子供への愛、教師の再版化《コピー》傾向に対する誤植への愛、自他の欲望に開かれた、子供の根本的他者性を認める教育綱領が窺われる（S.308等）。

コラーのお蔭で、著者は『レヴァーナ』では実体験を基に語っているばかりでなく、小説同様に虚構、本の世界にも自在に往還していること、また論点のずらしが見られ、例えば第一断編の中で教育論なのに就任演説者は教育効果を否定し、それを肯定するのは退官演説者となっていて、どちらも信ずるわけにゆかない、宙吊りになっていること等が明らかになった。これは「一、二度読んで『レヴァーナ』の内容が明らかになるものではない」（ミュンヒ）と述べられている『レヴァーナ』の分かりづらさを明確に説明するものであろう。しかしこれが明らかになるのに二百年近くかかったことは余りにジャン・パウル的なパラドックスである。

2　神の似姿

旧約聖書の創世記によると「神其像の如くに人を創造たまへり」とある。神のコピーとして人間を創ったそうである。『レヴァーナ』では両親あるいは教師が子弟に自分の似姿を刻印したがると、いわば神の似姿の世俗化した関係がよく言及されている。「実際自分の似姿の他には、それが平鏡に映るのであれ、凹鏡であれ、凸鏡であれ、教師は生徒を鋳造し磨き上げようとすることはできない」（S. 537）。「そもそも人間は誰でも秘かに自分自身の複写機であって、それを他人にかけようと思っているのであれば、…（中略）…教育者はなおさらのこと、無防備で形の定まらない柔らかな子供の精神に自分を刷り上げ再版しようとするであろうし、子供の父親はまた精神の父親たらんとするであろう。このことがうまくゆきませんように。幸いなことに実際うまくゆかない」（S.562）。こうした教師の性向には子供は自分の生来の性質でもって応ずるがいい。「力学の世界ではもしも摩擦の抵抗がなくなれば、運動はどれも絶え間なく永続し、変化はどれも永遠に続くものとなるが、そのように精神世界でも生徒が教師に対して逆らい負かす勇気がなくなってしまえば、まだ経験したこともないような着古した人生が永遠に反芻されることになろう」（S.543f.）。エミールのように一人の教師に長年付いていては、世間の様々の波風に対処できないことになる。子供は子供達と遊ぶことが大事である。「終生の下僕を造りたかったら、少年を十五年間彼の家庭教師の腕と踵にハンダ付けして、この家庭教師に二人からなる芸人一座の監督兼随時の共演者になってもらったらいい。奴隷がみなそうであるように、子供は一人の個人に対しては目と心を武装して対応するかもしれない。しかし単なる一つの気候に慣れ、一つ向きの風に帆をかけていては、子供は将来様々な個人の多面性に直面したとき対応しきれなくなるだろう」（S.609）。ジャン・パウルは躾の問題ではルソー同様に教師（親）に絶対の裁量権を認めているけれども、精神的問題となると教師に対する子供の側の「摩擦」を認め、大幅に子供の自由、自主性を尊重している。どこに存在するのか聞きたいが所謂「自由人」が「自由」にするのが教育である。自分の家庭教師時代ジャン・パウルは機智の練習で、子弟に彼自身に対するからかいを許したそうである（S.845）。

これに対して消極教育の『エミール』の教師は「なに一つしないですべてをなしとげる」（上、一九〇頁）という驚異の教育術を身につけなければならない。教師は支配しつつその支配を感じさせないという一種透明人間の如きものになっている。「生徒がいつも自分は主人だと思っていながら、いつもあなたが主人であるようにするがいい。見かけはあくまで自由に見える隷属状態ほど完全な隷属状態はない。こうすれば意志そのものさえとりこにすることができる。なんにも知らず、なんにもできず、なんにも見わけられないあわれな子どもは、あなたの意のままになるのではないか。かれにたいしては、その身のまわりにあるものをすべて自由にすることができるのではないか。あなたの好きなようにかれの心を動かすことができるのではないか。仕事も遊びも楽しみも苦しみも、すべてあなたの手に握られていながら、かれはそれに気がつかないでいるのではないか。もちろん、かれは自分が望むことしかしないだろう。しかし、あなたがさせたいと思っていることしか望まないだろう」（上、一九一～二頁）。スタロビンスキーは、「この完璧な支配は、かりに教師の意図が悪意を秘めている場合を考えるならば、おそるべきものであろう」（『ルソー　透明と障害』）と述べている。中川久定氏によると、ルソーにはそもそもギュゲスの指輪を得て透明人間になりたいという願望があって、「すべての人間の〈心の底〉を読み取り、」「〈神の摂理の代行者〉、〈神の法の授け手〉になって、ひとびとの望みをそのままかなえるような奇跡を実現したい」旨『孤独な散歩者の夢想』で述べているそうであり（『蘇るルソー』）、またこの『エミール』の教師の「一方的見通しと操縦」には後の『ルソーがジャン・ジャックを判断する　対話』に於ける「陰謀」や「摂理」とパラレルな関係が見られるそうである。正体を隠して教育するルソーの趣味は、裏では了解を取りつけながら無断借用したことにして争いを起こし土地の所有権の観念を教えるそら豆畑の話に始まって、読み書きを学ばせるために故意に誰も読んでやらない手紙の話、磁石の仕組み及び他人の職業の邪魔をしない道徳を教えるために奇術師と通じた奇術見物の話、とぼけて道に迷ったふりをして方向を実地に知るモンモランシーの森の散歩の話とふんだんに繰り返されている。ジャン・パウルもルソーのこの趣味を真似て勇気を涵養するために打ち合わせた上で森で襲われるという芝居を考えているが、第二版では「このような芝居は偽りであることからしてすでにいかがわしい」(S.778) と拙劣な模倣を詫びている。もっともジャン・パウルはその小説群で正体を隠した全能の神として主人公に接しているのかもしれない。全知(auktorial) の作者の語り口、買収された偶然という小説技法、登場人物としての『巨人』の策士ガスパールとその腹話術師の弟といったものはルソーの透明人間への欲望を更に拡大徹底したものといえよう。しかし『レヴァーナ』での教師の特徴となると、『エミール』の摂理の神、透明人間に対して、似姿を造る神、コピー人間ということになろう。後の箇所ではこのコピー人間には分業化社会を生きる男性としての性格が付加されていることが確認されている。「国家や天分のために諸力の均衡よりは唯一つの力を優先させることになる男性はいつもこの抜きんでた力を教育に持ち込むものである。兵士は戦闘的に詩人は詩人的に神学者は敬虔に育てようとする。ただ母親だけが人間的に育てる」(S.679f.)。タイトルが女神である理由もここらあたりにあろう。

対比的に言えばルソーでは教師が神であり、ジャン・パウルでは子供が神であると言えようか。「神的なものは人間に対し昔楽園にその似姿を届けてくれたように、今は砂漠に色褪せぬうちに早くその似姿を送って、それで人間は今までその似姿を見失わず見守ってこれた」(S.581)。ただし大人はもう似姿ではない。「にもかかわらず、どの[未開人の]子も両親そっくりとなった。これは最良の親も望めないことである。神でさえ人間の場合には自分の似姿を戯画として見ざるを得ないのだから」(S.537)。宗教教育そのものにも違いが見られる。「ルソーは神を、従って宗教を成人してからはじめて渡す遺産と見なして」いる (S.582)。しかし「すべての宗教的形而上学がすでに子供のうちに眠って夢を見ている」（S.582）ので「最も神聖なものが立派に植え付けられるのは無垢なる最も神聖な時の他にあろうか」（S.583）。子供にはただその象徴を見せてやればよい。理由を挙げる必要はない。「宗教と道徳は根拠の上に成り立つものではない。文柱が沢山あると教会は暗く狭くなるではないか」（S.639）。『エミール』でも一箇所似姿が言われるが、これは大人の理路整然としたサヴォワの助任司祭の信仰告白の中である。「わたしの魂をおんみの姿に似せてつくったことを、おんみに責めるようなことは、わたしはけっしてしないでしょう」（中、一五三頁）。なおミュンヒによると、早期の宗教教育の薦め、生来眠っている宗教心というものはペスタロッチにも見られるそうである。ただジャン・パウルはペスタロッチでは宗教のことは触れずもっぱら数学による教育を高く評価している（参照S.524, S.840）。

創世記によると神が似姿を創ったのは人間にすべての生物を治めさせるためである。この人間中心主義の考え方は無意識にヨーロッパ精神を規定していると思われるが、ルソーもその例外ではない。かれは助任司祭の見解であるが、「だから人間はかれが住んでいる地上の王者だというのは正しい。かれはあらゆる動物を征服しているだけではない」（中、一四五頁）。「すべてのものはわたしのためにつくられていると考えるのは、それほどおかしなことではあるまい」（同）。産業革命以前の人間による自然破壊がまだ一目瞭然となっていない段階でのルソーの自然はびくともしない存在である。「人間が行なう悪は人間のうえにはねかえってくるが、世界の組織をなにひとつ変えることにはならないし、いやでもおうでも人類そのものが存続することをさまたげはしない」（中、一五二頁）。

未開人や動物との対比が『エミール』では「文明人」の特性を明らかにする一助となっているが、

ジャン・パウルでも動物についての思弁が多く見られる。特異な見解も見られる。「人間を動物と最も純粋に分かつものは思慮でも道徳でもない。こうした星のうち少なくとも流星は一段低い動物界にも見られるからである。そうではなくて宗教である」(S.580)。もちろん言語による分節能力の差異を言う場合もある。「黙った動物にとっては世界は一つの印象である。二を知らないので一まで数えることがない」(S.828)。梵我一如といった神秘体験は案外この人間の考える動物の知に近いのかもしれない。第百二十節では動物に対する愛を説いている。この点が西洋的な人間中心主義に対する一つの反省となっている。『ヴッツ』の注では、「周知のとおり、子豚は鞭で殺したほうが一段と味がよい」(Bd.1, S.437)と述べているが、そのような見解はみられない(もっとも七面鳥を塔から投げる料理方法が述べられている)(S.765)。「つまり子供はすべての動物の生命を神聖なものと崇めることを学ぶべきである。即ち、デカルト主義の哲学者の心ではなく、ヒンズー教徒の心を授けるべきである」(S.800)。「動物に対する子供の残忍さは人間に対する残忍さを予告している。ちょうど旧約聖書での動物の生贄が新約聖書での一人の人間の生贄を表していたようにと何故夙に気付かれていたのか」(S.800)。子供の前で長いこと飼った家畜を屠殺してはならない。「料理女達は動物を殺すとき同情するな、さもないともっと苦しむことになるからといっているが、この言葉はまことに女性的にその禁ずる同情を含み明らかにしている」(S.804)。動物ばかりでなくすべての生物を人間同様に生きているものと考えよと言う。百合の花でさえ、子供が無闇に引っこ抜いたら、「花壇に立って小さな白い子供に養分を吸わせているほっそりとした母親の娘として描くように」(S.805)。同時代のシュヴァルツは動物の死に対するジャン・パウルの態度は、「余りに女性的すぎる」とし、子供は動物に勝っていることを喜んでいい、「万物は理性的人間の目的に服従している」ことを感じて悪いはずはないと当時の西洋人らしいことを述べている。

3 女性像

十八世紀の女性像の変遷についてはヘルガ・ブランデスがドイツの道徳的週刊誌の記事に関して明快にまとめているのでそれを紹介したい。一七二〇年から一七七五年までを三段階に分けて論じている。まず初期啓蒙主義の週刊誌（一七二〇〜四〇）は、啓蒙された、時に学のある、男性と対等な女性像を明確に広めている。男女は生まれつき能力の差があるとは見做されない。理性を備えた人間というイメージが中心にある。次の転換期（一七四〇〜五〇）には矛盾した女性像が見られ、自立した理想的女性像は次第に情感的貞淑な受動的女性像に移ってゆく。教育方針はロックの代わりにフェヌロンとなる。後期の週刊誌（一七五〇年以降）では美しい女性、弱い性という像が定着する。礼儀正しさ、上品さ、恥じらい、控え目といったものが「品のある」夫人の本性とされる。性別の差異は中心的概念となる。性別の特性の対極化が盛んとなる。十九世紀以降にまで影響する女性を妻、母、主婦と見る伝統的な役割祖型が出来上がる。以上の変遷の根にあるのは十八世紀に於ける社会的経済的変化である。家庭構造が変化した。職業生活と家庭生活が分離して、市民的核家族とそれに応じた役割分担が形成された。新たな分業制の結果、居住と経済の共同体としての大家族制から私生活と生業の分離した核家族へ移行した。女性を狭い家庭に閉じこめることが必要となる。女性は自我、自律性を喪失する。

この論文では大家族制のもとでの女性像と核家族のもとでの女性像の区別が今一つ明瞭でないが（イリイチは『ジェンダー』の中でそれを「ジェンダー」と「セックス体制」と区別している）、アリエスが子供の誕生を十八世紀に見たように、分業による核家族化が女性を誕生（あるいは死亡）させたと見る点では論法が同じである。彼女はまた第三期の男女の性格の範例化にとりわけ『エミール』（一七六二年）の第五編が寄与したと指摘している。例に知的女性よりも、「単純な、粗野に育てられた娘のほうが、……よっぽどましだと思う」（下、一一七頁）というルソーの言葉を引いている。この第五編は他にもう現代では思いつきもしないような差別的発言を記してある。列挙してみる。「服従は女性にとって自然の状態なので」（下、三三頁）、「ずるさは女性に自然にそなわっている才能だ」（下、三三頁）。「男性は知っていることを言うが、女性は人を喜ばせることを言う」（下、四五頁）。「知恵と信仰をあわせもつことができる女性は見あたらない」（下、四八頁）。「女性のほんとうの傾向からいえば、うそを言っているときでも、うそつきではないのだ」（下、六五頁）。「女性は男性に従うように、男性の不正をさえ耐えしのぶように生まれついている」（下、八九頁）。次のような見方は現代にも尾を引いているかもしれない。「抽象的、理論的な真理の探求、……観念を一般化するようなことはすべて女性の領分にはない」（下、六八頁）。「女性は観察し、男性は推論を行なう」（下、六九頁）。「女は男よりも早くから判断力ができあがっている」（下、九一頁）。ルソーは「よい習俗をたもっていた民族はすべて女性を尊敬していた」（下、七七頁）と述べているから、以上の見解を彼としては女性に対する尊敬の念がないが故に述べたわけではなさそうである。ルソーの場合女性の妻、母、主婦の役割の中でジャン・パウルの場合のように母親の使命が強調されることはない。すべてをこなすことが要求される。「女性の教育はすべて男性に関連させて考えられなければならない」（下、二二頁）。「一般的にいって人間には実用的な知識だけを学ばせることが大事だとすれば、それは女性にはなおさら大事なことだ」（下、二八頁）。もっともルソー自身初期啓蒙主義の見解を述べる場合もある。「わたしは、男女いずれにたいしても、ほんとうに区別されるべき階級は二つしかみとめない。一つは考える人々の階級で、もう一つは考えない人々の階級だが、このちがいが生じるのはもっぱら教育によるものといっていい」（下、一一六頁）。

ジャン・パウルも時代精神には逆らえずに男女の対極化の思弁を弄している。大体思弁の形式は時代的、その内容はジャン・パウル的といえようか。まずは形式、内容とも時代的に「周知の原則に従えば、男性の本性はむしろ叙事的、思索に長けて、女性の本性は抒情的、情感に長けている」（S.683）としながら、続けて十八世紀に発見された子供と女性を象徴するかのようにこの両者の類縁性を述べている。「同じく寸断されることなくまとまっている本性、同じ現在に対する没頭、掌握、同じ機智のすばやさ、同じ鋭い観察力、癇癪と冷静、刺激に感じやすく活発で、内部から外部あるいはその逆と文句を言わずにすぐに移って、神々からリボン、陽射しの中の塵埃から太陽系へと変わってゆく」（S.683）。『ヘスペルス』では「現在は人間の胃袋のためにある」（Bd.1, S.509）とされ、『巨人』では「君たちはただ動物的な現在の中で、盲で聾のまま巣を作る」（Bd.3, S.221）と「現在」に対する嫌悪感が述べられている。分業化社会、競争社会を生きようとする男性は現在に対して没頭しているわけにゆかない。しかしまさに子供と女性がこうした男性とは対極の世界にいるわけである。『エミール』

に於いてもこの基本感情は変わらない。現在を犠牲にしている大人がいるからこそ次の見解が出てくるものと思われる。「現在を犠牲にして将来の幸福をさがしてやるようなことはしまい」（中、二四七頁）。「人生の無常を考え、とくに、現在を未来の犠牲にするまちがった思慮をさけることにしよう」（下、一三九頁、その他上、一〇二頁参照）。現在に対して距離がないことから更に次のような対極化が生ずる。これをシュペーマンは男性の独我論を破り、外部に道を拓く対比と見ていたが、しかしやはり差別的言辞であろう。「男性は二つの自我をもっているのに対し、女性は一つの自我だけで、自分の自我を覗くには他人の自我を必要としている。女性にはこのように自己対話と自己の二重化が欠けているので、ここから大抵の女性の性質の長所、短所が説明される。……女性は詩人、哲学者というよりもむしろ詩であり、哲学である」（S.684）。更に対比は続く。「女性にはただ現在だけがあって、この現在がまたただ定まったもの、一人の人間である。……男は事物の方を愛する、例えば真理、財産、国々、女は人物の方を愛する。……更に少女の方が少年よりもよく挨拶する。少女は人物に視線を送るが、少年は馬といった具合である。前者は現象を尋ね、後者は根拠を尋ねる。前者は子供を、後者は動物を気にかける」（S.685f.）。

ルソーの女性観との顕著な違いは女性の本性を母親と見なしている点であろう。「こうした愛の持参金をつけて自然は女性を世に送り出している。これは男どもがよく信じているように、女性自身が足裏から頭の天辺までくまなく男どもに愛されるようにというためでは決してなく、女性がその使命に従って母親となり、子供を愛してくれるようにするためであって、子供には犠牲を払うだけで子供に犠牲を払わせてはいけないからである」（S.685）。「自然は女性を直接母親として定めている。伴侶としては単に間接に過ぎない。男性は逆に父親としてよりも伴侶として定められている」(S.688)。社会的経済的要請かもしれない点を含めすべてをジャン・パウルは自然の要請と見なしている。「愛情と残酷さをもってこの世界での目的を追求する自然は女性にそのため精神的肉体的に奪いかつ与えながら準備をさせている。その体の魅力と弱さから精神のそれに至るまで。……そこから女性の冷静さ、清潔好き、羞恥心すらも、更には結婚しての家庭本位のやすらぎへの志向も生まれている。少女の心は少年の精神よりも早く完成される。……これはただ自然が十五歳になって成熟した体、つまり母親には、精神的成熟も授けたいからに他ならない」(S.688f.)。女性の子育ては先に引いたように「犠牲」であり、「幾夜とも知れぬ寝ずの番や犠牲は、……忘れられ、一度として数え上げられない。母親自身それを数えないからである」(S.681)と子供の母親への感謝を見返りに進んで犠牲につく母親が称讃される。女性には母性愛という「最も強力な愛で、報いを求めない、他に類のない愛」(S.690)があるとされる。役割分担の固定化を推し進めるもので、分業化の時代精神にとって都合のいいものであろう。女性には気の毒ながら我慢してもらうしかない。論点のすりかえも辞さない。「ところでエーテルではなく大気で生きている女性なら、家事は機械的で精神の品位に欠ける、むしろ男性のように精神的充実を見付けたいと言わないで欲しい。手仕事のない精神的仕事が何かあるだろうか」(S.710)。

女子教育に当たっては一応ジャン・パウルも初期啓蒙主義的要請を口にする。「母親の使命とかましてや夫婦の使命が人間としての使命を越えたり代わりをなすことはできない」(S.694)。しかし具体的には女子教育となると保守的である。「少年ならば酔っぱらった奴隷の悪しき手本を見せても向上の参考となろう。少女にはただ良い手本しか参考にならない」(S.698)。「世間は男性の過ちははしかで、ほとんどあるいは全く傷あとが残らないけれども、女性の過ちは天然痘で、その痕跡が、治った者に、少なくとも公けの記憶に刻まれると見ている」(S.698)。実用性の強調もルソーと変わらない。「本来女性は生まれながらの商人である。……子供はいつも見開かれた目を要求している」(S.711)。また同様に「時代は堕落するにつれて一層女性を軽視するようになる」(S.686)と述べて、自分は軽視していないことを暗示している。しかし「女性は感じるけれども自分が見えない」(S.695)といった発言から感じられるのはやはり、「女性に対する保護者然とした軽視」(Ursula Naumann)である。この軽視は軽視するわけにゆかないすぐれた女性に対するとき、皮肉な見解となって表れている。「この自然の摂理による同じ理由からどのように賢明な女性であれ自分の体がけなされると我慢ならない。同様に体が誉められると精神が誉められたときよりも高く評価する」(S.719)。

主要参考文献

『エミール』(上、中、下)岩波文庫、今野一雄訳。

Münch, Wilhelm: Jean Paul, der Verfasser der Levana. Verlag von Reuther und Reichard, Berlin.1907.

Ewers, Hans-Heino: Kindheit als poetische Daseinsform. Fink. 1989.

Koller, Hans-Christoph: Die Liebe zum Kind und das Begehren des Erziehers. Deutscher Studien Verlag. 1990.

第七章　ジャン・パウルと自我の構造

ジャン・パウル（一七六三―一八二五）では最近『ヘスペルス』[1]（一七九五年）と遺稿からの箴言集『想念の渦』[2]を割合詳しく読み、論考ではヘルベルト・カイザーの『ジャン・パウル講義』[3]に感銘を受けたので、これらを主に引用しながらジャン・パウルと自我の構造について論じてみたい。

ジャン・パウルの天才概念

旧東独の作家ギュンター・デ・ブロインはその定評のある『ジャン・パウル・フリードリヒ・リヒターの生涯』（一九七五年）の『ヘスペルス』に関する章の冒頭を次のように始めている。「偉大な芸術作品で先駆者のいないものはいない。天才がその作品で打ち立てる名声の神殿には他の者達が石を引きずっていったのである。独創性はよく見てみれば天才的寄せ集めであることがわかる。一人屹立しているようにシェークスピアが見えるのはただ無知な者にとってにすぎない。ジョイスにも師はいた。古典のファウストの前には多くの古典に及ばないファウストがあった。これはジャン・パウルが立派な成功を収めた書、『ヘスペルス　あるいは四十五の犬の郵便日』を書いたときも、事情は変わらない。形式上の手本となるローレンス・スターンやヒッペルの他に、フィールディングやスモレット、ルソー、ヴィーラント、シラーが、それにゲオルク・フォルスターが（中略）、カリダサの『シャクンタラー』の翻訳をして名親をつとめており、登場人物、性格、傾向、モチーフを提供している[4]」。

更に続けて筋はしかし今日では無名の者、フリードリヒ・フォン・マイエルンから得ていると述べているが、ここで注目したいのは、独創性はよく見てみれば天才的寄せ集めであることがわかるという一文である。天才的という言葉で天才概念そのものが消失していることは言えなくても、〈寄せ集め〉という対極的概念で制限をうけていることが分かる。これは自分も作家として生活してきたデ・ブロインの言であるだけにそれだけの重みのある二十世紀の天才概念と理解してよかろう。

ジャン・パウル研究家の中から天才概念についての言説を拾うと、今思い出すのはブルクハルト・リントナーの論である。「十八世紀の文学的美学的コミュニケーションと長編類型学の分析の結果として、次のような仮説を立てることができよう、即ち長編についての理論的反省における客観的コミュニケーション・モデルの規範的固定化はすでに十八世紀終末の芸術の自律化への一般的発展傾向に、つまり、有機的な作品全体性と天才概念の結合に、従っていると。これに対して全知的（アウクトリアル）な長編形式は、ドラマがその上演の条件のためにいつも保持していた対話的な効果を計算した性格をいくらか維持している[5]」。リントナーの言いたいのは、例えば『ヘスペルス』の物語にではなく、作者の語り口に開かれた啓蒙主義の残滓が見られるということであるが、ここでは天才概念は密室的閉鎖的なものとして否定的概念である。

それではジャン・パウルはどのような天才概念を有していたか。彼の厖大な文章を考えると簡単に答えられないはずの問いであるが、おおまかに考えてみたい。結論をいうと彼は天才概念を有していたが、それはそれを否定するものを常に念頭に置いていたということであり、理論においては天才概念を駆使したが、実践においてはそれを空洞化するものであったというようなことになる。作品を分析する前に、彼の若書き（『グリーンランド訴訟』）に天才と規則を論じた小論があるので、それをまず問題にしたい。題は長い。『党派に偏らない決定　天才と諸規則の関係についての論争の決定、真理を捜す際、悟性にとって変わる、最近発見された機知の有用性についての一つの見本として[6]』である。ここで天才の対極概念は諸規則と分かる。その中で諸規則の重要性に賛成する根拠として二十五の根拠を挙げており、諸規則の重要性に反対する根拠として二十九の根拠を挙げ、諸規則の害がその有用性よりも四つだけ多く、それに反論があれば、それに直ちに応ずるといかがわしい論を展開している。先の有用性の根拠の例を挙げると、16、「……諸規則は櫛との類似を否定できない、櫛は髪から汚れた物を取り除く一方、新たな魅力へとカールさせるのである」。その24、「更に小生を迫害しようと思って、天才をヴィーナスと呼び、批評をヴルカーンと呼ぶならば、この異議にはヴィーナスとヴルカーンの結婚ばかりでなく、セネカからもアモールを上述のヴィーナスとその夫の婚姻のベッドの成果と証する出生証を引用することになろう」。それに反論する根拠の例としては例えば10、「この前提に従えばその比喩的鑢は確かに美を教育するであろうが、しかしそれは美を生み出さない」。12は、「詩人のみならず詩もまた生まれるのであって、作られるのではない」。20、「天才は認識の樹から食べると、もはや生命の樹から食べることは許されない。（略）」。21、「アモールに似て、天才は確かに翼を持つけれども、盲目でもある」。天才概念は有機的な比喩を用い、天才を盲目と見る見方が注目される。別の箇所では「規則のない天才達」とも呼んでいる。全体に比喩（これはここでは機知の別名）の乱用であって、最終的な決着よりも、論を弄んで楽しんでいることが窺われる。彼のこの小論での比喩多用に対する弁明はこうである。「確かに、比喩は広間の明かりに似ていて、照らすというよりは飾るものと言えよう。しかしこの譬えは何も証明しない、そしてレトリックの花は植木鉢の自然の花に似て、窓辺から明かりを奪わないと同時に良い匂いを吹き寄せること、そして本と料理に味付けする塩は消化も味覚をも改善するものであることは確かである。装飾品で一杯の論文にあっては、蠟燭の場合と同じく、賞賛されるのはより美しい色合いばかりでなく、より明るい明かりでもある。比喩的そして非比喩的獣脂蠟燭にあっては先のものばかりでなく後のものもないのに気付かされるのである」。

以上のようにジャン・パウルにあっては天才のほうに規則（批評）よりも重きが置かれているようであるが、しかし規則が無視されているわけではない。ここでの天才概念は他人よりも難しいことを考える悟性の能力といったものではなく、キーワードとしては「盲目」、「不規則」といった言葉が注目される。これは例えば一八〇六年のメモに「大都会と天才は不規則に建てられていて、袋小路と宮殿で一杯である」(7)と述べているように、ジャン・パウルではかなり類型的発想のようである。

こうした天才概念はラーヴァーター、ハーマンの流れを汲むもののように思われる。長屋代蔵氏によると両者の天才概念は次のようなものである。「従って、天才の業が〝霊感〟の如きものであって、ただ〝洞察〟したり〝予感〟したりするのみであるというラヴァーターの見解は、同時にハーマンの見解とも一致するものである。即ち、天才の洞察は〝神的霊感〟であり、神のすべての啓示を聞きとる耳を持っていることを天才の条件と考えるハーマンが、ソクラテスの主知主義の源泉である真理の感覚的把握、即ち霊感による真理の観照を賞揚したことは当然というべきであろう。想像と情感の生活こそ、神の啓示にひそむ神秘を語る道であり、思考することでなく予感すること、分析することでなく信ずることこそ、天才にふさわしい業であるというこの二人の見解には、真理の個性的・感覚的把握という、シュトゥルム・ウント・ドラングの根本原理の端緒を見出すことが出来るのである」[8]。長屋氏はまたこの両者とは対照的な天才概念としてレッシングを論じている。啓蒙主義的なもので、「目的をもって素材の特性を客観的に抽出し、それらを厳密な因果関係に従って結合させてこそ、天才の作品は生気あるものになると規定している」[9]そうである。このレッシングの考えはジャン・パウルにあっては諸規則の重要性という面で消化吸収されているとみてもそれほど的外れではあるまい。つまりジャン・パウルの若書きの天才論はハーマンとレッシングを論争させているとみなすことができよう。

『美学入門』は理論的に彼の天才論を集約しているが、その見出しを拾っていくだけでも彼の天才論は大体想像がつく。第十一節は〈天才の多力性〉である。一面的な才能は一つの音色しか出さないのに対して、「天才ではすべての諸力が一度に花咲く」。これは諸規則なしの天才は考えられないという点を押さえれば自ずと生ずる概念であろう。第十二節は〈思慮〉である。この言葉はヘルダーを意識したものであろう。「神的思慮は卑俗な思慮とは、悟性が理性とは異なるように異なり、まさに両者の両親である」とされ、注では「天才は一つ以上の意味で夢遊病者」とされる。「神的思慮は罪深い思慮とはどのように異なるか ―― 無意識の本能とそれに対する愛とによってである」。この言葉の説明は第十三節〈人間の本能〉で明らかになり、本能的に人間は俗世間を越える見方を得るものらしい。第十四節〈天才の本能あるいは天才的素材〉「才能は単に人生の部分を表現するのに対して、天才は個々の文に至るまでも人生の全体を表現する」。ここでも才能との対比、差別化によって、以前諸規則との対比を駆使したように、天才概念の明確化が図られている。第十五節は〈天才の理想〉、ここでも天才は全体を洞察するとされ、単なる才能との差別化がなされる。「それ故に、永遠に神々の世界を地上世界の衛星あるいはせいぜい土星の輪へと貶めるような単なる才能は、決して理想的に完成し、部分でもって全体を置き換えることも、創造することも出来ないのである」。「本能」とか「全体」というのは先の「盲目」とか「不規則」と同様曖昧な概念であるが、その対立概念との対比でなんとなく納得させられる論証となっている。

ジャン・パウルの特徴をなしているのはこうした対比、比喩的論証であるが、ドイツの学者によるとこの特徴も実はハーマンに見られるものらしい。ヘルベルト・カイザーによると、「［ハーマンの］天才は合理的推論ではなく、『感覚的推論』で考える、即ち、天才は『類似』、比喩、比較で考える、これらは結局人間の創造者に対する決定的な類似によって条件づけられている[10]」そうである。「言語は従って精神の記号であると同時に現実であり、肉体と精神の差異かつ同一性である。『美学入門』の第四十九節のジャン・パウルの定義はこうしたハーマン的な考えの注解のように読める[11]」。そしてカイザーが引用しているジャン・パウルの文の後半部分は次のようなものである。「絶対的記号というものがないように——というのはどの記号もまた事物であるからであり、それで有限界には絶対的な事物もない。すべてが意味し、記号化している。人間に神的似姿があるように、自然には人間的似姿がある[12]」。天才（独創性）をめぐる議論そのものが、ジャン・パウルの場合ハーマン等の影響を受けた模倣にすぎないわけであるが、勿論ジャン・パウルはその反省もしている。「誰もが口まね、模倣で始める[13]」。

以上は理論的著作での天才概念であるが、具体的には作品のなかでどのような具合に天才概念が利用されているか『ヘスペルス』の場合で検証してみたい。

「天才」と形容されるばあいは単に傑出しているという場合が多い。マチューに対しては「好色の天才」(S.539) とされ、マチューとは関係ないが、「白状すると、私は天才達にある偏愛を抱いており、すべてのポストに、どんな惨めなポストにさえももっとも偉大な頭脳を採用することだろう」(S.1020f.)。天才と他に形容されるのは、ホルバインと(「自分の天才をこの建築上の染色に費やさざるを得ない」)(S.724)、ゲーテ(イフィゲーニエ観劇の際「天才の力がいかに絶大なものであるかという口実が必要になって」)(S.852) である。ホーリオン卿については「彼は不幸な偉人の一人で、幸福であるためには余りにも多くの天才と富とを有し、余りにも休養と知識が少なすぎた」(S.670) と言われている。天才を「不幸」との関連で考えているが、これは若年の頃の次のような考えが底にあるようである。「肉体が魂の牢獄であるならば、魂は内部が破壊されればされるほど一層明かりを放つと言えよう。天才のそれぞれの作品は病気の作用であって、真珠が虫に対する一種の石であるようなものである」[14]。先のマチューは『巨人』の模倣の天才ロケロルの先駆者の風貌があるが、内的崩壊の結果の好色の天才という見方も成り立つ。『美学入門』では世俗を越える視点が大事であったが、ウィーンの作家は現在を越えていく翼をもたらさない、「この点において他のドイツの天才達は聖なる光の中にあるように輝いている」(S.760)。この関連でいえば「子供達では宗教への温かい思いはしばしば天才の印である」(S.970)。諸規則と天才の関連でいえば、「天才を有する男はみな哲学者であるけれども、逆はそうではない」(S.801)。「にもかかわらず禁欲主義は美徳に対して、批評が天才に対するように、消極的貢献をなしている。禁欲的冷たさは春をもたらさないが、春を喰い殺す昆虫を処刑する」(S.971)。後の文は先の諸規則の重要性に賛成する根拠の15番を踏まえている。「批評の冷たさは雑草を殺すけれども、同時に花も殺すという異議に対しては、ポープの例で反論したい、彼の鑪は過ちを取り除いた後に美を植え付けたと」。有機的概念もある、天才とは言われていないが、「ある牧師の息子は全く無教養な皇子よりも結局は立派であって、皇子は詩人のように生まれついてくるのではなく、作られるものである」(S.1232)。被造物と創造者の類比が語られる場合もある。「六番目の卓には批判的侯爵のベンチがあって、そこにヘルダー、ゲーテ、ヴィーラントとかが腰を下ろしたらよかろう、彼らは本を人間生活同様に見通せて、その中の個人を理解し、文学的被造物と創造者の精神を同時に描いて、個々人の姿を取る神的美のあの人間化、具体化を美と分かち、それから明らかにし、許すのである」(S.802)。

以上は有機的、創造者的、脱俗的、病的天才概念であるが、勿論これらに対する無機的、編集者的、諧謔的天才概念、無意識に天才を否認している箇所もある。作中人物ホーリオン卿の意見であるが、「偉大なスイス一帯をその構成要素に分解すれば、樅の針葉、氷柱、草、雫、砂礫ということになる。──時間は瞬間に、民族は個々人に、天才は考えに、無限は点に解体する。何ら偉大なものはない」(S.1180)。本の内容は序言を読みさえすれば、批評家として生活できるという。「私が文芸新聞の学術誌に載せたいと相変わらず思っていることは、私の宵の明星から徴収する代金を、ムゼーウスが東屋の購入のために浪費したようには消費せずに、資金をすべて、見本市のたびに現れるすべてのドイツ語の序言と表題の完全な収集のために使いたいということである。批評するとき自らは本を読もうとしない批評家に序言を毎週一ペニッヒの読書代で貸し出したら、私はやっていけるであろう」(S.

796)。続けて中に本を有しない所謂マジック本を婦人用版として売り出せばいいと言っている。この言説は言説の内容を否定する諧謔であるが、そもそもこうした諧謔をなすには現世の営みをどうでもいいことと公言してはばからない現世放棄の姿勢から出てきていることを考えると脱俗的天才概念と水源は同じといえるかもしれない。『ヘスペルス』は別名『犬の郵便日』であるが、これは周知のように犬が原稿を運んでくるので作者はそれを書き写すだけであるという仕掛けになっている。「犬がペガサスのように多くの乳糜を運んでくる」(S.509) とされる。ここで分かるのは犬がペガサスのいわば世俗化されたもの、天才的霊感のパロディであるということである。犬はまた創造者ではなく編集者である。「モイゼルは公正な人間で、私は彼に私信でスピッツのためにドイツ学界での席を請いたいと思っている。この学者は、私同様に、何故私の犬のような、学者の熱心な下働き、編集者、運送業者が、単に尻の髭である尻尾を有するからといって、ただそれだけのことで他の学的下働きよりも惨めな冷たい運命を甘受しなければならないのか、理解に苦しむとするであろう。ただこの尻尾が哀れな獣を学者達の位階で下位に置いている」(S.1233)。このように『ヘスペルス』の中では天才については従来通りの天才理解がみられるものの、時にはそれを打ち消す言説があったり、話の枠という形式面では窮屈な天才概念の否定となっている。また作中人物のユーリウスは盲目であり、これは文字通り天才概念の音楽家への適用と考えられるが、一方宗教的天才のエマーヌエルは臨終を迎えるにあたって狂人の骸骨に出合って自らの錯覚の死から醒めた後死ぬという扱いを受ける。予告通りに死ぬことは出来ない。『生意気盛り』ではヴルトは盲目の演奏家の振りをして客を集めるが、これも天才概念の風化、パロディであろう。霊感についてのエピソードをデ・ブロインの伝記から拾うと、

「彼〔ジャン・パウル〕はかつてゲーテに、そのためゲーテは立腹して黙って十五分程皿を回すことになったのだが、説明して言った、詩作のために必要とか言われる気分は『くだらぬ話で、コーヒーさえ飲めば、何の苦もなく全キリスト教徒が夢中になるような事柄を書ける』と[15]」。また独創と盗用についてのジャン・パウルの思弁を引用すると、「少なくとも奇妙なことであるが、大抵著者が盗んだものははるかに彼自身が作ったものよりもましである、我々の著述において劣悪なものより上等なものが多くなるかどうかはただ剽窃の一般的な導入にかかっている。それでマキャベリによると実子の皇帝は悪く、養子の皇帝は良かったそうである[16]」。

こうした天才、独創と編集、模倣の対立を考えさせてくれるものの一つにジャン・パウルの翻訳理解がある。彼は「翻訳されうる人は（少なくともフランス語に）、翻訳されるに値しない[17]」と述べている。『ヘスペルス』では二箇所で翻訳についての言及があるが、いずれも酒精をキーワードとしている。「……私は幾つかの言語に翻訳され、そこで本文の有りそうもない話の度に下の注の鞭打ち部屋に連行され鞭打たれて、その間私は口を挾むことは許されない、私の瓢箪の貯蔵室を一樽のワインのようにある国から別の国へ運ぶ翻訳中の悪漢がワインに途中運送業者のすべてがそうするように外から水を注ぎ、内を水で薄めているというのに」（S.551）、「私が私の本全体で悩んでいるのは、それがどのように翻訳されるかという不安に他ならない。この不安はフランス人がどのようにドイツ人を、ドイツ人が古代人を訳しているか見てみると、もっともなことである。まことに、下級クラスとその教師によって晒し者になるような按配である。かくも多くの媒介部分を前もって経るその魂の糧を考えると私はかような〔下手な翻訳を読まされる〕読者とこれらのクラスをラップランドの貧しい民と較べる他ない。そこでは金持ちが貴重な紅天狗茸から醸造されたリキュールを饗応の間で飲むと、貧しい民は玄関で、裕福なラップランド人が出てきて、おしっこするのを待ち伏せするのである。翻訳された飲み物、火酒の公認ラテン語訳聖書［ウルガタ］はかくて貧しい輩の役に立つ」（S.1006）。原本には酒精があるけれども、翻訳ではそれが失われるという論法である。これも論証というよりは比喩的対比にすぎない。しかし少なくとも本の中のいわく言いがたいもの（酒精）は水、小便との対比によって納得させられたものとなり、この文意は翻訳可能となる。翻訳を読むものも一緒に笑えるわけである。それに酒精は生み出すもの（創造者）よりも人工的であり、作品をあくまで構成的なものと考える現代人にとっては適度な比喩に思える。

ジャン・パウルの自我概念

ジャン・パウルの自我概念で、決まって文献が言及しているのは、彼の少年時代の体験である。彼の『自伝』によると、「ある日の午前、幼い少年の私は戸口に立って左手の木材を見ていた、すると突然『私はある私である』という内面の顔が天から閃光のようによぎった。そして、以来輝きながらとどまった」（Bd.6, S.1061）。一般にこの少年時代の体験は宗教的な啓示に近いものとしてコメレル以来理解する傾向が強い。ヘルベルト・カイザーもそうで、「これにはヤーコプ・ベーメやツィンツェンドルフ、ハーマンの周知の啓示体験と類似しているが、ゲーテの直感的認識とも近い[18]」と述べている。ユッタ・シェーンベルクの注解によると、「それでミンダーはこの場面の『宗教的敬虔主義的色合い』を強調し、ギュンター・デ・ブロインも同様である、彼はしかしその上にスウィフトと関連付けて文学史的に限定付けて理解している。アルプレヒト・デッケ゠コルニルはこの場面をジャン・パウルの独我論を証することになる彼のヘーゲルを援用した論文の出発点として利用している[19]」。筆者の見るところ『私はある私である』の〈ある〉という不定冠詞に注目したのはこのユッタ・シェーンベルクがはじめてである。「『私はある私である』という文でジャン・パウルは自分を特に異本として定義している。『ある私』では自我の規定は未定である。自我は自分を特徴付けていない。かくてジャン・パウルは自分と同一の自我という考え、閉じこもって自足した私は私であるを妨げている[20]」。シェーンベルクの論はフロイトを援用したもので、この少年時代の部分はジャン・パウルの父と同一化しながら同一化出来ない部分に注目している。

筆者の見解はこうである。特にジャン・パウルの時代背景を考慮したものではなく、現在の筆者の自我理解を投影したものである。つまり私は私という記号であると同時にその内容であるという自明な理解にすぎない。私は誰とでも交換可能な〈私〉であると同時に、誰とも交換出来ない〈私〉であるという意味である。交換できない〈私〉は〈ある私〉と表現するしかなく、この交換出来ない部分は個人、時代によって様々であろう。そして交換可能な〈私〉という部分も歴史的には産業革命以来の人間の匿名化、無名化、記号化の反映された考えであろう。これは現代に自明な自我の二重化の構造であるが、面白いことにすでに産業革命の黎明期にジャン・パウルはこのことを察知しているように思える。勿論自我の理解は二重化という部分を除けばジャン・パウルに特有な部分があって、それがジャン・パウルの時代色となっている。「私はただある私だけを知っている、これは神である――

残りの自我は犬である。われわれは神が授けた自我を最良の目的のために捧げなければ、それを恥ずべきであろう。動物はそれを有しない[21]」。私は記号としては〈犬〉であるが、内実としては〈神〉であると解せられる。あるいはその逆も可であろう。少年時代の体験同様に宗教的に捉えることができるが、〈犬〉にすぎないという視点も無視できず、ここから自分の体を異化するジャン・パウル特有の視点も理解できよう。神と犬の結合が人間なのである。こうした二重化は先に論じた天才と諸規則の対比、それを論ずる際の対比的比喩愛好とも通じており、ジャン・パウルを論ずる際は片方だけに力点をおくことは許されない。

〈神〉に比肩するものとしては一方の極には人間の天才がいる。これについては本書第八章でも論ずるが、ジャン・パウルは厳密な差別化を行っている。動物との対比がここでは特徴である。西洋的人間中心主義が窺えそうである。『美学入門』によると空想には四つの等級があって、空想が単に感受するにとどまる等級が最下層であり、次に才能の人が続く。これは詩的思慮がなく、全体へと達することが出来ない。その上は受身的天才、これは才能の人を天才の真似をする猿とすれば、天才に付き添うオランウータンとされ、凡俗と天才の媒介者である。最上位には天才が位置し、人間が半盲半聾の動物から区別されるように、並の人間とは違って一層良く自然をみるとされる。ジャン・パウルでは要するに創造的主体がもっとも価値のあるものであって、ここでは無名の誰とでも交換されるような存在は考えられていない。しかし一方人間を〈全体〉として見るとどうなるか。「数百万の者達は個別にばらばらに投げ出された諸自我であって、すべて陽光の中の舞い飛ぶ塵埃のように虚しいものである。神は諸自我の自我であって、神が万人を一つの者にまとめる[22]」。天才の描く個人はあくまで虚しいものである。小説『ヘスペルス』の隠者エマーヌエルの自己理解もこれに近い。「この精神は海を通して見つめ、その中には地球で一杯の珊瑚の樹が揺れていて、最も小さい珊瑚に虫が付いているのを御覧になる、それが私である、精神はこの虫に次の滴と至福の心と未来と彼にまで至る目とを授け給う――そう神よ、御身にまで、御身の心に至るまでの」(S.891)。こうした自我理解は産業革命等による人間の卑小化、無名化というよりも、コペルニクス以来の天文学の発展にともなう地球中心主義の終焉を物語るものであろう。コメレルはジャン・パウルの天体描写に次のような感想を述べている。「ジャン・パウルは、ゲーテは決してそうではなかったが、天体界の近世の開花に対して、星空へのそれに対応した感情、然るべき哲学的な対処を有していて、それで無限と超絶思考とが増大していく度に痛みを感じることはなくて、有頂天になっていた[23]」。いつでも有頂天になっていたわけでもなさそうで、天体の果てしなさについてはジャン・パウルは次のような感想も残している。「奇妙な感じにとらわれる、自分の部屋に座っていて、その部屋を除いて考え、多くの太陽と世界を自分の上と下とに持ち、すべてが揺れ、飛んでいて、自分はじっとしていて、輝きは輝きにあって、偉大と偉大とがせめぎ合い、自分は一つの太陽の園亭、アーチの中にあって、遠くの諸太陽の圧迫を受けていて、太陽が次々に一つのまぶしい沃野、球に並んでいるというのは[24]」。

ジャン・パウルにも歴史的、実体的個人が見えていないわけではない。教育論『レヴァーナ』では侯爵の教育にも言及しているが、隠棲的人間を育てようとは思っていない。「とりわけ確固たる性格は侯爵の場合、物を見、行動するために必要です」(Bd.5, S.749)とか、「そうではなくドイツの真面目な心は、若い侯爵・鷲にその羽と高い山、太陽を示すべきです」(Bd.5, S.747)といった確固たる指針を述べている。この『レヴァーナ』で特に強調されているのは交換可能な教師の似姿をコピーするのではなく、交換不可能な子供の独自性、他者性に敬意を払うことであった。小説『ヘスペルス』での確固たる性格の持ち主はフラーミンである。彼は法律家として育てられるが、ペンより剣を好み、革命的言辞を弄するが、後に侯爵の子息と判明する。彼には現世逃避の傾向はない。またジャン・パウルがモラリストとして個人のエゴの動きをよく知悉していることは、例えば次のような感想に窺われる。「同情するには単に人間がいれば良い、しかし共に喜ぶには天使が必要だ」(S.1043)。「善良な人間は誰でも友人達や兄弟姉妹、両親が抱擁しているのを見ると、関心を寄せて自分の両腕を開ける。しかし一組の惚れ合った奴等が我々の前で愛の綱にすがって踊り回っているとき、それが劇場であっても、誰一人関知しようとしない――長編小説の中で踊っている場合は別であるが。しかし何故であろうか。利己心の故ではない。利己心故とすれば人間丸太の木材の心は他人の友情や子供っぽい愛に触れても固く動かないことだろう――そうではなく惚れた恋は利己的であるから、我々もそうなるのであり、長編小説の恋はそうではないから、我々もそうならないのである。私自身は更に考えを進めて、恋人のカップルに出会う度に、これは印刷され装丁されているのであって、安い貸本代で貸本屋から借りているのだと自分をごまかしている。利己心にすら好意を寄せるのは、より高次な私心のなさの一つである」(S.569)。ジャン・パウルが〈私心のなさ〉を説くとすれば、それは〈私心〉について知悉しているからということが分かる。概念は対になっているのである。後の文は〈私心のなさ〉という長編小説で一稼ぎしようという仕掛けまで暴露していて面白い。一方実体的な個人の対極にあるのは、『ヘスペルス』では影絵としての人生である。例は多い。「私の影絵芝居に目を留めて欲しい、そうして目の前の宵の明星に夢中になって地球を忘れて欲しい、君のいる地球は今千もの墓をもって吸血鬼のように人間に襲いかかり、犠牲の血を吸っている」(S.488)。絶望した主人公ヴィクトルの感想は「すべてが死して、空で、虚しく思われ、どこかのもっと明るい世界に幻燈があって、——上に大地や春、人々の集まりが描かれているガラスがランタンの前を移り——このガラスの跳ねながら飛び去る影絵が我々とか、現世とか、人生と呼ばれ——そしてすべて色鮮やかなものに大きな影が後を追っているかのように思われた」(S.781)。更にべつの箇所ではマチューの影絵について次のような感慨を記している。「しかしヴィクトルは我々消えて行く影の人間、この枯れていく小人の人生、生命に描かれている夜景と、民衆と呼ばれる影の一群のことを考えずには影絵の一行を眺めることが出来ず——そのことを自分の悲哀の他に、そして標本室に立っているビロン夫人の蠟の骸骨の他に一層クロティルデの蒼白い姿が彼に思い出させ、そしてクロティルデが骸骨と影絵とを比較する目で小声でヴィクトルに、『他のときだったらこんなに多くの類似点を見せられたら悲しくなります』と言ったので、……」(S.842)。ハンス゠ユルゲン・ブランケは論文『十九世紀の長編小説の自我と世界』の中で『ヘスペルス』の影絵の多用に言及して次のような結論を下している。これは自らを実体として規定できない主観性の状況であって、「人間は単に影としての存在を自らの理想的使命、構成から離れた者として送っている」[25]。自我は社会的連関から身を引いており、「フィヒテの絶対的自我同様に実体がなく、揮発している」[26]。しかしジャン・パウルの二重性に注目する者は、このような結論は短絡的と保留することになろう。

『ヘスペルス』の主人公は対立項を抱えたジャン・パウルの主人公ということで、〈神〉と〈犬〉との調和がうまくいかないであろうことが推測される。名前自体が分裂していてヴィクトル（勝利者）とゼバスティアン（殉教者）である。ヴィクトルはホーリオン卿の息子として登場するが、「道化とならなかったら人間であって何の甲斐がありましょう」（S.531）と述べるように諧謔への傾向を有している。宮廷へ向かう前ホーリオン卿にある願いを述べているが、それも少し変わっている。「しかしただ若干の経過上の道草、猶予をお願いします、もっとストイックにもっと奇矯になるための時間が欲しいのです。もっと奇矯にというのはもっと堪能するということです」（S.523）。これは宮廷人との対比で出てくる言葉かもしれない。後の箇所では「品位と彼の諧謔（より大きな対立物）」（S.806）という文が見られる。この対立が最もよく分かるのは次の説明である。「というのは彼はそもそも『犬の郵便日』の主人公を――喜んでこの主人公は甘受するだろうが――少しばかり愚かであると思っていた、それは単に彼が善良で、諧謔的で、すべての人に打ち解けていたからであるが。実際大きな世界の生活は彼に精神的肉体的敏捷さと自由とを、少なくとも以前よりは大きなそれを与えていたが、しかし自分の父や、大臣、それにしばしばマチューにすら感じていたある種の外的威厳を、決して良くは、もしくは長くは真似ることが出来なかった。自分の内部により高い威厳を持っていることで満足していた、そして地上で真面目であることをほとんど滑稽に、気位高く見えることをくだらないことと観じていた」（S.906）。ジャン・パウルの理解では諧謔と品位、威厳は両立しないもののようである。皮肉はそうではなさそうである。「殊に大臣を前にしてはである。ヴィクトルはこれを威厳のある男と見た、仕事で愛想を失うこともなく、思考で機知を失うこともない男で、ちょっとした皮肉と冷淡さは彼を高めるばかりであったが、感情や学者、人間を軽蔑しているように見えた」（S.737）。

諧謔と気まぐれの対比も『ヘスペルス』ではすでに『美学入門』以前に思弁されている。「このブリトン人は一風変わったことを求めていたけれども、ヴィクトルは自分の経験から、これは虚栄心からではなく（その気になればどのような行為からも、極めて無邪気な行為からさえも、どの体からも空気を引き出せるように、虚栄心を引き出せる）、気まぐれから生じており、この気まぐれにとっては風変わりな役を享受することは、この役を読むのであれ、演ずるのであれ、自由や内的力の感覚にとってそうであるように同様に大いに魅力的なのであることを知っていた。自惚れ屋は滑稽に堕する、風変わり者は滑稽に打ち勝つ。前者は自分と似たものを憎む、後者はそれを求める。彼に関してヴィクトルが残念に思った唯一のことは、自分も思いやりを欲しないからといって、それだけで他人に小さな思いやりを示さないことだった。まさにこの諧謔とは不可分の、あらゆる些細な人間の弱点や期待との戦いのため人間を愛するヴィクトルはこの奇矯な軌道が心苦しかった。不幸はそれ故幸福より容易に変わり者を作る」（S.1061）。ちなみに『美学入門』での諧謔と気まぐれ［気分］の違いはこうである。「皮肉と〈あてこすり〉との比は、ユーモアと〈気分〉との比に等しい。ユーモアには、あのより高次な妥結点が、〈気分〉には、ある低次な妥結点がある」（第四十一節 Bd.5, S.162）。『美学入門』ではユーモアについて、第三十二節〈ユーモアの総体性〉、第三十三節〈ユーモアの持つ、破壊作用を行う理念、あるいは無限の理念〉、第三十四節〈ユーモアの主観性〉について言われているが、その核となるような基本的概念は萌芽として『ヘスペルス』で言及されていることが分かる。内（主観性）に〈神〉と〈犬〉を抱く人間は、まさに諧謔的人間にならざるをえないのである。『ジーベンケース』のライプゲーバーはびっこをひくが、これは分裂した内的人間のスティグマである。

二重化ということで言えば、ジャン・パウルは言葉と考えとを分離して考えている。「そもそも私は決して言葉と考えとを一緒に使いたくない、言葉を浪費するときには考えを節約したい。夙にポイツァーはレーゲンスブルクとヴェッツラーの人々に書いている。考えが多いと小さな言葉の流れを必要とする、しかし小川が大きくなるほど、水車の輪は小さくて良い、と」(S.1025)。同じ箇所で「考えは魂で、言葉は肉体であるので」と述べている。これは言語学的には言葉は自らを記述する言葉を持つという言葉のメタ構造をジャン・パウル流の比喩で言い換えたものとみられるが、言葉が多義的であることはイロニーを得意とする作家には自明なことであろう。「敵が勇敢であれば、召集軍は勇敢なスパルタ人のように恐怖に敬意を抱く」(『ジーベンケース』Bd.2, S.250)。こうした言語観のため彼は『ヘスペルス』では独自の諷刺を考え出していて、ある著者の本や、劇場の言葉、議会の演説を写せば、立派な諷刺になると述べている。他人を模倣すれば、イロニー化されるという腹話術師的、プロンプター的言語使用で、これの美的応用が『巨人』では叔父やロケロルとなって結実している。ジャン・パウルの天才はここでは模倣の天才を描くことに費やされているのである。二重化が言葉でなく体に適用されれば、蠟人形愛好、自己対鏡愛好、さらには二重自我の出現となる。二重自我はジャン・パウルでは『ジーベンケース』で最初に出現し、両主人公は姿が相似ており、名前を交換しているが、研究者によると、「注意すべきことに二重自我（Doppelgänger）という言葉はジャン・パウルの造語であって、ロマン派が、とりわけE・T・A・ホフマンが彼から借用したのであった[27]」そうである。フロイト派のオットー・ランクの分析によれば、二重自我の出現の根底には、「自我の避けがたい消滅にもっぱら脅威を感じている原始的な自己愛」が窺われるそうである。[28] ここからジャン・パウルが二重自我という形象に逃避しているばかりでなく、書くという文章の世界へ逃避していることも窺われる。文章の世界では故人はいないからである。「人は多くの数の引用された著者を読みながら、死者達が自分と話していることに気付かない(29)」。「昔の本を読むと、今は亡き生存者達が当時亡くなった者達について語っている(30)」。ジャン・パウルは自分の文章で生活した最初のドイツ人作家といわれるが、生活できるようにそして死なないように活字によって生きる者、そうした者の生からの疎外という循環するテーマをすでに扱っていることに驚かされる。

歴史に対してもジャン・パウルは二重の視点を有している。啓蒙期の詩人らしく『ヘスペルス』の閏日で説かれる歴史哲学は遠望すれば歴史に神慮はあるに相違ないという願望のこめられたものである(S.875)が、近視的には人間は進歩するのか、退歩するのか分からないとされる。「しかし人間だけが変わる、真っ直ぐに進んだり、ジグザグに進んだりする」(S.871)。ここでは遠望と近視で対比があるのであるが、その近視の中でも対比があるわけである。『レヴァーナ』でも同様な感想が述べられていて、時代の中では人間はどちらむきに進んでいるのかなかなか判断できない。「それ故誰でも精神的に彼《か》わ誰《たれ》、誰《た》そ彼《かれ》と決めかねる薄明かり(微光を指すいい言葉)の状態にあって、それでどちらの側の明かりが勝るかは、太陽か月かの新たな光で天の神に決めてもらう他ない。人間は二つの明かりを混同してばかりである」(Bd.5, S.569)。そもそもジャン・パウルの政治論集には『ドイツのための薄明かり』(一八〇九年)というのがあるが、この表題について序言の中で、夕方の薄明かりと朝方の薄明かりと多義的であると述べている(Bd.5, S.919)。『ヘスペルス』は宵の明星の謂であるが、『ヘスペルス』の中では度々これは明けの明星とも同一であると言及されている。『ジーベンケース』

の中では「そして我々が、ヘスペルスは宵の明星として我らの夜の周りの下に回って、明けの明星として夜半過ぎと東とをその最初の輝く真珠の露で彩ることになると考えたとき、どの人間にもいつもより喜ばしげな心が語りかけた、『このようにこの人生のすべての宵の明星もいつか明けの明星として再び我々の前に昇ってくることだろう』と」(Bd.2, S.440)。これらについてはヘルベルト・カイザーの立派な考察があるので、それを紹介しておきたい。「諧謔や愛、魂同様に薄明かりも二つの間の相にあるもので、日の出と日没の転換点の極を表しており、この極は別の譬えではヘスペルスの金星が示している。薄明かりはまずは（一八一〇年ごろの）ドイツの不安定な未来の政治的歴史的状況を意味しているが、一般的にはまた生誕と死の間の実存的状況も、さらにはまた勿論啓蒙の明かりとロマン派の夜の讃仰の間での自らの位置という精神的美学的状況も意味している。薄明かりの譬えと構造の中で、理想主義的主体の哲学に対するそしてまた完結した自己意識というこの哲学の要求に対する懐疑が見られ、同時にまたすべての融合と個別化の救済というロマン派的憧れへの拒否も見られる[31]」。このように政治的、実存的、精神的美学的にみてジャン・パウルはかなりいい成績、成果を残しているのであるが、欠落している部分を挙げるとなれば、自己の構造の経済的分析ということになろうか。ジャン・パウルは貨幣を偶然、または突然に遺言とか富籤、人工ダイヤとかで手に入れることとしか考えつかないと指摘したのはペーター・シュプレンゲル[32]であるが、そしてこの『彗星』の人工ダイヤについては著作者と出版社との譬えとして先のカイザーが優れた分析を見せているもの[33]の、執筆者以外の生計に対する理解がジャン・パウルの弱点というべきであろう。「ドイツの啓蒙主義のこれらの概念では経済的理論をはなはだ断念していることが注目される。唯一精神的な領域で社会の再編の機会が考えられている[34]」とヨアヒム・カンペは述べている。

注

（1）Jean Paul: Werke. Bd.1. Hanser. 1970.

（2）Jean Paul: Ideen-Gewimmel. Herausgegeben von Kurt Wölfel und Thomas Wirtz. Eichborn. 1996.

（3）Kaiser,Herbert: Jean Paul lesen. Königshausen und Neumann. 1995.

（4）de Bruyn,Günter: Das Leben des Jean Paul Friedrich Richter. Fischer. 1976. S.133.

（5）Lindner,Burkhardt: Jean Paul.Agora. 1976. S.76.

（6）Jean Paul: Werke.Abteilung II. Jugendwerke und vermischte Schriften. Bd.1. Grönländische Prozesse. Hanser. 1974. S.493-505.

（7）Ideen-Gewimmel: a.a.O., S.70.

（8）長屋代蔵「シュトゥルム・ウント・ドラング覚え書（5）」『独仏文学研究』（九州大学）第二一号、三六頁。

（9）長屋代蔵、同上書、三九頁。

（10）Kaiser,Herbert: a.a.O., S.141.

（11）Kaiser: ibid., S.142.

（12）Jean Paul: Werke.Bd.5, S.182f.

（13）Ideen-Gewimmel: a.a.O., S.58.

（14）Ideen-Gewimmel: ibid., S.92.

（15）de Bruyn,Günter: a.a.O., S.204.

（16）Ideen-Gewimmel: a.a.O., S.55.

(17) Ideen-Gewimmel: ibid., S.56.
(18) Kaiser, Herbert: a.a.O., S.83.
(19) Schönberg, Jutta: Anti-Titan.Peter-Lang. 1994. S.56.
(20) Schönberg, Jutta: ibid., S.108.
(21) Ideen-Gewimmel: a.a.O., S.207.
(22) Ideen-Gewimmel: ibid., S.200.
(23) Kommerell,Max: Jean Paul.Klostermann. 1966. S.199.
(24) Ideen-Gewimmel: a.a.O., S.244.
(25) Blanke, Hans-Jürgen: Ich und Welt im Roman des 19. Jahrhunderts. Peter-Lang. 1988. S.75.
(26) Blanke: ibid., S.76.
(27) Decke-Cornill,Albrecht: Vernichtung und Selbstbehauptung. Königshausen und Neumann. 1987. S. 21.
(28) Rank, Otto: Der Doppelgänger. 1911. In: Psychoanalytische Literaturinterpretation. dtv wissenschaft.Max Niemeyer. 1980. S.104-188
(29) Ideen-Gewimmel: a.a.O., S.238.
(30) Ideen-Gewimmel: ibid.
(31) Kaiser: a.a.O., S.212.
(32) Sprengel, Peter: Innerlichkeit.Hanser. 1977. S.310.
(33) Kaiser: a.a.O., S.176.
(34) Campe, Joachim: Der programmatische Roman.Von Wielands Agathon zu Jean Pauls Hesperus. Bouvier. 1979. S.250.

第八章　ジャン・パウルに於ける盲目のモチーフ

1　ジャン・パウルの差別

ジャン・パウルは一般には忍従を強いられた受難者、被差別者の側に立って書いた作家と見られている。マルティーニはその文学史の中で、「小説は苦しんでいる者、誤解された者の慰めの書となった」(1)として、『ヘスペルス』から引用している。「来るがいい、疲れた魂よ、何か忘れたいことがあって、悲しい一日か、曇った一年、あるいは自分を侮辱する人間か自分を愛する人間、あるいは枯れ落ちた青春か、苦しい生涯を忘れたい魂、それに現在が一つの傷であって、過去が一つの傷痕である、抑圧された精神よ、私の宵の明星にやって来て、そのささやかな微光を楽しむがいい」(Bd.1, S.487f.)。一七九〇年十一月十五日に得たと言われる死のヴィジョンの体験も死すべき人間への愛を語っている。「自分の生涯で最も大事な晩。明日死のうが三十年後に死のうが何ら差異はないという死の想念を得たからである。将来の死の床に、三十年後を駆け抜けて直面し、死んだ手をぶらさげ、崩れ落ちた病いの顔をし、大理石の眼をし、最後の夜の諍う空想の声を耳にした。……おんみらを、兄弟達よ、愛することにしよう、おんみらにもっと喜びを与えよう。おんみらの二日間の十二月の人生において、どうしておんみらを苦しめるようなことをしよう。人生を震えながら映し出している大地の彩りの中のおんみら色移ろう影絵よ。私は十一月の十五日を忘れはしない」。死の相の下では人間は平等化、水平化され、この人間を愛するとジャン・パウルは言う。こうした水平化の一つの極みを象徴するかのように、『伝記の楽しみ』はある乞食への弔辞で終わっている。一節を引くと、「おんみがいつか起き上がったら、天には今よりも別の月が懸かっていて、おんみの自由な永遠の魂は大きく豊かにすべての人間の下に歩み出て、もはやだれにも物乞いすることはなかろう」(Bd.4, S.406)。名も定かでない底辺の乞食に立派な弔辞を記すことによって、王侯を頂点とする身分制社会に対して一つの態度表明、無差別への思いを表現しているわけである。もっとも物乞いそのものは賞讃されていない。こうした乞食への肩入れには乞食と詩人はその原型、ホーマーに於いては一体であったというコンプレックスが更にあるものかもしれない。同じ『伝記の楽しみ』の中の「乞食は現在のドイツ国民の真の吟唱詩人」という諷刺文に於いて、茶化してはいるがこのコンプレックスを語っている。これはまた当時の盲人の消息、物乞いの状態を伝えるものになっている。「吟唱詩人の親方、盲目のホーマーは戸口の前で自分の詩の原版を朗唱しては、自分が物乞いしている予約購読者の下で自ら報酬を集金していた。最近の吟唱詩人の盲目の親方は水平の棒につかまって聴衆の窓の前で、――目をつぶされたアトリが横木でさえずるようなもの、ホーマーの吟遊詩人達が垂直な棒を使っていたようなもので、――立派な慶弔詩を歌い、家々の内部でしている論駁の説教に外から小さな説教歌を添える。喜ばしげな詩人を人間達と結びつけ、しばしば結婚の絆となっているものは、水平の棒で、盲人とその妻はその両端を持っていて、それは大都会(パリ、ロンドン)では結婚の絆の代わりに一本の綱となり、妻の代わりに犬が引いていて、この犬はより気高い翻刻者と言っていいものである。というのは犬は詩人を、不正な翻刻者が詩をそうするように、人々の許に連れて行き、パンに近付けるのに対し、このパンを不正な翻刻者は奪うからである。信頼のおける山林監督助手、乞食取り締まり役人が請け合って言ったことには、女性が連れたがるのは盲人の男を措いてなく、引率者のポストが空くと互いにつかみ合いの喧嘩をするそうである。二つのもっともと思われる理由を挙げている。一つは灰色のそこひで暮らしていて自分の眼の教会禄受領者である者は、眼の見える者よりも、同じように盲目である幸運と富の神双方から貰いを受けるということであり、もう一つはこのようなガイドは、盲人の監督、従者であるので、税関の出す金を何人かの盲人がそうするように受け取らなければならないとき、その収入を半分盗む望みがあるからであるそうである」(Bd.4, S.383f.)。十七世紀頃から全体的にはフーコーが『狂気の歴史』で説いているように、乞食を神聖視することをやめ、国家は乞食を含めて障害者を「閉じ込め」ようとするのであろうが、そして現に「乞食取り締まり役人」が登場しているのであるが、それで乞食が消えたわけではない。またジャン・パウルで読む限りでは、盲人には按摩のような職よりも、物乞いがたつきになっているようである。「宮内大臣は他の乞食のように盲のふりをする」(『カンパンの谷』Bd.4, S.665)。教会開基祭の市には乞食達が集まる。「こうして、街頭ミサやセレナーデの合唱が始まる。――目の見えない者達は、目をつぶされたアトリのように、普通の者よりも上手に、しかしより大きな声で歌う――足なえの者達は歩く――貧しい者達が自ら福音を説く――聾唖者はやかましく騒ぎ立て、小さな鐘を鳴らして市の始まりを告げる――誰も彼も歌い出して相手のアリアに割り込む。〔中略〕――要するに、今日はたっぷり飲んだり食べたりしようと思っていた市場町は、乞食軍団の突撃を受けてほとんど占領されてしまうのである」(『ジーベンケース』(2) Bd.1, S.95)。縁日には乞食も大目に見られるのであろうか。大げさに言えば、ハレの日に於ける価値転倒、脱中心化であるが、リアリストとしてのジャン・パウルの視線が感じられる箇所である。身障者に対する眼差しはまた動物に対する眼差しと関連するはずである。動物に対しては、『レヴァーナ』の中で、子供はすべての動物の生命を神聖視すべきである、ヒンズー教徒の心を育てるべきである、と記されていて（Bd.5, S.800）、人間中心主義に対する一つの反省がなされている。作品の中では『フィーベルの生涯』のフィーベル（父親が鳥刺し）と小鳥達との聖フランチェスコ風な一体感が印象的である（Bd.6, S.536）。フィーベルは「神と家畜はいつも善なるものであるが、しかし人間はそうではない」とも語っている[3]（Bd.6, S.537）。その他にまた様々な犬、ライプゲーバーのザウベラー犬（イノシシ狩り用の猟犬）、ショッペのモルディアン[4]、『ヘスペルス』の郵便配達役のスピッツ、『フィクスライン』のむく犬[5]（これは五級生と同一である）等が登場して、犬との相互依存が語られている。主人公達の振る舞いを引くと、『巨人』のアルバーノは、「最もとるに足らない嘘でさえも――動物［河原鳩］に対してすらも、つくことができなかった」（『巨人』古見日嘉訳、三三頁）。『生意気盛り』のヴァルトは、「どの犬も愛した、そしてどの犬からも愛されていたいと願った」（Bd.2, S.844）。これらは人間と動物との無差別、水平化、時にはその逆転を指向するものと言えよう。

しかしまた当然ながらこうした水平化の動きとは逆に、動物と人間との差別、人間同士の差別も様々に言及されている。奇妙なことに水平化の情念を述べながらそれがそのまま差別に反転する場合もある。「……しかし、自分はその中に［自然に］引きずりこまれた俳優で、草の葉の一本一本が魂を吹きこまれていて、小さなカブトムシの一匹一匹が永遠で、この奔放な宇宙は一個の無限の脈うつ血管組織で、その中では、存在の一つ一つが、血を吸いこむと同時に滴らせてもいる小枝脈となって、自分よりも小さな枝脈と自分よりも大きな枝脈とのあいだで脈うっており、その組織の、血の充満した心臓が神だと見なしているような、ひときわ秀れた、ひときわ稀有な人間たちが、この世には存在するものなのだ」(『見えないロッジ』第二部、一三～一四頁)。「ひときわ秀れた」とか「ひときわ稀有な」という形容詞はなくもがなであろう(カブトムシの一匹一匹と感応する折角の水平化の情念が、いつのまにか人間の間に差別をもうける言辞と化している。草莽の魂がエリートの魂に反転する。『美学入門』ではシラーの『歓喜に寄す』を評して、仇敵には容赦を説きながら、「それができなかった者は、泣きながらわれわれの同盟から、忍び足で去れ」という不寛容がみられ、「頑固でみじめな同盟」であると皮肉っているが(四五五頁)、それと同じような無意識の選別化がみられる。このような差別、根に天才概念を有する差別はジャン・パウルでは度々見られる。冗談であるが散歩の人種を同じ『見えないロッジ』の中で四つのカーストに分類している。そう言えば動物を愛するヒンズー教徒の東洋の国はまたカースト制の国でもある。「第一のカストには、虚栄と流行とから散歩をして、自分の感情か衣服か歩きぶりを示そうとするいちばん惨めな散歩者たちがはいる」(第二部、三〇一頁)。「第二のカストには学者と太った男がはいり、彼らは、運動をするために、また、味わうというよりはむしろ、すでに味わったものを消化するために、散歩をする」。第三のカストは、芸術家の目をもって自然を見つめる人であり、第四のカストは「被造物にたいして芸術的な目のみならず神聖な目をも注ぐ人びと」である。つまりは「目だけではなく心ででも散歩をする」。これらは無邪気なカーストといえるが、肉体軽視といい、芸術家の上に宗教を置く見方といい、真にジャン・パウル的なカーストであるといえよう。また『美学入門』では空想に関して同様に四つの等級、カーストを設けている。厳格な差別がみられる。第一のカースト、「最も下等な等級とは、空想が単に感受するにとどまる場合である」(五五頁)。「第二の等級は、空想力は低いけれども、二、三の力、たとえば、洞察力、機知、悟性、数学的、歴史的形成力、等々といったものがすぐれている段階である。これが才能の人であり、彼の内面は、天才の内面が神政共和国であるとすれば、貴族制、あるいは君主制である。……〔中略〕人間的思慮が動物にないのと同じ理由で、詩的思慮が才能にないのである」（五六頁）。人間と動物との違い、人間中心主義を自明としていて、この対比が差異を明瞭化している。「才能はただ全体（das Ganze）へ達することができないだけである」（五七頁）。同じような論法は『レヴァーナ』でもみられ、「まことの不信仰は個々の命題、反対命題がわからないのではなく、全体（das Ganze）に対して、盲目である」（Bd.5, S.586）。第三のカースト、「第三級を、女性的、受容的、あるいは受身的天才、いわば詩的な散文で記された精神の持ち主たち、と呼んでもよいであろう」（五八頁）。彼らは「創造的空想によりは、受容的空想に豊か」で、「才能の人が芸術的俳優、うれしがって天才のまねをする猿であるとすれば、この悩んでいる制限つき天才は、天才に付き添う、静かで、まじめで、正直な森番、あるいは夜番（オランウータン）であって、彼らは運命によって言葉を奪われているのである。インド人の説に従って、動物を地上のおしであるとすれば、受身の天才たちは天上のおしなのである。より低い者もより高い者も、みな、彼らを敬うべきである！　なぜならば、まさに彼らこそは、世界にとって、凡俗と天才との媒介者たちであり、月と同じく、天才という日光を、なだめすかしつつ夜へと投げてやるからである」（五八頁）。「動物と人間」、「地上のおしと天上のおし」、「より高い者とより低い者」、「凡俗と天才」と差別だらけの文と言わなければならないだろう。しかしこのために論旨は分かりやすくなっている。天才を上位概念としてヒエラルキーが確立されている。第四のカーストは天才となるが、これについては『美学入門』の中の先の箇所から引用する。「天才は、人間が半盲半聾の動物から区別されるのと同じく、天才が並よりも豊かに、いっそうすみずみまで自然をみることによってこそ区別されるのである」(三八頁)。並よりも天才はより多く見て聞くわけであるが、本能についての説明を見ると天才の具体的使命が分かる。「本能あるいは衝動は将来についての感覚である。それは盲目であるが、耳が光にたいして盲目であり、眼が音にたいしてつんぼであるのと同じことにすぎない」(六八頁)。しかし現実には目と耳としか持たないから、ジャン・パウルの仕事は、本能的現実の把握と見えて、実は目と耳の錯覚にすぎないといったことになりがちである。これの機械的応用がまさに『巨人』であると思われるが、『巨人』については後に触れる。

空想の第一のカーストで言及しなかったが、これは実は受容だけの読者を虚仮にしたものと言えよう。ジャン・パウルにとっては生産的創造的主体こそが価値あるもので、悩んでいるだけの読者にしろ、常套的慶弔詩を唱える盲目の乞食にしろ創造的ではないわけで、低いカーストに位置する。書くことの礼讃はいたる所でみられるが、例えば『レヴァーナ』(Bd.5, S.833)、『巨人』(一二〇頁)、ここでは自伝から引用しておく。「青少年の教師に言いすぎることのないこと、これまでに十分すぎるほど言っていることだが、聞いたり読んだりすることは書いたり話したりすることの半分も精神を強化し、刺激しない。前者は女性的受容に似てただ受け入れる力を動かすのに対し、後者は男性的生産に似て、創造の力を要求し、発動させるからである。[中略]読むことは学校の金庫、乞食の袋に集めることだが、書くことは貨幣鋳造所を建てることで、これは鋳造機が献金袋よりも金持ちにする。書くことは読むことに対して、話すことが聞くことに対して、そうであるように、自分自身に対するソクラテス的な産婆術である。イギリスや宮廷人、世の紳士の場合、話すことが教養となって足りない読書の補いをしている」(『自伝』Bd.6, S.1095)。読むことはジャン・パウルの無意識裡には乞食の物乞いを連想させるものと思われる。また女性を受容的、男性を生産的と見る性差がここでも言われているが、女性との対比は無数になされており(例えば『レヴァーナ』Bd.5, S.684、『カンパンの谷』Bd.6, S.698)、大きなテーマなので性差については稿を改めて論じたい。結論的には、「女は、けっして男ほどに個別的にならない」(『美学入門』二五五頁)という所であろうか。ただ書くことにも問題があって、それは書く者が書かれる対象、人間に対して、冷淡、無関心になりやすいという問題である。『巨人』の疑似天才ロケロルをこの問題の集約された中心人物として、この周辺にその系譜につながる様々な奇形児が出現することとなる。例えば『フェルベルの旅行』のフェルベル校長は、ある脱走兵が銃殺される直前、洗濯婦に自分の服を遺贈する旨の遺言を下手なラテン語で述べたとき、自分の生徒達に向かって、「あのチンプンカンプンひとつとっても、あの男は銃殺に価するよ」(三五七頁)と述べて人間的な同情よりも文法に注意を払っている。『見えないロッジ』のジャン・パウル(作中人物)のライバルの作家エーフェルは「詩になりそうな不幸が生じるたびに神に感謝した」(第二部、一〇六頁)という具合である。

天才はともかくとして、いかなる人間をジャン・パウルは自由人と考えているかを調べてみると、『美学入門』の一節が面白い本音を語っている。ユーモアは自由人だけが発せられるとして、その自由人の定義をしている。「というのは、その猟獣[ユーモア]は、自由な野原に——また自由な野原にのみ——繁殖するのであるから、それが姿を見せる所はどこでも、内面的自由が——たとえば、大学時代の青春期とか、老人たちの場合のように——存在しているか、あるいは、外面的自由が——それゆえに、まさに、大都市、大僻地、騎士の居城、村の牧師館、直属自由都市、金持ちたち、オランダなどにおけるように――存在しているか、いずれかである」(一五四頁)。まず老人たちにも好意的なのが注目される。「年を追って人間は回心しなくなる」(『レヴァーナ』Bd.5, S.553) として老人には否定的で、いつもは「われわれの時代において、青年たちにおける青春は、肉体的な美であると共に、精神的な美でもある」(『巨人』二八四頁) と青春にのみ価値を置いている。大都市の評価も田舎貴族のジャン・パウルにしてみれば珍しい。「金持ちたち」に外面的自由を認めている点も、かねての言動を考えるとおかしいが、彼の現実認識の幅の広さを示すものであろう。「零落ではなくて貧困だけが、民族や個人を改良するのである」(『巨人』一五三頁) とか、「いまみたいに乞食だけでなく、金持ちもまた許されないような、時代が、きっと来ることだろう」(『見えないロッジ』第一部、二四一頁) と言っているのが色褪せて聞こえる。村の牧師館に自由を認めている点も、看過できない。フィクスラインやヴァルトが牧師職に憧れるのを解釈者は小さな幸せと考えるのが普通であるが、ジャン・パウルには存外立派なキャリアに映っていると言えそうである。『レヴァーナ』では田舎の牧師を田舎の貴族と同様に子供の教育に心を砕ける職と、別の利点をも見いだしている (Bd.5, S.678)。

2　盲目の比喩

盲学校について Meyer の百科事典は次のように記している。「最初の盲学校は一七八四年博愛主義者の Valentin Haüy によってパリに設立された。ドイツの最初の盲学校は一八〇六年ベルリンに建てられた。盲学校によって盲人も他の人同様に教育可能であることが分かってから、世紀末転換期に国法によってドイツでは盲人にも義務教育が導入された」。従って十八世紀頃までは一般には盲人は他の人と同様には思われていなかったわけである。聾唖者についてはジャン・パウルの作品の注から、ライプツィヒに一七七八年 Samuel Heinike によって聾唖学校が設立されたことが分かる(『美学入門』三八七頁及び六一三頁)。その頃までは聾唖者も盲人同様に健常者に劣る存在と見られていたと思われる。ジャン・パウルの盲目とか聾という言葉の用法を見てみると、現在では少しばかり無神経と思われる用法が多い。教育の本質を考察している『レヴァーナ』から例を挙げると、「最初に習うか、習うことのできる模倣した作品、ゲディケの教科書のようなもの、それを学ばせて、聾唖の精神ではなく、耳と舌の整った精神をいつか古代人の神託の前に案内すること、……」(Bd.5, S.863)。聾唖者でも教育で普通の精神と変わりなく発育することを考えると、差別的表現であるが、比喩としてみれば具体的で分かりやすいものになっている。盲目については、先に引いたが、まことの不信仰は全体に対して、盲目とされる(Bd.5, S.586)。こうした用法は多く、現在でも例えば有名なヴァイツゼッカー元大統領の演説では、「過去に対して、眼を閉ざすものは現在に対して、遂には盲目となる」とある。盲目はこの場合ドイツ語でも否定的響きが感じられるが、これをめくらと訳すと日本では問題になる。めくらが侮辱的意味をも派生させているからであるが、ヴァイツゼッカー元大統領にしても blindに当たる言葉が自由に遣えない国があるということを知っておれば、このような表現を遣うことに慎重になるかもしれない。それともこれは偽善か。同じ『レヴァーナ』でも次の例は差別そのものであろう。「……母胎が精神の最初の養子縁組斡旋所、聾唖者施設となり、女々しさが男性の管理局となってしまったら、なんという衰弱した弱気で軟弱な後世が身ごもられ受け継がれてゆくことになるだろうか」(Bd.5, S.591)。これは男性の精神を序列の上に置いているためであるが、天才概念同様に、上位存在を考えると、動物を劣視する視点、盲目で聾の状態を下位に置く視点が生ずる。「より高い者達には人間界は法も良心もない、聾で盲の動物界、機械の世界に変わり、奪い、むさぼり食い、殴り、血を流し、死んでいくことになります」(Bd.5, S.754)。

盲目で聾の状態、自己充足した状態はジャン・パウルではよく用いられる。格別否定的な意味ではないが、「偉大な文士たちが……自分の内面の精神的な五感にとびこんでこないものにたいしてはみな、めくらで、つんぼで、無感覚になるとしてもですね」(『ジーベンケース』上、鈴木武樹訳、二八六頁、その他二一七頁参照)。「自身と世界とに対して、めくらになり、またつんぼになって」(『巨人』六八三頁)。否定的に、「……そしてもっぱら動物的な現在のなかで、めくらでつんぼのまま巣を造るのである」(『巨人』二〇〇頁)。「このうぶな青年は、つんぼでめくらの憤激で万事を受け入れ、」(『巨人』一三七頁)。

ジャン・パウルが意識して使い分けているのではないのであろうが、マラー殺害のシャルロット・コルデ擁護の文では、コルデの盲目性、大衆の盲目性が対比的に効果的に表現されている。「(人類の中の)この天使は、年月に従い年月から成長するものではない、永遠性には年月はないので、それで通常有限性の着色された影、夜の影には盲目である、その視線は永遠の太陽のうちに向けられているのだから」(Bd.6, S.335)。「彼女は、マラーの短剣で自由の王笏をもたらすことになること、盲目の大衆には分かっていないことだが、パリへの凱旋車の中で既に輝かしい未来の晴れ着を身につけていることを知っていた」（Bd.6, S.348f.）。コルデを讃えているとは言え、大衆と同じ盲目さをコルデも有しているわけで、対比して読めばコルデの持つあやうさも作者の意図を越えて表現されているようである。

単に目が覚めるだけの状況がジャン・パウルの比喩にかかると次のように転ずる。「今や盲目の者たちには光が射し、足なえの者たちは歩きはじめ、耳の不自由な者たちには聴覚が戻った。つまり万物が目を覚ましたのだ」（『見えないロッジ』第一部、三六五頁）。唖は死のアレゴリーでもある。「そして唖の男、すなわち死が持っている、遠方の鐘の音を聞いていた」（『巨人』四七八頁）。普通の人間が盲目の状態と見なされる場合もある。「目に見えない手でもって盲目の人間を遠い純粋な未知の地域の中へ上げてくれる偉大な自然全体の前で……」（『見えないロッジ』第一部、二七五頁）、「しかし、ひるまの光の中にいる盲目の人間は、雲ひとつなく晴れた日光の力を借りてもなお、なにも見えないだろう」（『想像力の自然的な魔術について』二八五頁）。唖になることもある。「――ああ、内面的人間が手中で振る、この唖用の鐘の（なぜならば、内面的人間には舌がないから）最初の響きの音綴を、吸いこんだのである［ハルモニカのこと］」（『巨人』一五六頁）。当時聾唖者は鈴を鳴らしていたものらしい。「一人の聾唖者が、自分の鐘で……物乞いの音を立てていた」（『巨人』二〇八頁）、「彼ら［濫作家］のしばしば現われる名前は、彼らの唖用の鈴であって、……」（『美学入門』四一六頁）。

ジャン・パウルは、死後はさなぎが蝶に変身するようなものと、魂のメタモルフォーゼを説いている。例えば、「それ［肉体］は此岸の冬に於ける蛹であって、それを死が魂のために暖かい季節に備えて砕くのであろうか」（『ゼーリーナ』Bd.6, S.1172）。これには視力の変化も関係している。「繭が毛虫としては味覚はあっても眼がなく、蛾としては味覚はなくても両眼があるように」（『ヘスペルス』Bd. 1, S.1032）。眠りは死の兄弟であるが、盲人の見る夢についても言及される。比喩的盲人であるが、「発作で倒れて盲いた者にチューリップや宝石で一杯のモザイクの世界を見せてくれる夢もなくて、……」（『伝記の楽しみ』Bd.4, S.324）。真の盲人の場合の夢、「ちょうど盲目になった者が夢の中では立派に見えるのに、目覚めてからは、申し上げたように盲目であるような状態になるようなものであること」（『ジーベンケース』Bd.2, S.179）。盲人が夢の世界で目が見えるようになることはジャン・パウルにとっては詩文の世界で健常者がさらに目覚めることとの比喩である。「果物小屋に身を曲げて盲目の灰色の髪の乞食がうたたねをしていた。昼に私がペニヒの換算表と共に小金を贈った男である。夢の神は彼を盲目の暗いトロフォニウスの洞窟から連れ出して花咲く稔り豊かな世界に直面させ、癒えた眼は素敵な色彩と昼の光に泣いていた。哀れなおまえよ、喜ぶがいい。我々にもまたある精霊が恵みを垂れて、詩文の夢が我々のぼんやりした眼を癒して、目覚めたときにも蔽われている至福の園が見えるようにして欲しいものである」（『再生』Bd.4, S.761）。

盲人の喩は思索、弁証法の説明としても用いられている。具体的な説明となっているが、しかし盲人も普通に思考を展開する点からみれば、相変わらず差別的言辞と言えよう。「高い部類の人間が、低い部類の人間を推し測ることはできても、低い部類の人間は、高い部類の人間を推し測れない。なぜならば、肯定としての目明きは、否定としての盲を指定することはできるが、これに反して、盲目の者は、目明きを、けっして推量せずに、目明きの見る色彩を、話に聞くか、あるいは、触れてみるかするであろうから」（『美学入門』二四七頁）。「ちょうど盲の人は光のみならず闇も知らないのと同じように、われわれもまた無私がなくては利己について、また自由がなくては隷属についてなにひとつ知ることはできないだろう」(『利己的な愛も自己愛も存在せず、ただ利己的な行為あるのみ』三一四頁)。次はシェリング、宿敵フィヒテ批判となっている。「物理学や哲学に於ける見せかけの構成は、形式と素材、思考と存在のいとわしい取り違えの他に何であろうか。この取り違えは現実においては決して、絶対者の黒い深淵で容易に得られるあの同一性に転ずることはないものである。夜に於いてはすべての差異は——黒い。しかしこれはまことの夜のことであって、目の見える者の夜ではなく、盲目に生まれついた者の暗さのことである。この夜には闇と光の対立は、目が見えないという高次の同一化に消えてしまう」(『美学入門』四八三頁参照、筆者訳)。

目明きのフィヒテは盲とされるが、盲のミルトンは光を知っている。哲学者と詩人とは差別待遇があるようである。「めくらのミルトンが、自分の永遠の歌の中で、太陽に向かってのように、あるいは、現世の者が、この世の生を終えた後の、最初の光輝に向かってのように」(『巨人』一六二頁、注によるとミルトンは、『失楽園』の第三歌の冒頭を、太陽の光への讃歌で始めている)。『レヴァーナ』では神秘的な神の理解がみられる。「我々は神を二度見いだす、一度は我々の内部に、一度は我々の外部に、内部では眼として、外部では光として」(Bd.5, S.770)。このとき盲人のことは考慮の外にあったのではないか。次も同様。「それゆえに、詩人は、哲学者と同じく、眼なのである」(『美学入門』六五頁)。有名な、「宇宙から下に向かっての神はいないという死んだキリストの講話」では、神には目がない。「そして私が、神の目を求めて広大な世界へと目をあげたとき、世界はうつろな底なしの眼窩で私を凝視していた」(『ジーベンケース』Bd.2, S.269)。深層心理学では去勢不安を指摘する所であろう。(6)

以下盲とか聾の文例を任意に引用する。当時の医学を反映して、「わたしたちは、運命というのは目医者に似ていて、盲目の目に光の世界を開いてやるときは、その直前に、もう片方の見える目にも蔽いをして光を奪うものだということを、……」（『フィクスライン』二四八頁）。盲人にとっての服装、色彩について、「盲目の女性は……、眼のみえる女性と同じようにおめかしをしたがるからである」（『巨人』七四頁）。「盲人たちが緋色の方を選ぶのと同じでしてな」（『巨人』一三八頁）。「ディドロ『盲人たちに関する書簡集』一七四九年」の主張によれば、盲人たちは普通よりも残酷であるだけに、」（『巨人』四二八頁）。オデュセイアからは、「めくらのキュウロペス」（『巨人』一六三頁）、「極地では寒さが、赤道では暑さが盲にする」（Bd.3, S.1027）。当時の職業病では、「例えば靴屋は便秘に、理髪師や粉屋は肺病に、鍛冶工は盲に、銅板金職人は聾になる」（『カンパンの谷』Bd.4, S.654）。その他、「この物語のめくら窓を取りこわして、本物の窓をさっと開くこと」（『巨人』三六五頁）。聾者について、「つんぼの人たちは、騒音の中で一番よく聞こえるものである」（『巨人』一三二頁注）。「……これらの作家たちは、自分たちの用件を、手ぶり身まねによって、はっきりとわれわれに理解させる折にすらも、なおも不快で無用の音声を挿入する唖たちに似ている」（『美学入門』一七〇頁）。「老齢は、肉体的に、また道徳的に、自分に対しては老眼にし、他人に対してはつんぼにします」（『巨人』五三五頁）。

ちなみにくる病について、「しかし、後者［せむし］は、アイソポス、ポープ、スカロン、リヒテンベルク、メンデルスゾーンに見られるように、機知に富んでいる」（『見えないロッジ』第二部、一六四頁）。また白と黒の用法を見るとやはり白は肯定的、黒は否定的である。「哲学はトルコのレディーのように、唖、黒人、醜い者によってかしずかれている」（『カンパンの谷』Bd.4, S.587）。「それにひきかえ、二つの美しい魂が「グスタフとベアータ」帯びている色がすべて一つになると、そこに生じるのはいつもただ無垢の白だけである」(『見えないロッジ』第二部、二一七頁)。「内的人間は黒人同様に白く生まれてきて、生によって黒く染まる」(『レヴァーナ』Bd.5, S.552)。

ジャン・パウルの独得な比喩では、「地球という死体安置所」(『巨人』二〇六頁)であって、「われわれの生という皆既蝕のさなか」(『巨人』四七頁)と全体としては盲人も健常者も一緒にされる。しかし現実の盲人、乞食はみじめな状況にあることも承知している。「というのは、天人ともに許さない無道な行為のかずかずが、乞食や囚人にたいするのと同じように、彼ら[読まれない作家]に加えられているに違いないからであります」(『美学入門』四一四頁)。

3　盲目の登場人物

盲目のモチーフは研究者の目には止まっている。『見えないロッジ』と『ヘスペルス』を収めたハンザー版のあとがきで、Walter Höllerer は、「盲目のモチーフは、友情、愛、死、教育、国家のモラルといった主要モチーフの傍で、重要な役を演じている」(Bd.1, S.1322) と指摘している。また Rolf Vollmann もその伝記の注で触れている。「読者は、ほとんど目をつぶされたアマンドゥス、アニョラの眼帯、小さなグスタフの眼帯をすら思い出して欲しい。ジャン・パウルの本は、すべてといっていいが、見せかけの盲人、半盲人、盲人、痘痕のある者、痛風者で一杯である。ジャン・パウルの最初の子供時代の恋人はあばたであった。エルテルの弟は天然痘で亡くなった。ジャン・パウルが牧師のフォーゲルに宛てた手紙の中で、自分の子供達がまた天然痘から治って欲しいという願いを述べたとき、すでに一人は亡くなっていた[7]」。この文では盲人と天然痘とが何の関係があるのか不審に思われるが、『巨人』の中の一節が参考になる。「この娘は、疱瘡で失明していて」（七〇頁）。天然痘と言えば失明を連想するのが普通なのかもしれない。無論すべてが失明するとは限らなくて、子供のジャン・パウルが惚れたのは、「可愛くて丸く赤らんだ、痘痕のある顔で眼をきらきらさせていた」（Bd. 6, S.1097）相手である。

作中人物に見られる盲目のモチーフを調べてみると、それが顕著なのは『見えないロッジ』、『ヘスペルス』、『巨人』であって、後期の作品はそれ程でもない。『見えないロッジ』では主人公グスタフははじめ地下で育てられる。昼と夜の逆転した生活を送り、昼間は目隠しをしたまま眠り、その間陽光を浴びることになる。これはプラトンの洞窟〔三二頁参照〕の比喩をジャン・パウルらしく具体的に理解させるためで、眼目はグスタフが地上に目覚めるときの新鮮な驚きを叙述することにあろう。地上への帰還が死後の転生の比喩として語られる。「空の移り変わりの一つ一つが、日没の一つ一つが、一分一分が、彼の心を物珍しさでいっぱいにした」（第一部、八四頁）。目隠しは、『ヘスペルス』ではアモールの目隠しとして目を病んだ王妃アニョラの顔にあり、眼科医の主人公ヴィクトルを「盲いて愛に酔いしれ」（Bd.1, S.921）させるが、結局女性からの誘惑は『見えないロッジ』の他には成功しない。『巨人』では冒頭主人公のアルバーノが病気でもないのに目隠しをしている。「しかしギリシア人は、ほほえみながら、この人為的盲目の耽溺を推量して自分から、大きな、飽きることを知らない眼に、幅広い、黒い、こはく織のリボンを結んでやったが、このリボンは、女性用の目隠しと同時にレースのマスクとなって、花と咲く、だが男性的な顔と奇妙な、また愛らしいコントラストをなしていた」(二二頁)。これは「内面の世界に向けられた、夢想の眼」(二二頁)と言われるように「現在を夢み」(二二頁)るためで、同時に「そばだてられた注意の耳」(二二頁)という聴覚の集中でもある。最後に彼はグスタフのように目隠しをはずしたとき感激して太陽を眺めている。目隠しはさておき、『見えないロッジ』ではアマンドゥスが目を傷つけられて登場する。小説では最初の盲の人物である。しかし幸い父親のフェンク博士の手術で治る。彼はしかし病弱で心の恋人ベアータを主人公に託して亡くなる。彼が亡くなるとき、皆既月蝕が見られる。登場人物の動静に天地が呼応する最初の例である。アマンドゥスを傷つけたのは女乞食であるが、この女乞食の偽りの証言では、ある男がアマンドゥスをめくらにしてそれをたねに物乞いしようとしたものだというもので(第一部、一二五頁)、多感な目隠しのモチーフと並んで過酷な乞食の現実が描かれている。ジャン・パウルについて一般に情感と現実直視と言われる特徴は盲目のモチーフでも当てはまると言えよう。『ヘスペルス』では主人公ヴィクトルは眼科医で、物語の初めの部分で父親とされるホーリオン卿のそこひを治す。隠者エマーヌエルの許にユーリウスという青年がいるが、これが盲である。「フルートを吹くとてつもなく美しい青年」(Bd.1, S.675)として登場するが、ヴィクトルの見るところ治療は不可能である(Bd.1, S.695)。夭逝した少女を慕っており、音楽的天才として内面性の世界を純粋に生きている。アマンドゥスより内面性は明瞭である。最後に明らかになることだが、彼はホーリオン卿の子息であり、経済的基盤の確かさは暗示されている。更に現実的なこととして遺伝のことが言及されている。「卿はかつて盲で、父親から息子へ遺伝する盲目の例を自分の例によって増やしている」(Bd.1, S.1152)。

『巨人』は見方によっては、視覚と聴覚の錯覚、障害、混乱の物語と言ってもいいものであるが、盲人、半盲人もよく登場している。主人公アルバーノの幼馴染みは先に引いた疱瘡で失明した少女である。長じてからの初恋の相手リアーネはたびたび失明している。兄ロケロルから王の死後の死体解剖の話を聞いてまず失明し、それが癒えた後、アルバーノとの別れ話の折に失明している。最初の失明を癒すリアーネは噴水の陰に描かれている。これは空想に対する「揚棄」の効果を狙ったものである（『美学入門』三二六頁）であると同時に、「噴水の朦気を使って」（『巨人』一五八頁）の治療のためである。ここでもロマンチックであると同時に現実的な動機の複数化がなされている。後の失明の際には日蝕が起こる。この場面ではアルバーノは失明を日蝕のせいと錯覚するのだが、更に盲目となったリアーネが聾唖者の鈴の音を葬礼の鈴と間違え、二重の錯覚が表現されている（四一六～七頁）。『美学入門』では「しかし二つの最も相似することのない感覚、眼と耳、最も眼に映じる感覚と、最も眼に映じない感覚とを並置することは、空想にとってさらにむずかしいことである」（三三九頁）と記されているが、ここではこの隔たった二感覚の転換が効果的に描かれていると言えよう。錯覚のモチーフは、腹話術師の叔父の仕掛け、ショッペの言う「聴覚、視覚的ペテン」（六二頁）の他に、視覚的にはドッペルゲンガーのショッペとジーベンケース、聴覚的にはアルバーノとロケロルの声の類似が語られ、イドイーネとリアーネ、リンダとリンダの母親、アルバーノとアルバーノの父親（侯爵）の類似、ドッペルゲンガーのショッペとジーベンケース、聴覚的にはアルバーノとロケロルの声の類似が語られ、作品の重要な構成要素となっている。半盲としてはリンダが夜盲症を患っていて、このためアルバーノの筆跡と声を偽ったロケロルに誘惑されてしまう。このモデルはやはり夜盲症であったシャルロッテ・フォン・カルプとされ、作中でも暗示されている。「そして、私は、強力な空想力と、開放的な芸術心とを具えた、ある半盲の婦人に、同じようなケースを認めたのであるが」（一七七頁）。スペイン女性のリンダについては、「夜盲症は熱い国々では普通である」（五六三頁注）とされ、「というわけは、と彼女は物語った、夜に、かぎりなく近視であるという多くのスペイン女たちの眼病の気があるのです」（五六三頁）と説明されている。その後大人となった幼馴染みの盲女も効果的に登場している。ロケロルがアルバーノの義妹ラベッテを誘惑する場面では、「うわべはラベッテの衛兵として、人なかでの誘惑から荒野での誘惑へとラベッテを連れこむために」（四四二頁）途中までの同道者として利用されている。リンダを誘惑する場面では、ロケロルの手紙を渡し、リンダ（夜盲症）の夜の案内人となっている。ロケロルはわざわざ、「君のめくらの少女だけを連れてきたまえ」（六五八頁）と指定している。盲人が盲人を案内する図（マタイ伝、第十五章十四行）を連想させるけれども、しかしやはりこれはアモールの目隠しの寓意化であろう。アモールの目隠しについては高階秀爾氏の説明を参考にしたい。同氏によると、盲目のキューピッドはイタリアの十三、四世紀頃から登場することになるが、キリスト教的禁欲主義の底流をつねに保ち続けているルネッサンス以降の世界においては、「目隠しされた」つまり肉体的欲望の支配するキューピッドよりも、「目の見える」理性的キューピッドの方がいっそう優れた存在と考えられるようになったそうである。ただ異論もあって、例えばピコ・デルラ・ミランドラは「愛は知性を超える存在である故に眼を必要としない」という理想を強く表明している。つまり、「目隠しされた」ということが、マイナスになるのではなくて、かえってプラスに作用するわけである（ピコやその仲間たちは、そのような場合の例証として、例えばギリシアの詩人ホメロスが盲目であったことや、パウロがダマスクスへの途上で改宗した時、神の声を聞いて「目がくらんだ」ことを挙げているそうである（以上、『ルネッサンスの光と闇』[8]）。『巨人』に話を戻すと、リアーネの失明は、『ヘスペルス』のユーリウスの系譜を引く内面性への耽溺を示すものであろうが、ブルーメンビュール出の盲目の少女の案内は、ジャン・パウルの作品では珍しいエロスの発動の場面であることを考えると、盲目の肉体的欲望を寓意化しているものと解してよいであろう。アモールの目隠しそのものについてはジャン・パウルも承知していて比喩的に用いている。例えば、「彼は黙った。しかし、その一時の夜はアモールの目隠しでアデリーネに手や心が見えない切なさを覆ってくれた。身体の手足がただ目を縛ったときにのみ切断されるようなものである」（『伝記の楽しみ』Bd.4, S.314、その他『フィクスライン』五一頁、Bd.2, S.748参照）。『巨人』では更にエピソード的にであるが、アルバーノの顔を見て感激する男のことが語られている。「この男は青年のころに老侯爵の召使いであったが、めくらになり、つい最近になってふたたび治癒したのである」（七四〇頁）。

『生意気盛り』ではユーリウス、リアーネと受け継がれてきた内面性の盲目のモチーフは、パロディの対象となり、偽盲人ヴルトが出現している。Wulf Köpke はヘルダーと関連付けてこの場面を次のように解釈している。「ノイペーターの娘ラファエラがジャン・パウルの女性読者のパロディであることが明らかになって、フルートの演奏会に聴衆を引き寄せるために盲人を自称するヴルトのいかさまを、『ヘスペルス』の盲人ユーリウスと比較して、これについてジャン・パウルの流儀で、涙が喜びの花に注がれる[Bd.2, S.744]と述べるとき、ヘルダーの声、理性を説き、野放図な感傷性に容易に転化しやすい『ヘスペルス』の感情に警告を発する声を聞き取ることが出来よう」[9]（引用の箇所は第一版では七二九頁）。偽盲人はヘルダーと特に関連付けなくても、『巨人』のリアーネが既にアルバーノの花嫁とはなりえずに批判的に見られていることを考えれば、ジャン・パウルの全般的散文化の傾向を反映するものであろう。

『シュメルツレのフレッツ紀行』では盲人ジャン・パウルが登場するが、これは実は盲人ではない。字面は盲目の乗客であるが、この意味は不正乗客である。岩波文庫の訳者岩田行一氏は不正乗客の訳語の他に、眼に見えない乗客という語も当てておられるが、「赤マントをはおった眼に見えない乗客」（二二七頁）となって少し意味深くなり過ぎたようである。『巨人』でも「眼に見えない、というより か眼に見えなくする乗客」（三六九頁）という文が見られる。他に『ジーベンケース』（Bd.2, S.15）、『再生』（Bd.4, S.763）参照。シュメルツレの不正乗客はヴルトの偽盲人に通ずる散文化の精神の産物と言えよう。

後期の作品では『フィーベルの生涯』で高齢のフィーベルの目が虚ろになっていると描かれている。フィーベルの歯は二度生え変わったそうであるが目までは再生していない。ABCの本を出し、自分の伝記研究所を設立したフィーベルは晩年謙虚に過ごす。読者によってはこの弱視に神秘的気配を感ずるかもしれない。筆者はこの弱視には作者晩年の失明と同じような運命を感ずる。デ・ブロインの伝記から引用すると、「二十二歳の彼［オットー・シュパッツィア］は十月二十四日バイロイトに着いて叔父の変わりように驚いた。以前の丸みを帯びた顔は痩せたために長くなったように見えた。以前あんなに輝いていた両眼はうつろになっている。カロリーネが甥を部屋に案内すると、何処にいるのかねと尋ねて、捜すような素ぶりで手を彼の方に差し出す。彼は前より小声でゆっくりと話し、話すたびに草臥れるふうであるが、しかし相変わらず比喩を用いて語る。天は今鞭で自分を罰していて、そのうちの一つ、眼疾は大きな丸太[やっかい事]になっている、と」[10]。若い頃のエピソードから盲目のテーマを拾うと、「ジャン・パウルは、接吻し、抱擁し、夜の散歩をし、目隠し鬼ごっこ（Blindekuh）、このフィヒテル高地での無邪気な遊びを続け、半ば結婚の約束をした」[11]（Vollmann）。

注

（1）Martini, Fritz: Deutsche Literaturgeschichte. Kröner Verlag. 1968. S.300.

（2）参照、引用した訳本は、鈴木武樹訳、ジャン・パウル文学全集、『見えないロッジ』第一部、第二部、『五級教師フィクスラインの生活』、『貧民弁護士ジーベンケースの結婚生活と死と婚礼・上』、以上創土社。古見日嘉訳、『巨人』国書刊行会、『美学入門』白水社。岩田行一訳『陽気なヴッツ先生』岩波文庫。それに九州大学出版会からの拙訳の本。主に拙訳を除き、既訳のあるものについては出典はそれに依った。それ以外はハンザー版の巻と頁を記した。「めくら」、「つんぼ」という訳がみられるが、一八〇〇年前後の作の訳としてやむを得ないと判断し、そのまま引用した。

（3）しかしその直前でフィーベルは「人は動物達の神に当たる」と人間中心的なことを述べている。

（4）後に発狂するショッペの伴をしている犬について、神話との関連が言及されている。「犬とか狼は源初は一般に冥界と死の動物、死者を呑み込み、その魂を導くもの、あるいは冥界の女王ペルセフォーネの門番でもあるケルベロスのように死者を見守るものとみられている。嚥下するもの、魂の導者、番人として犬は神秘と関連している」。Matzker, Reiner: Der nützliche Idiot. Peter Lang. 1984. S.96.

（5）『フィクスライン』のむく犬については、「むく犬は贅沢な小犬、よちよち歩く遊び好きな鳴き犬、上品なレディーの愛敬ある同伴者（ジル、貴族）と見做される一方、明らかに物覚えのいいものとされている。それ故にジルは五級生であり、教え、育てられるべきものである」。Wöbkemeier, Rita: Erzählte Krankheit. Metzler. 1990. S.190.

（6） Vgl. Pietzcker, Carl: Einführung in die Psychoanalyse des Literarischen Kunstwerks am Beispiel von Jean Pauls “Rede des toten Christus”. Königshausen und Neumann. 1985. S.81.

（7） Vollmann, Rolf: Jean Paul. Wunderlich Verlag. 1975. S.115.

（8） 高階秀爾『ルネッサンスの光と闇』中公文庫、一九〇頁、一九九頁参照。

（9） Köpke, Wulf: Abschied von der Poesie. In: Jahrbuch der Jean Paul Gesellschalt. 1990. Beck. S.52.

（10） de Bruyn, Günter: Das Leben des Jean Paul Friedrich Richter. Fischer. 1975. S.362.

（11） Vollmann, Rolf: a.a.O., S.98.

（付記一）

blind（盲目）、taub（聾）に関して、樋口忠治氏によるゲーテ・ファイルを検索してみたが、ゲーテの場合、こうした障害はジャン・パウルほど中心的コンプレックスを形成していない。ジャン・パウルと比較して、印象的な箇所のみ列記する。

西東詩集のSuleikaの書「なんと感覚は多様なことか。／ それらは幸せに混乱をもたらす。／ 私はあなたを目にするとき、聾してありたい、／ あなたの声を聞くとき、盲いてありたい」(Bd.2, S.75)。

Faust 第二部でファウストはSorge（憂い）の呪いで盲いる。Sorge:「人間は生涯盲目のままだ。／ ファウストよ、おまえも最後にはそうなるがよい」(Bd.3, S.346)。

Tasso の台詞。Der Blindgeborne denke sich das Licht, / Die Farben, wie er will.「生まれなが

らの盲人が光や色彩を随意に考えようとも」(Bd.5, S.104)。

blind な運命に関して。Seine［Glücks］Wahl ist blind (Bd.5, S.108), Geschick, du blindes (Bd.5, S.291), der blindeste Fatalismus (Bd.10, S.266), Reichtum, weil er selber blind (Bd.12, S.315)

太陽を見ることに関して。「光ではなく、照らされたものを見るように定められている我が種族がヘーリオスの矢で盲いることのないように」(Bd.5, S.362)。

また der blinde Cupido の譬え (Bd.5, S.206)。

『親和力』では、「自分の有する以上になにかましなものを欲する者は、全く盲目の状態なのだ、笑うがいいとも――そやつは目隠し鬼ごっこをしているのだ」(Bd.6, S.256)。Charlotte の Eduard との会話。「自分たちが欲しないところ、欲すべきではないところに、盲目に進もうとするには、私ども二人はもはや若くはない」(Bd.6, S.342)。

ein blinder Passagier についての言及 (Bd.7, S.119, Bd.10, S.305)。

「詩と真実」によると、ゲーテも痘瘡を患って一時盲いている。「体中が疱瘡で覆われ、顔が塞がって、私は何日も目が見えず、たいへん難儀した」(Bd.9, S.36f.)。また盲の老乞食が手術に成功し癒えたときの喜びの言葉を伝えている。「わしが百万の目を持っていたら、それらをすべて半硬貨の値段で順次手術してもらうだろう」(Bd.10, S.92)。

Kunst と Natur に関して。「本物の軌範を与える芸術家は芸術の真実を目指す。盲目の衝動に従う無軌道な芸術家は自然の真実を目指す」(Bd.12, S.49)。これは別の箇所で、「芸術でも自然でもなくて、同時にその両者であるもの、必然にして偶然、意図的にして盲目的なもの」(Bd.13, S.102) と述べているように、ゲーテにとって重要な対概念といえる。盲目の天才音楽家というイメージはゲーテには遠いようである。

盲人と色彩の関係について。「盲人は色彩を感ずることができる。……シュトゥルムはある盲人が様々な色彩の匂いをかぐことが出来た例を引いている」(Bd.14, S.208)。

（付記二）

本章に関連して博士論文 Pilar Baumeister: Die literarische Gestalt des Blinden im 19. und 20. Jahrhundert. 1991. Peter Lang を読んだ。一九四八年生まれの先天性の盲目の女性の論文である。全体は盲人に対する無用な偏見、先入観を是正したい意志で貫かれている。ハントケの Die Hornissen、フリッシュの『我が名はガンテンバイン』、リルケの詩の分析に冴えを見せている。偏見を温存させている blind の語感に対しては、エンツェンスベルガーから、「この二重の意味ははなはだ深く我々の文化に根を下ろしていて、それを避ける可能性はないのではないかと案ずる」(S.212)という答えを手紙で引き出している。偏見の底流の一つとして盲目の予言者・見者という意味でのエディプス・コンプレックスがあるようである。実情には遠いとしながら引用している言葉に、Das Altertum ehrte, das Mittelalter nährte und die Neuzeit lehrte die Blinden (Stöckel, S.404)。「古代は盲人を敬い、中世は養い、近代は教えた」。

第九章　デ・ブロインの
『ジャン・パウル・フリードリヒ・リヒターの生涯』

本章ではGünter de Bruyn著の『ジャン・パウル・フリードリヒ・リヒターの生涯』（Das Leben des Jean Paul Friedrich Richter. S.Fischer Verlag, 1976）について紹介する。著者のギュンター・デ・ブロインは一九二六年生まれの作家で、旧東ドイツの作家連盟に所属していたそうであるが、大手のフィシャー書店から本書を含め十数冊の本（主に小説）を出していることから推測されるように、旧西側でもよく読まれてきた作家の一人である。筆者はまだそのうちの数冊を読んだにすぎないのだが、乏しい資料を片手に紹介を試みたい。岩波文庫の手塚富雄・神品芳夫著『増補ドイツ文学案内』の三四八頁にその名が出てくる。「一九七六年におけるビーアマンの市民権剝奪という措置と、それに抗議する有力文学者十二名の連名による声明の発表は、東ドイツ崩壊に通ずる重大な転機であった。しかしこの十二人がすべて国を離れたわけではなく、むしろ最も有力な人たちは、反逆者という烙印を捺されてもなお、〈よりよき社会主義〉のために尽力する余地があると考えていた。クリスタ・ヴォルフ、ハイナー・ミュラー、フォルカー・ブラウンの三人がそれに当てはまる。（…）なお、マルクス主義的学問研究の一面性を皮肉をこめて描いた『発掘』（一九七九年）の作者でもある古株のギュンター・デ・ブロイン（一九二六―）も、遅れて抗議声明に署名した」。現在文壇的には「古株」というようなところにおさまっているのであろう。受賞も多く、これまでにハインリヒ・マン賞（一九六四年、旧東ドイツ）、トーマス・マン賞（一九八九年）、ハインリヒ・ベル賞（一九九〇年）等を得ている。しかし受賞を断ったことも知られており、東ドイツの終焉がまだ判然としていない段階で一九八九年十月、東ドイツの国家賞を拒絶している。また年譜では一九八七年DDRの第十回作家会議で検閲の廃止を要求したと記されている。ここで取り上げるジャン・パウルの伝記のある書評に本書では特に検閲を論じた「自由の小木」が最も興味深く成功しているように思えるという一節があるがジャン・パウルの戦略とデ・ブロインの戦略とが重ね合わせられる思いがする。ドイツ統一に対するデ・ブロインの態度は旧西ドイツとの政治的壁にもかかわらず両ドイツの間には同一の文化的伝統がみられるというものである。ある講演（一九九〇年）で次のように述べている。「作家のマルティン・ヴァルザーのように統一を呼びかけた人は八〇年代にはかなり限られていて、西ドイツの大多数はDDRに格別の関心を見せなかったので、どちら側でも最初は暫定的なものと考えられていた両国を次第に変更しがたいものと考えて、それに思考の面でも感情の面でも適応しようとするようになりました。これにはドイツの歴史をこのような意味で捉えようという試みも含まれます。殊に好まれたのは、ビスマルクの帝国以前にはドイツというものはそもそも存在しなかった、国民というものはむしろ神話ないしはキメラであるという主張でした。しかしこの際全く見過ごされていたのは、国民の一体感はすでに国家的統一のはるか以前に形成されていたということ、遅くとも啓蒙と古典ドイツ文芸の時代には成立していたということです」。このように述べることができるのも長年ジャン・パウルの時代に親炙し、例えばこの『ジャン・パウルの生涯』に出てくるアルントのような国粋主義者のことをも熟知していたからであろう。

東ドイツにおけるジャン・パウルの受容はデ・ブロイン自身の説明によると（一九七五年）、リアリズム概念の一般的拡大と共に生じたもので、「現実は更に拡大されて考えられ、空想や夢、漠たるもの、神秘的なものも含まれるようになった」そうである。ボブロフスキーが一九六三年『フィーベルの生涯』を出版したことも述べられている。新しい現実、新しい意識を旧来の出来合いのもので表現しなければならないという窮状が東ドイツの作家達のそれと似通っていて、出来合いのものを解体するためにそれを利用するという術をジャン・パウルに学ぶというようなことが言えるかもしれないとデ・ブロインはまとめている。

ジャン・パウルとギュンター・デ・ブロインの比較についてはヴルフ・ケプケの小論（一九九〇年）が要を得ているので、それを紹介しておきたい。

ケプケがデ・ブロインで評価しているのはジャン・パウルにおける二元論、矛盾の指摘である。例えばこの『ジャン・パウルの生涯』からは次の二箇所を引用している。「彼の物語のどの一つをとっても子供時代に集められた豊かな素材が基になっていないものはない。そこですべては始まったのだということを彼はいつも自覚していた。卑小な人々に対する愛、偉い人々への軽視、自然への耽溺、困窮と悲惨さへの眼差し、変革への衝動が一方にあって、これは彼の能力の明るい表側であるが、他方裏側では、必然的に光に寄り添う影の部分では、彼の田舎気質、感傷性、徳と魂の不滅性に対する素朴な信仰、狭小さへの安住、奇矯さがみられる」（第三章）。

「彼の政治的思考では革命と改革の極の間に一つの緊張があるように、他の点でも二元論が見られ、彼の生涯と作品とを不統一なもの興味深いものにしている。政治的参加と内面性、広大さと狭隘さ、冗談と真面目、多情と冷静とが密接にからまっている。双生児に対する偏愛を彼は有している。彼の初期物語は牧歌（そうではないが）と「英雄的な」小説（この名称もふさわしくない）とに二分される」（第十七章）。このような矛盾の指摘によってルカーチのようにジャン・パウルを小市民的妥協と断罪することもなく、ヴォルフガング・ハーリヒのように革命的、英雄的長編を書いた作家と一方的に持ち上げることもなく、従ってデ・ブロインの伝記は「面白く読め、為になり、信頼がおける(readable, informative, and reliable)」とケプケは評価する。そして同時期に出た他の二冊のジャン・パウルに関する伝記よりも密度、文体において勝っているとみている。

次にケプケが指摘しているのは、デ・ブロインは『ジーベンケース』と『生意気盛り』というリアリスティックな長編をジャン・パウルの最高傑作とみていて、ヴォルフガング・ハーリヒやあるいはコメレルのように『巨人』に（あるいは『ヘスペルス』に）力点をおいていないという点である。『巨人』は発表当時すでに時代遅れだったとデ・ブロインはみている。

更にケプケはデ・ブロインの小説とジャン・パウルの関係に触れている。簡単に述べると『Märkische Forschungen』［これは先に触れた『発掘』のことと思われる。保坂一夫訳、同学社刊］では一面的研究のハーリヒの影があり、人のよい登場人物のペッチュには『生意気盛り』のヴァルトの影響がある［これには検閲問題も絡んでいる］。『新しい栄光』、これは『生意気盛り』の精神による『ヘスペルス』のパロディである。またジャン・パウルもデ・ブロインも女性の運命、男性の身勝手さに対する理解が深い。

以下筆者の感想を記す。先の男性の身勝手さということになると、デ・ブロインの初期の長編『ブリダンの驢馬』（一九六八年）はまさにそれがテーマである。一人の男性が妻への思いと新しい恋人との間でブリダンの驢馬さながらどちらにも決めかねる状態になる。一時恋人と共に暮らすが、結局は家庭の妻の許に帰るという話である。東ドイツでも男のすることは西側の男と大差ないということが大方の感想らしい。この小説を「東ドイツでも朝の七時から晩の八時まで世界はなお異常を見せていない」ということの証左と解する解説者もいる。その他のジャン・パウルとの関連では図書で『グリーンランド訴訟』という名前が言及される（『ブリダンの驢馬』第五章）が、更に、ブローダー嬢はスープをすすりながら本を読んだと記されている（同書、第十一章）。この不作法は『ヘスペルス』の次の文を思い出させる。「読みながら歩いて（他の者達が、例えばルソーとか私が読みながら食べて、あるときは皿から、あるときは本から一口入れるように）」（第三十三の犬の郵便日）。

また『新しい栄光』（一九八四年）、これは保養施設の名前をタイトルにしたものであるが、権力者の子息が施設で博士論文を書こうと施設を訪れ、そこで祖母の世話をしながら働いている娘に惚れ、結局は父親の意見に従い、娘を棄ててしまうという話である。東ドイツ版『私が棄てた女』である。

娘は上手に標準語を話せない教養のない女で、娘の母親は西側に逃亡した女性という設定である。ジャン・パウルの『ヘスペルス』を読んだ読者には馴染みの名前が頻出する。主人公は同じくヴィクトル。で、娘はティルデ（クロティルデ）、主人公の母親はアニョラ、施設の従業員にゼバスティアン、祖母の思い出話にヨアヒメ・マチューという名前まで登場し、マイエンタールは塵の山という按配である。主人公は女性とベッドを共にしても、セックスの後ではベッドを別にしないと眠れないと作者はコメントしており、この辺の微細な観察がジャン・パウルの奇妙に細部にこだわる観察眼と共通しているように思われる。

この『ジャン・パウルの生涯』を筆者が訳したのは一九九三年で、この年は九州大学教養部最後の日々で、語学教師が年交代で文学の授業を担当する制度があって、たまたま筆者の番となり、自分は講義できるほどの文学観はないと気付き、ジャン・パウル関係の本では最も読みやすいこの伝記を訳してそれを朗読するという姑息な手段をとった。可哀想に直訳調の原稿を聴かされた学生はすべて頭を垂れて眠る次第となったが、ジャン・パウルが冗談で記すことの多い眠る聴衆を現実に体験することになって、自分は「唯野教授」に到底及ばないと悟らされた。ただ朗読していて皮肉だった箇所は第九章のジャン・パウルの講義批判である。「すべての教授が言いたいことは、本から一層良く、根本的に、時間と金を失わずに学ぶことが出来る。こんなことは昔の暗黒時代に始まったことで、わずかな本しか書かれず、賢くなるためには人の言うことを自ら聴かなければならなかった時代のことだ。今では、これがとにかく流行だというので、この慣習を止めるのは罪だと思われている」。この伝記が出版された今、当時の筆者の講義は本当に学生にとっては時間の無駄であったように思われ、申し訳ない気持ちである。

矛盾の指摘に関しては、デ・ブロインは美的な面よりも倫理的な面において鋭敏である。偉大な作家達の人間的な弱さを見抜く眼力は鋭い。ゲーテ、シラーに関しては、「ゲーテ、シラーの詩人的偉大さと比例して残念ながら、他者の才能を認めそれを重んじる能力の欠如も大きかった」（第二十一章）と述べている。ジャン・パウルに関してはプロシアの国王に年金の請願をした事実を取り上げ、それを次のように論評している。「君主と封建制度をその文書で攻撃し、ヴァイマルでは帯刀を自分の品位を汚すことだと思った男のイメージとはこれは合わないし、まさに『巨人』の燦然たる主人公アルバーノに託していた全く積極的な形姿とも合わない。この偽善に対する弁解はたくさん見付かるだろう。これを書いたのは将来の夫、父親であって、これを起草した者は、著者と作品とは区別するようにと言えばいいだろう。それにジャン・パウルは同じ時に（勿論何度もオットーに頼まれてからであり、それに残念ながら効果なかったが）ハルデンベルクにホーフの商人ヘーロルト（アメーネの父親、オットーの義父）の不敬罪による六ヵ月の禁固刑を免除するように申し入れなかっただろうか。それに作家の決定的行為とは文書だけであって、それに対して自分の清廉さよりも多くの義務を負うているのではないか。『君主の忠僕』ゲーテの作品は価値と効果の面で左派のあらゆる嘲笑者達の作品を凌いでいるのではないか。ドイツ文学の光輝く姿、ヘルダーリンとビュヒナーはその生が早く終わったために、ただそれだけの所為でこうした姿を得ているのではないか。合法的とは思えない権力者に対してはいかなる手段を取ってもいいのではないか。しかし他面では作家の人生での決断はすべてまたその作品を決するのではないか」（第二十八章）。この最後の文を疑問形にしているところがデ・ブロインの懐の深さで一面的結論を下さないレトリックである。このレトリックはクリスタ・ヴォルフを論ずる際にもトーマス・マンを論ずる際にもみられ、「最良の作品は最良の作家によって書かれる」というテーゼを提出して、それを疑問に付しそうではないのだと懐の深さをみせながら、両作家を料理している。東ドイツの検閲下での作家の処世に対するデ・ブロインの見解はこうである（一九九〇年、ツァイト紙）。「重要に見える一つの考えを人々の許にもたらすには、他の考えが犠牲にされた。これは一つの自己剪定であって、これは実のところ単に自らの葛藤逃避の言い訳にすぎないのか分かったものではなく、長いうちには執筆者と書物にとって為になるものではなかった」。しかし読者の反響によって救われる部分があったと記している。そして結論は「例えば筆者がそうであるように、人を抑圧し、品位を奪い取り、臆病な沈黙へと強いた忌まわしい国家の終焉が故郷の喪失にも似た悲しみを生み出すなどとは思いもよらぬことであるけれども、それでもこの痛みが、真正なものであれば、詩人をして何か永続的なものを書かしめることは想像できることである」。トーマス・マンの政治姿勢に対してはトーマス・マン賞の受賞講演（一九九〇年）の中で大筋ではマンの処世を認めながら、一九四九年マンがゲーテ礼讃のためヴァイマルを訪れたとき、歓呼して迎えた民衆は単に動員されたものであって、デ・ブロインは苦々しい思いをした、しかし今では許せるマンの人間的弱さと解していると述べている。

デ・ブロインの小説はジャン・パウルの比喩過多な文章と比べると、十九世紀の小説の語りを思わせるごく普通の文体である。ジャン・パウルとの共通点はしかしその文学観にあるように思われる。ジャン・パウルは『美学入門』で「詩は、神々しい意味を持つに違いない現実を、破壊するのでも、繰り返すのでもなく、解読すべきなのです」と述べている。デ・ブロインもまた詩人の役目を発見者としている。「文学の歴史は、このように見てくると、現実の発見の歴史でもある――これは決して終わることのないであろう歴史である。第一に現実は変化してやまないからであり、第二に人間が現実を経験する方法、様式は常に別のものになるからである」（初出一九八二年、『ドイツの状況』一九九一年所収）。

どこに記されていたか忘れたが、現在のドイツ文学研究では伝記の研究は「タブー」だそうである。このタブーを犯してデ・ブロインがある程度成功を収めているのは、それは彼が作家であって読書人に「面白く読め、為になり、信頼がおける」文を書くすべを心得ているからであろう。ジャン・パウルもとにかく文章で生活し、デ・ブロインも文章で生活してきた、共に生活能力のある文章として、その能力のない者は高く評価せざるを得ないが、しかしすべてを二元論的に、矛盾を評価するとなれば、文学研究には「面白くは読めない、さして為にもならない、いかがわしい」論説にも真実があることは認めざるを得ないであろう。デ・ブロインに欠けているものはまさに彼の読みやすい文では掬いきれない部分である。例えばジャン・パウルに顕著な蠟人形をはじめとする二重自我や、模造と原型の問題についての分析が今一つ物足りない。しかしこうした面はその他多くの博士論文等にあたれば済むことであろう。学者と作家は棲み分ければいいことである。例えば作家はこう記している。「こうみてくると年取ってもなおジャン・パウルが再三春と自分の人生は一緒に始まったと強調しているその喜びを理解できよう。等分の昼の長さと夜の長さは彼の『二重の文体』、諧謔的諷刺的文体と情熱的感傷的文体と関連するかに見え、彼は、彼と共に渡ってきた渡り鳥を数え、彼の揺籃に添えられていたかもしれぬ花を名付けている。ラヌンクルス・フィカリア、クワガタソウ、ナンバンハコベ、あたかも彼の創作した花に聞こえる名前である」。しかし学者ならこれは引用で済ますところであろう。ジャン・パウルは書いている。「私が生誕のとき生じた唯一の不思議なことは、昼と夜とが等分であったことである、私の二重の文体の前奏として」(Vita, 1822)。もっとも模倣と天才との関係に現代の作家らしい見解を述べてもいる。『ヘスペルス』は単に天才的霊感で書かれているのではないと説明している。「偉大な芸術作品で先駆者のいないものはない。天才がその作品で打ち立てる名声の神殿には他の者達が石を引きずっていったのである。独創性はよく見てみれば天才的寄せ集めであることがわかる」(第十九章)。また霊感をジャン・パウルはコーヒー等の嗜好品に頼っていることも記されている。「彼はかつてゲーテに、そのためゲーテは立腹して黙って十五分程皿を回すことになったのだが、説明して言った、詩作のために必要とか言われる気分は『くだらぬ話で、コーヒーさえ飲めば、何の苦もなく全キリスト教徒が夢中になるような事柄を書ける』と」(第二十六章)。

デ・ブロインの伝記の特徴はジャン・パウルの女性関係を特に綿密に調べあげていることである。女性関係、特に肉体関係は微妙なものでなかなか断定はできないものであるが、デ・ブロインの結論はこうである。「ジャン・パウルはすべての女性に打ち勝った。彼の甥の陳述によると、三十八歳で接触のないまま婚姻のベッドに入ったそうである。それを疑う根拠はない。彼がインポテンツであったとかあるいは単に不感症であったというのではない。多感な徳操の耽溺者の背後に大きな悦楽者を推し量っていたノヴァーリスは多分に正しいであろう。きっとノヴァーリスは今日昇華と呼ばれる事象の幾分かを予感していたのであろう。この点ジャン・パウルは名手で、著者としてはこれに依って生きてきた。自分の独身をかこつ嘆きが途切れることはなかった、最も美しく(そして裕福な)婦人達が彼を求める時期にあってさえ。接吻や抱擁に倦むことはなかった、しかしそれ以上には押し進めなかった。それが彼にとっては結婚を意味していたからばかりではない。完成、愛の現実に対する不安もあった。愛への憧憬が彼にとってはより強い原動力であった。彼は青年の感情の著者である。それ故永遠の青年たらんとしていた。彼は性的不如意に耐えた、それを変形させることが彼の詩人としての強さをなしていたので。彼が余人の追随を許さず書き得たのは、愛ではなく、愛についての夢である」(第二十四章)。こうしたジャン・パウルの姿勢に対してデ・ブロインは女性の側の正当な批判をシャルロッテ・フォン・カルプに語らせている。「……自然はもう十分に投石刑に遭っています。……

私にはこの徳は理解できません、この徳の持ち主としてどの男性も敬うことが出来ません。……被造物は強制を受けるべきではなく、また不当な断念もなすべきではありません。大胆で、力強く、成熟し、その力を自覚していて、その力を用いる人間にはいつもその望むがままにするがいいのです。しかし人間と私どもの性は惨めで嘆かわしい。私どもの法律はすべてみっともない貧しさ、困窮の結果であって、賢さの結果ではほとんどありません。愛は法を必要としません。自然は私どもが母親になるよう望んでいます。あるいは数人の者が述べているように、貴方の性を後世に伝えるためだけかもしれません。このためには熾天使の来るまで待っておれません、さもないと世界は滅んでしまいましょう。私どもの静かで、貧しい、敬虔な結婚生活とは何でしょうか。ゲーテと共に、ゲーテ以上に言います、数百万人の中で抱擁して花嫁を盗まない者はいないと」（第二十三章）。こうした男性と女性の対立は自然の規定するものであろうか。それとも単に文化的、歴史的産物にすぎないのであろうか。当時の日本では遊郭遊びを是とする風潮があったことを考えると、ジャン・パウルの態度はやはり多分に歴史的なものであろう。ジャン・パウルは『巨人』の中で芸術に昇華した後では女性を棄ててしまうゲーテ的処世のロケロルを断罪しているが、ジャン・パウル自身『巨人』に描いた後ではリンダのモデル、シャルロッテ・フォン・カルプを棄てている。ジャン・パウルが棄てた女性は田舎美人ではなく、貴族女性である点がゲーテとは違っているが、このような棄て方、芸術至上主義に批判する方も批判される側の影響を受けていて、一つの歴史的景観といえるであろう。

更にたいして面白くないことを述べると、かつてデ・ブロインのこの伝記の第三十九章、ドイツ人ヴォルケの章に触発されてデ・ブロインに少しばかり異を唱えたことがある。デ・ブロインのジャン・

パウルの複合語研究についての結論はこうである。「この本で滑稽なのは、無味乾燥な素材に潤いをもたせようとしての意識的機知ではなく、無意識のそれである。つまり結合のｓの規則を見いだすために、二重語が苦心の瑣末な作業の末分類されながら、その労苦の成果は、分類はｓの添加、消去に何の関係もないと知ることにあるというおかしさである」。この見解に対して筆者はある小論で以下のように反論した。分類に意味はなかったのであろうか。そうではあるまい。音節に関しては『ドゥーデン文法』では単音節の女性名詞はｓを付けないと認めている。しかしこれだけではない。「二分節の合成で規定語と基礎語とに分かつ接合の印の規則に対して、多分節の合成の際違いが見られることがあって、この場合二分節の合成の際にはなかった接合のｓが生ずることがままある。このｓ接合の利用は一連の接頭語複合語にも見られる」(『ドゥーデン文法』八四年版、四五八頁参照)。この規則は既にジャン・パウルがNachttraumがSommernachtstraumに変わると述べたところで気付き、新たに「第八の追伸」で詳述してある「証明」と同じものである。ここでこれを改めてジャン・パウルの法則、あるいは「真夏の夜の夢の接合のｓ」と命名し、顕彰しておきたい。これはおおむね多いという程度のものであるが、しかし無視出来ない法則である。この法則の出現で、意味がないと見られていた単音節と多音節の分類も意味を得る(以下略。詳しくは本書第十二章の「ジャン・パウルと複合語」参照)。

この伝記をはじめて読んだとき(一九七六年)筆者はうかつにもデ・ブロインは東側の人間であると気付かなかった。ヴォルフガング・ハーリヒは筆者が読んでも東ドイツのイデオロギーが紛々としていたが、デ・ブロインは東ドイツ臭を免れている。しかもこの伝記の評者には「勝利とも読めるけれども、しかしまた絶えざる破局である人生を描いている」として破局的状況での処世をみる者（ハーラルト・ゲルラッハ、一九九五年）もいて体制を問わず知識人の処世に対して問いかける書となっている。これはともかく何故デ・ブロインは東ドイツ臭を免れたかと考えてみると、それにはジャン・パウルの読書体験が大いに寄与しているように思えてならない。ジャン・パウルは地方にいて普遍に達し、諷刺によって越境した作家だからである。もっとも同じジャン・パウルを読んでもハーリヒのような人も出現するのであるから、ただ読むだけで自由な見方が得られるのでもなさそうである。いやこの自由な見方、越境する精神、検閲を越える精神というのはデ・ブロインが読み取って、我々に教えているジャン・パウルの精神なのかもしれない。

デ・ブロインは検閲について論考（一九九〇年）を表しているが、その内容はすでにこの伝記の「自由の小木」の章で論じられているものを核としている。作家の使命は新しい現実を発見することであるのに、無意識のうちに自己検閲をなして、旧来の現実に適応してしまう危険があると述べている。これはこの伝記にもすでに触れられていることである。「小著の最後でジャン・パウルは最初の諷刺に戻って（検閲官をすべての読者数への拡大による検閲の廃止）、自ら検閲官を申し出、それも自分の作品の検閲官と称している。この冗談にどれほど真面目なことが隠されているかここで彼は気付いていない。彼が『自己検閲』と呼んでいるものは、文学の真実にとって現実に危険となりうるもののことだからである。検閲の抑圧と精神の操作の下で生ずる過程のことで、ある社会的障害から心理的障害を形成し、前もって外的限界を著述者の内部に設定し、そうして検閲官を不要にするが、しかし文学の現実を空洞化するものである。しかしジャン・パウルにとっては、今日予言のように読めるものは、実際冗談に過ぎなかった。『このポストを彼は……作品を書きながらついでに戯れに、さながら一つの尻を裁判官の椅子と同時に分娩と仕事の椅子に載せて、こなした。作者の働く分野はちょうど自分の専門であって、彼は余所の検閲官には一層難しいことであるが、著者の精妙な意図や策略を遠くから偵察し……自らを検閲して禁止することがあり得る』」（第三十二章）。デ・ブロインは論考の最後で検閲の存在は文学が効果を有するものであることを証していると皮肉な賛辞を贈っているが、これもこの伝記で触れられていることである。「禁止のこのブーメランに似た効果はいつも検閲官を悩ませた。一七七五年に出版された『検閲官』というタイトルの小冊子は問題を次のようにまとめている。『確かに言えることであるが、公の文書で厳かに罰金刑を付けられて販売を禁止されることほど本や文書の購入者の気を引くものはない。そこには真実があるに違いないとすぐに邪推されるからである、さもなければ没収するはずがないと』。ゴータの有能な出版者エッティンガーはそれ故発禁されるようなものを書くように著者達を焚付けたそうであり、ライプツィヒではある本屋が六ドゥカーテンで売れないある本を没収するように検閲官にもぐりの宣伝を働きかけたことが知られている」（第三十二章）。

検閲が問題となる『発掘』（一九七八年）に関して、フィシャー版の紹介文を訳しておくと「マルク・ブランデンブルクにおけるジャコバン派の進歩的思想家、代表者であったとされるマックス・シュヴェーデノーの生涯を研究しているとき、虚栄心の強いメディアに出たがる東ベルリンの大物独文学者と謙虚な田舎教師のアマチュア研究者とが対立する。すぐに田舎教師は教授が思い込みで研究していることと、殊に自分の見込んでいるテーゼを証することになる方向でそうしていることを見抜く。田舎教師は支配的な教義にはとらわれず、学問的真実を見ようとする。ジャン・パウルの伝記作者デ・ブロインがこのほとんど古典的物語で構想した二つの意地悪な洒落はこうである。マックス・シュヴェーデノーは王政復古の時代に、よりによってプロシアの検閲中枢に勤めていたこと。それに、DDRで望ましくない研究結果を西ドイツで発表しようとする際に、西ドイツの専門出版社は、当時の検閲組織はまったく正当なものであったと述べて、出版を断っていることである」。東ドイツでは『新しい栄光』が検閲当局の問題になってから、この『発掘』の問題意識が大方の話題となったようである。この違いについてある論者（デニス・ターテ、一九九五年）は「『発掘』の話は形式的にみてなお対話に開かれている。小説『新しい栄光』は著者がDDRの政治的組織とは『内的に……決着がついて』いることを否認できないし、否認しようとも思っていない」からであろうと推測している。ジャン・パウルとの関連で一言添えれば、ジャン・パウルの多くの主人公達が執筆者、インテリであるように、デ・ブロインの主人公達も多くは執筆者である。

東ドイツ臭はないと先に述べたが、しかし革命に対しては、少しそれが窺われる。デ・ブロインは上からの改革というようなことを言う。「最初の断編の『見えないロッジ』では将来の時代についてのジャコバン風な考察がなされていて、この頃には『現在のように乞食を許さないばかりでなく、金持ちをも許さないであろう』とされる。『ヘスペルス』のフラーミンが処刑の前に人民への演説を計画する場面は、ビュヒナーを先取りしているように聞こえる。『王座を灰にするような炎を民衆の下に投げるつもりだ。僕は言うつもりだ。……』（中略）しかしフラーミンは革命的演説を行わず、アルバーノは革命軍に参加しない。自分のいる所はドイツである。革命的主人公にドイツの現実が待ち受けている。その現実では改革によって達成される変革を要請するのが一層現実的に見える（『ヘスペルス』と『巨人』は結局これを目指す）」（第十七章）。この最後に身分の逆転する王子出自の政治的意義を強調したのはハーリヒがはじめてであって、これをハーリヒはドイツの現状では上からの改革が最も有効であるとする一種のリアリズムの勝利とみている。このハーリヒの影響をデ・ブロインも受けているのである。こうした点に対する旧西側の解釈者の例をあげるとこうである。「第二十八の犬の郵便日」の三人のイギリス人やヴィクトル、フラーミン達の政治談義は「政治的にみてほとんど内容はない」。「第四十の犬の郵便日」のフラーミンの演説の試みに関しては、「こうした役割において彼［フラーミン］は（革命を起こしながら）被抑圧者達の殉教者になろうとする、しかし実のところは夙に長いこと彼の自らの身分の抑圧者達の無力な犠牲者にすぎない」。結末の卿の自殺に関してこの解釈者達は死がはじめて真の平安をもたらすことが、内容的にまた形式的にも『ヘスペルス』の中心テーマとみている（ハンス・ゴイレン他共著『美的受難のタフな観客』一九八九年）。

なお最近（一九九六年）デ・ブロインの回想録『四十年』が出版された。ビーアマン事件についてビーアマンの派手な手法にはなじめないものの意を決してみずから進んで反対表明に参加した次第などが語られているが、ジャン・パウルの伝記のこともヴォルフガング・ハーリヒと絡めて述べられている。ハーリヒのジャン・パウル論は発表当時すでに東ドイツでも時代錯誤的であったこと、ハーリヒが主流となりえなかったようにジャン・パウルを革命の旗手に祭り上げることも東ドイツでは成功しなかったこと、この伝記の原稿を読んだハーリヒは自分の見解との相違に激昂して遂に著者と絶交するに至ったことなどが語られている。またこの伝記の西ドイツでの書評、この伝記の危険箇所等が

DDRのシュタージの文書には記録されていたそうであり、この危険箇所というのは特に検閲問題であろうが、一見何の問題もなさそうな伝記でも背後にはなかなかのドラマがあったことが窺われる。検閲廃止を訴えたときにはDDRの当局は著者にすべてを許す懐柔策を取ったとも記されている。さらには開明的な牧師夫妻に協力してより良き社会の建設の手助けをしていたとき、シュタージ絡みで牧師夫人とのポルノ写真を合成されるという嫌がらせを受けて当局のもくろみ通り牧師夫妻との関係を断つにいたった経緯も語られている。「傲慢さが微塵も見られない文体」というある書評家の宣伝文が著者の人柄をしのばせている。

第十章　ハーリヒとデ・ブロイン

最近ヴォルフガング・ハーリヒとギュンター・デ・ブロインの自伝が出揃った。二人は旧東ドイツの代表的な、そして対照的なジャン・パウル研究家という一面を有する。デ・ブロインについては、彼のジャン・パウルの伝記『ジャン・パウルの生涯』（一九七五年）を九州大学出版会より一九九八年に翻訳紹介しており、特に今回論ずる必要は感じなかったのであるが、ハーリヒについては、マンフレート・リーデルの『ニーチェ思想の歪曲』（一九九七年、翻訳は恒吉良隆、米澤充、杉谷恭一、白水社、二〇〇〇年）の中で当の歪曲者として指弾されており、ジャン・パウル研究の面でもその傾向があって、またかと思い、そのような一種独特のずれた論を展開する知性の有様に興味を覚えた。リーデルの書では、ハーリヒは一九四六年二月九日号の『クリーア（Kurier）』紙上では、真のニーチェとそのファシズムによる偶像視に関して批判の論陣を張った。「ハーリヒは当初、ニーチェは『愛国主義の感傷的なファゴットも、高らかなトランペットも吹かなかった』という見解を『公正さという理由から』固持した」（訳書、一九七頁）。しかし後期のハーリヒは「かつて若き日のハーリヒの執筆とされる戦後すぐの『クリーア』紙上の寄稿論文のなかでニーチェに有利なように述べていたことを、ことごとく撤回する一連の理由づけが述べられているが、その末尾には途方もない文が書かれている。『いかなる時代の理念史も、ニーチェほどに雄弁な暴力の告知者、熱狂的な戦争挑発者を知らない』」（訳書、二九五頁）。これに対してリーデルは次のように論駁している。ニーチェの「戦争」（ポレモス）、「それは、このギリシア語が言い表しているところのもの、つまり『思想のための闘い』のことである。これを省略してしまうのは、ハーリヒの論争スタイルについて何がしかを示唆しているのであって、ちょうど下手な演説者には目的の達成のためならどんな手段を使ってもかまわないというのに似ている」（訳書、二九八頁）。リーデルの論はしごくもっともであって、勝負の決まった後の消化試合の気味がないではないが、ハーリヒにしてみれば、いいがかりでもニーチェを批判したい気持ちがあるのであろう。訳者の恒吉良隆氏の解説によれば、「ハーリヒは、ニーチェ生誕の地レッケンにあるニーチェの墓地をさら地にしてしまうことまで主張した」そうである。彼の妻だった人の一人（Caroline de Luis）はこう思い出を語っている。「ニーチェは彼の見解によれば禁止されてしかるべきであった。彼はあるとき東ベルリンの書店のショーウインドーにニーチェの書が展示されてあるのを見たとき（私は『悦ばしい知識』だったと思う）彼は激昂してドイツ人民警察の最寄りの交番まで急いで行き、その本をショーウインドーから撤去するように要求した（警官達がただ彼のことを笑っただけだったのは幸いだった。このような人間は、精神病院へ行かされる危険があるのだから）」（Ein Streiter für Deutschland, S.168）。ファシズムに対する闘いが墓地のさら地化といい、発禁処置化といい、ファシズムそのものの様相を呈していることが興味深い。それ以上に興味深いことはデ・ブロインも『クリーア』時代のハーリヒを絶賛していることである。「彼は私にはすでに以前遠くから見ているだけでも興味深く、また矛盾に満ちていた。戦後初期には私は彼がヒポナックスと署名して西ベルリンの『クリーア』で発表した彼のパロディに夢中になっていた。私はそれらを切り取り、長く保存していて、その中の数行を空で引用出来たが、しかしすぐ後には、この著者を『毎日展望』の党に忠実な粗野な批評家として、［女優の］ケーテ・ドルシュに平手打ちをくらって有名になった批評家、熱心なレーニン主義者の大学講師として知ることになった」(『四十年』S.174)。

略歴

筆者自身はヴォルフガング・ハーリヒは一向に好きになれず、デ・ブロインは知るほどに敬愛の念が増して、この対比はリーデル同様に勝負の決まった後の消化試合気味の論文になるのであるが、まずはこの御両人の簡単な略歴を紹介したい。まずヴォルフガング・ハーリヒ、一九二三年十二月九日、東プロイセンのケーニヒスベルクに作家、文学史家のヴァルター・ハーリヒの息子として生まれる。一九四六年ドイツ共産党に入党。一九五一年、東ベルリンのフンボルト大学でヘルダー論で博士号取得、この頃ベルトルト・ブレヒト、エルンスト・ブロッホ、ルカーチらと親交を結ぶ。一九五三年ハインリヒ・マン賞(東独)受賞。一九五六年十一月ハンガリー動乱の後逮捕され、一九五七年三月「国家に敵対的なグループ形成」の廉で十年の刑に処せられる。一九六四年恩赦。一九六五年から一九七四年まで歌手のギゼラ・マイと結婚。一九七四年『ジャン・パウルの革命の文学』、一九九〇－九一年、五六年に一緒に逮捕されたヴァルター・ヤンカ(一九一四－一九九四)に当時の裁判で卑怯な証言をしたと告訴されるが、和解。一九九四年『ニーチェとその兄弟達』。一九九五年三月十五日、重い心臓病を患っていて、死去。対するギュンター・デ・ブロインは一九二六年十一月一日、兄二人姉一人の三男としてベルリンに生まれる。両親はカトリック。一九四三－四五年、高等学校卒業前に兵士として、参戦。頭部負傷、一時言語障害。その後、卒業資格を得た後、教師や図書館員。一九六一年作家となって、東ベルリンやオーダー河畔のフランクフルト近郊に住む。一九六四年ハインリヒ・

マン賞（東独）受賞。一九八九年トーマス・マン賞。十月東独の国家賞は拒絶。一九九〇年ハインリヒ・ベル賞受賞。

少年時代のエピソード

今回対比して論じようと思う自伝は、ハーリヒでは『先祖証明（Ahnenpaß）』（一九九九年）デ・ブロインは『中間決算』（一九九二年）、及び『四十年』（一九九六年）である。ハーリヒの『先祖証明』というタイトルは、編者によれば、「意図的に採用された。ナチ時代に誤用されたこのタイトルは、ヴォルフガング・ハーリヒの世代が子供時代晒されていた、かの時代精神を証言するものである」（『先祖証明』S.9）そうである。コメレルはそのジャン・パウル論の冒頭をゲーテとジャン・パウルの少年時代のエピソードで始めているが、その例にならって我々はヒトラー・ユーゲントに対するハーリヒとデ・ブロインの対照的な振る舞いを取り出すことが出来るかもしれない。ハーリヒは有能なヒトラー・ユーゲントの指導者であったことを隠していない。地区のその責任者が新たに求められたとき、彼は名乗り出ているが、その理由をこう述べている。「今回は、三、四年前のようにキャンプ用ナイフが欲しかったのではない、リーダーの役を演じたいという名誉心(Ehrgeiz)が何ものにも勝っていた、先に述べた反ナチ的な影響のもとですでにはっきりと自覚され考察されていた自分の確信よりも強かったのである」（『先祖証明』S.79）。これに対してデ・ブロインは歩調を文字通り合わせることが出来ない。「私にはこの種の要求に応ずるという名誉心(Ehrgeiz)が欠けていた、それに私自身、自分を犠牲にして恥ずかしい思いをしてまで名誉心を維持したくなかった。そんなわけで私はリーダーが命ずるように、泥土の中に身を投じたり、腕立てを行うことは出来なかった」（『中間決算』S.91）。デ・ブロインは兄の伝を頼って医師の「身体不良証明」を発行して貰って、ヒトラー・ユーゲントの演習から去っている。ハーリヒは体制の如何にかかわらず有能であり、デ・ブロインは体制から身を引く傾向があるということがこの少年時代のエピソードから言えるであろう。

先祖

ハーリヒの『先祖証明』は後半の政治状況の説明や自己弁明の部分はそれに関心のない者はいささか退屈であるが、前半の青春時代までの回想はかなり面白い。なぜ筆者が自伝に関心を抱くのか反省してみると、「学者というものは偉大な学者の些細な特徴も、被服や好物に至るまで知りたがる」（ジャン・パウル『ジーベンケース』第五章）という言葉を、自分は学者かという反省はあるもののここで思い出すが、自伝という形式に対する厄介な理論的反省は抜きにして筆者が面白いと思った部分を紹介していきたい。ハーリヒの書名の『先祖証明』は先祖にユダヤ人はいなかったかのチェックに由来するが、SS［ナチの親衛隊］に入れるほど問題はないのであるが、と断った上で次のように先祖のことを述べている。「というのは私の八人の高祖母の一人、カロリーネ・シュティーグリッツという名前で、アローゼン生まれ、当時の帝政ロシアの有力な銀行家の姉妹であった女性が、これは問題のないシュミット博士、ツェレの宮中医師との結婚直前にようやく洗礼を受けているという不運に私は見舞われたからである。（中略）このカロリーネのユダヤ人としての出自をごまかすことは出来なかった、彼女の甥、ハインリヒ・シュティーグリッツ（一八〇一―一八四九）が、同様にアローゼンの出身で、ユダヤ教徒と知られていて、文学史の中の怪しげな周縁の人物の一人であったからである。（中略）しかしその妻シャルロッテ、旧姓ヴィットヘーフトがロマン派を恍惚とさせたことに、一八三四年研ぎすました短剣を心臓に突き刺した。この自殺に震撼させられて、才能の乏しい、勤勉でもない彼女の夫が、この夫を彼女はその黒い巻き毛と黒っぽい炎の目のせいで天才と思っていたのであるが、偉大な詩人へと浄化されるであろうと期待してのことであったことを彼［教師］は知っていたに違いない。この点彼女、大胆な、夢想的なシャルロッテは間違っていた。ハインリヒは激しく泣いた、しかし彼は以前同様に凡庸であった」（『先祖証明』S.17f.）。デ・ブロインの場合は兄が特に先祖の詮索に熱心であったようである。時代の風潮もあろうが、デ・ブロインのデが昔の貴族を示しており、関心が強かったと思われる。父方の祖父母は俳優であったが、結婚後に子供が認知されている。「入念に隠された家庭の秘事を明るみに出し、カールハインツ［兄］を驚愕させた、しかし彼が後に紋章を手紙の頭書に記すことを妨げることにはならなかった結婚証書の写真コピーが私の手許にある。変わっているのでそれをすべて書き写すことにする。『シュトゥットガルト　一八九三年七月六日（中略）婚約者達はこれを肯い、ここに戸籍係は両人を法により正式に結ばれた夫婦と宣言することになる。同時に夫婦は次の子供達を互いの子であることを認知する。一、カール［父］、一八八八年五月五日、リューティ、チューリヒ地区、スイス生まれ、二、フランツ、一八八九年九月十一日、グムント生まれ、三、マルタ・カタリーナ、一八九〇年十一月二十日、ラール生まれ、四、パウリーネ・ヴィクトリア、一八九一年十一月十三日、リンダウ生まれ、そしてこれらの子供達を正式に当該戸籍簿に記帳するよう夫婦は申し込む。（後略）』」（『中間決算』S.63f.）。

父

ゲーテやトーマス・マンの自伝や回想でお馴染みであるが、父や母の気質や影響は自伝では無視できない。ハーリヒ、デ・ブロイン共に文筆家としての才能は父親譲りで、両人とも比較的早く父と死別していて、その後は生活力のある母親を頼って次第に自活していったようである。文筆家としてはハーリヒの父親（一八八八―一九三九）の方がデ・ブロインの無名の素人作家の父（一八八八―一九四二）より著名であり、ことによると自分の息子をしのいでいるかもしれない。ハーリヒの語る父親の次のエピソードはマンの短編小説にありそうな話であり、ジャン・パウルの世界でもよく見られる名文家と実像の落差というモチーフ群に属するものである。ハーリヒは父親の失恋をこう活写している。

「その娘のフライブルクに到着する日と時刻に合わせて私の父親は公開演奏会を開いていた。共通の知人に頼んで恋人を駅まで迎えに行かせて、直接駅からコンサート会場に案内させた、そこでは第一列に彼女のために席が確保されていた。すべては申し分なく運んだ。彼女がホールに足を踏み入れた瞬間、彼はかつてないほど上手に素晴らしく演奏していた、彼の得意の作品、ベートーヴェンのクロイツェル・ソナタを。しかしコンサートの直後恋人は、憧れていた最初の出会いとなる前に、突然姿を消した、そして数日誰とも面会しなかった。何が起こったのか。明らかになったことは、私の父の姿を見て彼女は大変なショックを受けて、二度と彼に会いたくない、いわんや伴侶となりたくないと思ったということだった」（『先祖証明』S.33）。絶望した父親はバイオリンを踏み砕き、山里で下男となったそうであるが、召集を受け、世間に復帰することになったそうである。この父は後に、ハーリヒの母と再婚する前に、音楽家の女性と結婚しているが、この女性は後年東京大学でも教えたことがあり、スパイ事件のゾルゲとも付き合いがあったらしい。またハーリヒ自身は大学時代、日本人の仏教学者Kitayama Junyn〔北山淳友（一九〇二―一九六二）のことと思われる〕の独文の校閲を手伝っていて、それが縁で日本人達とも知己を多く有している。木下順二氏が『ドラマの世界』（中公文庫）で旅での案内役のハーリヒに言及しているのも、こうした日本通という経歴があったからであろう。一方デ・ブロインの父親は第一次大戦の頃オデッサに出掛けて、そこで抑留生活を送っているが、そこで少年のデ・ブロインにはいかがわしいと思える性的幻想の小説を書き残しているとのことである。

「後年に至って、私はこの小説家と父親とを区別出来るようになった。父が達していない年になった今、私はこの両者を再び統合して考えることが出来る。ただ書きながら暮らしていた抑留生活者と私の記憶の中の父親である。私どもに背中を向けて黙って読み続けていた男、痛む胃を両手で押さえながら、夜、家の中を歩き回っていた、辛抱強い病人、愛の他にはすべてうまくいかなかった善良な寄る辺ない男を」（『中間決算』S.14)。

母

母方もハーリヒの方が出自は傑出している。母の父親は博士であり、ケーニヒスベルクの新聞社主である。ハーリヒの母親は一八九八年ケーニヒスベルク生まれ。「彼女の教育はまずただ家庭教師とフランス人の女性家庭教師によって行われた。その後高校二年まで女子の私立学校に通った。そして十八歳から二十五歳まで、――速記とタイプを習得した後、彼女の五十歳年上の父親の私設秘書、常設相談人、旅行同行者を務めたが、この父親は彼女を自分の私有物と見なしていて、片時も傍から離さず、悪い虫の付かないよう厳しく見張っていた」（『先祖証明』S.55）。この父親［祖父］はハーリヒの父親と母親の仲が余儀ないものになってからも、父に「もっと裕福な」、「もっと可愛い」娘を斡旋してやるから娘を手放すようにと頼んだそうである。ハーリヒの母親については後にハーリヒの父親の死後、あるユダヤ人医師と懇ろな仲になった。この医師を救出することはできなかったけれども、反ナチ運動に加担したと語られている。一方デ・ブロインの母方も北方の出身であり、母の父親は郵便配達人である。デ・ブロインは父方のバイエルンの出自とそのカトリックの宗教を大事に思っているふしがあり、この意味では純粋に北方系のハーリヒとは異なる。デ・ブロインの母親は方言が抜けず、努力して標準語を話したらしい。この文字通りの母語についてデ・ブロインの感想はこうである。「幼児の刷り込みについて子供はまだ承知していない。子供は、誰もが何でも学べると思うものである、それで歴史的な環境のせいにすることが出来ない。当時私は私の母に、母の向上のなさに腹を立てた。今日では母をその自己教育のせいで感心する気持ちになっている」（『中間決算』S.34）。例えばこの母親は「まだ寝ているの（Du liegst ja noch ins Bett!）」と言ったらしいが、これを笑うと、「言いたいことは分かるでしょう、それ以上何が必要」と答えたそうである。

ロシア人

ハーリヒの母親が後年ユダヤ人医師を愛人として有していたことが、ハーリヒに象徴的なこととすれば、デ・ブロインの母親は戦後ロシア人兵士の若者にレイプされたことがあり、これが彼に象徴的なことといえるであろう。自分はほとんど六十歳であり、兵士は息子、いや孫に当たると母親はロシア人の若者に言ったそうであるが、ピストルで威して、「風のように早く」事を済ますと逃げ去ったそうであり、このことを母親は何故か息子のデ・ブロインに告げたそうである（『中間決算』S.300）。ロシア兵の解放軍としての光側の面ばかりでなく、その影の部分も承知していることが、デ・ブロインの自伝の特徴である。貴族の家柄の家族と一緒に若いデ・ブロインは戦場から撤退していて、このときこの家族の若い娘がロシア兵にレイプされそうになる。結局宝石類を差し出して退散願うが、傍にいた撤退者達は次のような反応を示している。「眠ることはこの夜もはや考えられなかった。今や深く眠っていた者達は目覚めて、良き助言を知っていたからである。ある者が言った、自分はもう戦争はたくさんだ、しかし今一度イワン［露助］相手に戦うのなら、自分はまた銃を担ぐだろうと。彼は賛同を得た」（『中間決算』S.263）。デ・ブロインの帰るべき故郷はロシア支配の地区になっているが、列車内での兵士達のおしゃべりはこうである。「しかし皆、ソヴィエト地区に行くなんて考えるのは、ただ自殺するようなものだという点では一致していた」（同、S.275）。これに対してハーリヒのロシアに対する態度は裏面を知らず、庶民感覚と遠い所にあるようである。「銃撃戦が終わったとき、我々は外でソヴィエトの戦車がイム・ドール通りを上ってくるのを耳にした。ラウ博士と私は――両者とも平服で、私のズボンだけは兵服であったが――両手を高く上げて路上に出、最初の戦車に向かっていった、そしてピストルの収まっているズボンのポケットを示し、それを抜き取って貰った。それから我々は戦車団が向かおうとしているドール・ツェツィリエ通りとミーケル通りの角の地雷についてロシアの兵士達に教えた。一人のソヴィエトの将校が我々を抱擁して感謝し、我々のそれぞれにロシア語で何か読めないものを書きなぐって一枚ずつ渡したが、それは後に我々がソヴィエト軍を被害から守ったことを証明するものと分かった、そして我々をまたグレリング夫人の家に送り返した」（『先祖証明』S.139）。あるいは「ドイツ共産党への入党（一九四六年二月）と『クリーア』から『毎日展望』への移行（一九四六年夏）によって私は最終的に共産主義に加わった」（同、S.168）。そしてその理由として九点理由を述べているが、その最初の理由は何とロシア文学への親炙である。プーシキン、ゴーゴリ、ツルゲーネフ、トルストイ、ドストエフスキー、レスコフ、チエホフ、ゴーリキの名前を挙げて、それ故最初からソヴィエトに対するヒトラーの戦いには反対であったと述べている。文学者を挙げて現実が救われるのであれば、ゲーテ、シラー、ジャン・パウル、ヘルダーリン、クライストといった優秀な文学者を有するドイツもナチの蛮行から救済されるかもしれない。しかし最近読んだ『朗読者』の書評によるとこうしたものを読めない庶民の反感、教養読書階級に対する反感がナチの土壌となった面があるとのことである（松本道介、Brunnen、二〇〇〇年十月号）。自身の属する読書階級への反省なくしては、反ナチの理論は構築できても、庶民の反ソヴィエトの感情までは届かないのではないか、という疑問がハーリヒに関しては残る。直接デ・ブロインがハーリヒに反論しているわけではないが、ハーリヒに対して核心を突く言葉を吐かせるとすれば、こうなるであろう。「スターリン崇拝は私にはヒトラー崇拝に余りに似通っていた。そして決まった思考の強制と組織への加入の強制もまた似通っていた」（『中間決算』S.351）。またナチと共産主義を総括して自伝の最後の方で彼はこう結論付けている。「というのは形式的に、方法論的にこの両イデオロギーの対極は似ていたからである。旗と行列の一団、歓呼する群衆、ステレオタイプの決まり文句、強制を自発行為と称するいかさま、賢明な全能な指導者という新たな神格化は、同様な心的反応を引き起こし、これが私にとっては、不安の念と混じった反感となった」(同、S.376)。

ニコライ・ハルトマン

ハーリヒとデ・ブロインの両自伝に共通して登場する哲学者がいる。ニコライ・ハルトマン（一八八二－一九五〇）で、ハーリヒの師の一人であるらしい。最初は鷗外に馴染みのハルトマンかと思っていたが、時代的にそうではなく、それでも重要な存在論の哲学者とのことである。ある人名辞典では結語に、こう書いている。「ハルトマンは生前マルティン・ハイデガーと並んでドイツの最も重要な存命中の哲学者と見なされていた。生前のこの賛辞に対してこれまでのところそれにふさわしい後世への影響は見られない」。ハーリヒは自分がマルクス主義を究めていった経緯をこう述べている、「私は大学ではシュプランガーの許でカントとヘーゲルについて聴講し、同時にニコライ・ハルトマンの講義や演習では、現実的な認識理論や、その無神論、その他多くの点で弁証法的、歴史的物質主義に比較的最も近似している近代のブルジョワ哲学の諸潮流を知るようになった」(『先祖証明』S.100)。そしてルカーチにニコライ・ハルトマンを読むように勧めたこと、それで後期のルカーチはマルクス・レーニン主義とニコライ・ハルトマンの存在論の批判的受容との統合をなしていると同書の後半の対談の中で語っている (S.362)。ある論者[Reinhard Pitsch]は、ヤンカのハーリヒに対する後年の中傷がなければ、ルカーチのハルトマン受容はもっと進んでいただろうに、残念であると述べている(Ein Streiter für Deutschland, S.101)。しかしデ・ブロインの自伝を読めばこれに陰影が加わる。デ・ブロインはジャン・パウルの伝記の出版を準備していたとき、ハーリヒから電話を貰う。その声で誰かすぐ分かったという。「というのは、甲高い、それが発声される前にすでに矛盾を打ち消してしまう声調は、この声でうら若い大学教師はウンター・デン・リンデンの大学の満員の講義室で、マルクスとスターリンの名において、私の尊敬するニコライ・ハルトマンをブルジョワのやくざな精神の泥沼と決めつけていたのであるが、二十年以上も長く記憶に残っていたからである」（『四十年』S.170）。このハルトマンに関してデ・ブロインは忘れがたいエピソードを記している。デ・ブロインの田舎教師時代の話である。ある医師の話で、コピー機がないということなのか、本が少ないということなのか、この医師はハルトマンの本を手書きで写していたという。「それはハルトマンの『倫理学』で、これを戦後はゲッティンゲンに暮らしていたこの哲学者が、手紙での求めに応じてこの医師に貸し与えていたのであった、しかし三ヵ月限りという期限付きであった。／自分のコピーに、一字一句の清書にこの医師は、あたかも自分自身が著者であるかのように誇らしげであった」（『中間決算』S.351）。

トーマス・マン

ハーリヒの父親、ヴァルター・ハーリヒは一九一四年E・T・A・ホフマンの研究で博士号を取得し、一九二〇年ホフマンの伝記を完成させ、一九二五年、八六〇頁のジャン・パウルの伝記を刊行している。これが学問的な成果であるが、生活のためにおびただしいルポを書くかたわら、小説も発表している。特に『高校三年生（Primaner）』（一九三一年）は反ナチの書として評判となり、ナチににらまれたらしい。トーマス・マンとも親交があって、大物ぶりが窺われる。「彼はトーマス・マンの家の歓迎される客であった。マンは、彼の意見では当世の作家達の中では、ホフマンの中心問題である芸術家とブルジョワのロマン派的反定立を最も深く理解していて、最も天才的に造型する術を心得ているということだった」(『先祖証明』S.38)。ハーリヒからマンに対する言及を拾うと、次のコメントがあるが、ハーリヒの労働者階級に対するコンプレックスの一端が窺われる。「一面では私は彼「ヤンカ」をスペインの内乱の英雄として崇拝していた。他面ではトーマス・マンとも付き合えるほどに成り上がった労働者の若者として尊敬していた(もっとも、これは私の素朴さ故に、この同等は、トーマス・マンでさえ高い刷り数とか効果的な宣伝という利害には無関心でいられないということに基づいていることを全く見過ごしていたのであるが」(同、S.229)。他方デ・ブロインのマンに関する言及を拾うと、戦時中一九四三年ごろの古書店通いの話で「記憶に残っているのは、一巻本の半皮製のシュトルム版である。もっと安かったら、それを買っていたことだろう。揃っていたためであり、その序言のためではなかったが、この序言は当時私の知らないある男の書いたもので、その名前はしかし二年後聞いたときすぐに思い出した。トーマス・マンである」(『中間決算』S.160)。戦後の読書体験では『トニオ・クレーガー』(一九二二年版の古書)が救いになっている。マン受容史として重要な証言である。「リューベックの煉瓦造りの建築物を前にしたそのエレガントな旧式の服を着た若者は私の貧しい戦後の生活とはほとんど関係ないように見えた、しかし彼はこれらの年月の最も重要な同一化の人物となった。その芸術気質のせいなんかではなくて、彼が青春時代のこうした対象のない憂愁を知っていて、どんなに強くどんな具合に悩んでいるか言ってくれていたからである」(同、S.347)。デ・ブロインにとって問題は芸術家とブルジョワの対立ではない。「世紀末の名門家族の子弟の悩みは我々自身の生活史の悩みの喩えとなった。我々は政治的軍事的独裁の下で苦しんだばかりでなく、異存なく命令された価値体系を受け入れた同等の者達、同僚達の独裁にも苦しんだ。トニオ・クレーガーのように我々は群衆の中の孤独を知っていた。彼と同じように、我々は社会での受難を特権と見なし、受難の能力を選ばれた者として感じ、一種の誇りをもって憂愁にとどまるという心的自衛を学び取っていた。（中略）彼は自らの価値の創造者であるという自負心を我々に与えた」（同、S.348）。

ジャン・パウル

ハーリヒ、デ・ブロイン共にジャン・パウルの研究史では無視できない存在である。特にハーリヒ父子は量的には圧倒される著書を残している。まず父ヴァルターのジャン・パウルの伝記は八六〇頁であり、息子ヴォルフガングの『ジャン・パウルの革命の文学』は六二八頁である。父の伝記は伝記という性格上ジャン・パウルに関する情報が正確であれば、特に問題はないはずであるが、「ただ苛立たしいのは、ヨーゼフ・ナードラーの影響を受けて、彼の解釈が神話的、民族的な面へ向かうときの方向である。（『神話を殺した』）カントと違って、また（『個人崇拝に寄りかかっている社会層の代表者である』）ゲーテと違って、彼はジャン・パウルに『ドイツの本性』の体現者をみている」とデ・ブロインは彼の『ジャン・パウルの生涯』の巻末（S.376）で評価している。息子も見解は同じである。「ちょうどジャン・パウルの死後百年の年に出版された先の書は、方法論的に、ナードラーの『ドイツの部族と風土の文学史』の影響を受けていて、それが長所とはなっていない」（『先祖証明』S.44）。しかしデ・ブロインと比較してみると、春分の日のジャン・パウルの誕生とか、母方の遺産争い、学校時代のひどいフランス語の教師、この教師にジャン・パウルのことを怒るようにしむけた悪童が後年ジャン・パウルの葬儀の際の牧師を務めたことなど、共通する細かいエピソードは多い。出典が同じという面もあるが、デ・ブロインも恩恵は受けているわけである。息子のヴォルフガング・ハーリヒの『ジャン・パウルの革命の文学』についてはすでに論じたことがあるので、簡単に済ませたい。デ・ブロインによると「文学に対するセンスの少ない男〔ハーリヒ〕が、ジャン・パウルに行き着いたのは、伝記的理由があった」（『四十年』S.172）と述べて、その理由を述べている。ハーリヒがフランクに話したところでは、服役中に本を読むことは出来たけれども、シュタージによって将来哲学の研究は閉ざされていたこと、ジャン・パウルは父親も研究していて馴染みがあったこと、この父親の研究をマルクス主義的な面で修正を加えたかったこと、ジャン・パウルをルカーチは小市民的、宥和的として過小評価していたけれども、これはジャン・パウルの著作をほとんど読んでいなかったからで、読んだ上で自分はルカーチの精神で修正を加えたいといった理由である。息子のハーリヒの『革命の文学』はジャン・パウルの長編小説の粗筋は革命、上からの革命の意図が見えるとするものであるが、論者の多くはジャン・パウルがアクチュアルなのはその語り口にあるのであって、言葉の分析を自ら禁じているのは致命的だと述べている（『ジャン・パウル年報』一九七四年）。ハーリヒは『シュピーゲル』の編者ルドルフ・アウクシュタインとも懇意であって、『シュピーゲル』紙上で本人に書評されたことが得意気である。「それから彼自身一九七四年、私のジャン・パウルの本を本当に友好的に『シュピーゲル』で論評してくれました。かなり大部な本です。ジャン・パウルに関しては二冊の私の本があるものですから。批判的留保はあるものの、はなはだ好意的書評でした」（『先祖証明』S.376f.）。その留保というのはこういうものだろう、「物語自体はジャン・パウルにとっては何ほどのものでもない」(Der Spiegel, 27/1974, S.93)。デ・ブロインの伝記はイデオロギー色が少なく、ジャン・パウルの女性関係、検閲への戦略、戦争に対する言動の追跡、適切な作品紹介の面で優れているが、上からの革命という視点も導入しており、息子のハーリヒからも恩恵を受けていないわけではない。『中間決算』の中ではジャン・パウルへの言及は少ない。戦争から引き上げる際にわずかに触れている。「ヴンジーデル[ジャン・パウルの生誕地]から(当時ここは私には関心がなかった、私のジャン・パウルの読書は後になって始まったからである)実際列車が北の方に出発した。ホーフの方向に」(S.275)。

処世

ハーリヒは反ナチズムの闘争のために戦時中仮病という手段を思いついている。「家にあった医学書で私は私の新たな知識を補い、深めた、そしてこのときから将来座骨神経痛とごまかすことは、ヒトラーの旗の下での厭わしい兵役を逃れる手段となるであろうことがはっきりとした」(『先祖証明』S.107)。ヒトラー・ユーゲントから逃れるために、デ・ブロインも仮病を使っていたが、しかし少年時演習から逃れることと、戦時中に仮病で前線から逃れることは意味合いが異なるように思われる。デ・ブロインは少年兵とも言うべき年齢で兵役に就き、実際ロシア兵を目前にしており、頭部に負傷も負っている。これに比べハーリヒは反ナチ闘争という危険の最中にありながら、複数の女性と逢い引きを重ね、007ばりの活躍を見せている。「毒を以て毒を制す」という方法、リーデルも述べている「目的のためには手段を選ばず」という方法を思い出させるが、しかし自分の帰依する正義の東ドイツに対する民主化闘争では結局逮捕されている。これを後年懺悔して、「殊にヤンカと私の場合それ［一同の気分］は誇大妄想に変わっていた。我々が以前代弁していた野党的立場が今や正しいと証明されたことを知り、我々がそもそも政治の指導者よりも賢明であり、我々が決定した方が党のため、DDRのために良いことであることが、それでもって我々のために証明されたように見えたからである」（『先祖証明』S.246）と一途に反省している。この原稿を読んだと思われるデ・ブロインは次のような感想を述べている。「私は未完成の自伝の部分を彼の口から聞くことを許されたばかりでなく、それを家で静かに読むことも許された、その際黙っているようにと言われた、それでここで言いたいのは、これらの回想は国家に敵対するものではない、懺悔し、自己批判的なものである。あたかもシュタージかウルブリヒトに個人的に書かれたかのように、そのことを全く否認することは出来ないだろうが、そうしたものであるということだけである。私はこれを読んで衝撃を受けた、ここでは外面的には確固としたこの男が逮捕によって内的に破壊されていることが分かったからである」（『四十年』S.176）。またヤンカとの論争に対するデ・ブロインの見解を記すと、「彼の恩赦による出所の後、八年後に彼が裁判で一緒に訴えられた者達に対して卑劣な振る舞いがあったと語られたとき、私は逮捕を免れた者達がそれについて判断を下すのは僭越であるという意見であった」（『四十年』S.175）。一々見事な論評である。デ・ブロインの自伝では戦後東ドイツの体制に馴染めず、田舎教師として赴任することにし、そこで到着の日にはその家で棄てようとしていた焦げたスープを食べて家の人々を驚かせたことなど中央の政界とは程遠いことが述べられている。ハーリヒの自伝は年月がはっきりと記されているのに対して、デ・ブロインは両親の誕生の年の他はよく覚えられないと『中間決算』（S.317）に記している。戦争を嫌いながらも戦争に従事した様は、自然に事に接していることを窺わせ、日本にもある古来のタイプを思い出させる。即ち「紅旗征戎はわがことにあらず」（定家）であり、「しかし災難に逢う時節には災難に逢うがよく候。死ぬ時節には、死ぬがよく候。是はこれ災難をのがるる妙法にて候」（良寛）である。

以上のように両人の自伝を読み比べると、筆者の理性は明らかにデ・ブロインに加担する。しかしナチズムに対する戦いという点ではどちらにも軍配を上げられない気がする。殺害された六百万のユダヤ人に対して「災難に逢う時節には災難に逢うがよく候」とは誰も言えないであろう。「毒を以て毒を制する」ハーリヒの生き方も無効ではあるまい。消化試合と見えたのはナチとは無縁と思う心性からかもしれない。

主要参考文献

Hrsg.Grimm, Thomas: Harich, Wolfgang: Ahnenpaß. Schwarzkopf & Schwarzkopf. 1999.
Hrsg.Prokop, Siegfried: Ein Streiter für Deutschland. edition ost. 1996.
De Bruyn, Günter: Zwischenbilanz. S.Fischer. 1992.
De Bruyn, Günter: Vierzig Jahre. S.Fischer. 1996.

第十一章　ジャン・パウルの翻訳について

1　少年よ大志を抱け(1)

学生時代に手にした翻訳で一番感心したのは、ジャン・パウルに近いと目される作家に限って挙げると、渡辺一夫(2)訳のラブレーの『ガルガンチュワ』であり、二番目が朱牟田夏雄(3)訳のスターンの『トリストラム・シャンディ』である。ただ渡辺訳は名訳すぎて、一行読むたびに、何故こんなに上手《うま》いのだろう、何と語彙が豊富なのだろう、と感心し、自分はどうあがいても追い付かないと思うばかりで、少しも読み進められない。朱牟田訳は嫉妬には襲われるものの、絶望感までは抱かずに、読了出来た。そこで学生時代の夢はほんの少しでも朱牟田夏雄に近付くことで、これは現在でも変わらない。

2　ジャン・パウルの翻訳の概略

ジャン・パウル（一七六三―一八二五）はドイツの作家で、ラブレーやスターン同様にナンセンスな機知を愛するものの、センチメンタルな面があり、哲学的に自我という問題を追っている面もあって、こうした面がドイツ的と言えば言える。翻訳で画期的なのは古見日嘉（一九二〇―一九七三）訳の『美学入門』の全訳（一九六五年）であり、この翻訳のお蔭で日本の若い独文学者もジャン・パウルについて論文らしい体裁のものを書けるようになった。古見日嘉氏の次の翻訳は長編小説『巨人』で、これは氏の死後一九七八年、国書刊行会より出版された。氏の次にジャン・パウルの翻訳に挑戦したのは、鈴木武樹（一九三四―一九七八）で、ジャン・パウル全集を刊行するという壮大な計画であったが、四巻（『五級教師フィックスラインの生活』一九七四年、『見えないロッジ』（上、下）七五―七六年、『貧民弁護士ジーベンケースの結婚生活と死と婚礼』（上）七八年）を出版した時点で、鈴木氏が胃癌のため倒れ、計画は頓挫したままになった。両氏が比較的若くして逝ったので、ドイツ文学界ではジャン・パウルに挑戦する者は若死にするという噂が広まった。そこで筆者はおそるおそる翻訳に挑戦したが、幸いまだ存命である。(4) 最初は小説はまだ無理と判断してエッセイ調の教育論『レヴァーナ』を翻訳出版した（一九九二年、九州大学出版会、後いずれも九州大学出版会より）。次がジャン・パウルの一七九五年の出世作『ヘスペルス　あるいは四十五の犬の郵便日』（一九九七年）。次に双子の兄弟の物語『生意気盛り』（一九九九年）。最近では共訳であるが、ドッペルゲンガーと仮死の物語の『ジーベンケース』（二〇〇〇年）を出版した。その間一九九八年には東独の作家ギュンター・デ・ブロインによるジャン・パウルの伝記『ジャン・パウルの生涯』も翻訳出版している。目下はジャン・パウルの最後の未完の長編小説『彗星』の翻訳出版を準備中である［既に出版、二〇〇二年］。

3　翻訳の内実

筆者の翻訳は推理小説等の翻訳とは違って、金にならない、学術的という範疇を甘受せざるを得ない翻訳であって、余り意気のあがらないものであるが、それでもどのようにしてこの出版不況の時代に出版にまでこぎつけているか具体的にお話ししたい。

(1)　筆記用具について

筆記用具は鉛筆[5]である。三菱のuni*starのBをいつも使っている。鉛筆削りは手動である。これはまずペンを用いたジャン・パウルの流儀に少しでも近付こうとする試みであって、ワープロに直接打ち込むことはしない。精神的なものはまず鵞ペンを削ったり、ペンで紙にしこしこ書いていく作業[6]と密接に関わるというジャン・パウルの言説に従っているつもりである。現在ではときにボール・ペンで訳すこともあるが、消しゴムを多用した初期の頃の初心を忘れないようにしている。訳し終わってから全体の調子を合わせて、若干推敲をして、あるいは推敲しながら、ワープロで清書している。ワープロソフトは一太郎。徳島という地方で開発されたソフトなので、地方人としてこだわっているわけだが、実際はたまたま最初のソフトが一太郎であったという偶然が大きいかもしれない。『ヘスペルス』を訳し終えて、ちびた鉛筆が四ダース残ったときには若干の感慨があった。

(2)　原稿用紙について

原稿用紙はＡ４紙に横に罫線三〇本引いたものを使用している。これはドイツ留学時に『レヴァーナ』の翻訳を始め、原稿用紙が手に入らずに、やむを得ずＡ４紙にして以来のことであるが、大体一頁が一枚に収まり、後で手を入れる際に便利であることに気付いた。翻訳は横のものを縦にしただけと言われるが筆者の場合は横のものを横にしただけで、出版社の校正段階で縦になるだけである。最初は日本ではＡ４の罫線付きの用紙は手に入らず、ドイツ留学の方に送って貰ったりしていたが、今ではＡ４の紙にワープロで罫線だけ引き、それに孔を開けてファイルにまとめている。

(3)　辞書について

ドイツ語の辞書は専門的に過ぎるので、簡単に済ませるが、今ではほとんど学生に使われていない木村・相良の『独和辞典』[7]はゲーテ時代のものを訳す人には欠かせない。その他 Grimm や Campe の辞書、Duden の発音辞典をよく使う。学習独和も発音のカタカナ表記[8]の参考になるので馬鹿に出来ない。その他ラテン語やフランス語等については大体の見当をつけた上で出来るだけ専門家に尋ねるようにしている。百科辞典も必要になるが、最近はインターネットのサーチ・エンジンが大変に便利である。ジャン・パウルに特殊な語彙[9]もこれで調べれば以前どのように訳されているか分かり、自らの誤訳に気付くこともある。国語辞典は『広辞苑』を頼みとしているが、これの不自由な点は「堅し、固し、難し」、「掛く、懸く」、「上ぐ、揚ぐ、挙ぐ」、「上る、登る、昇る」、「温か、暖か」、「答ふ、応ふ、報ふ」、「治む、修む、納む、収む」等の区別をしていない点である。これらの区別を丁寧にしているのは金田一春彦の『学研現代新国語辞典』であるが、実際は面倒なのでそのときの気分次第の面がある。送りがなも全く自信がなく、これはワープロ任せであり、次に編集者任せである。

(4)　語順等について

推敲の段階では会話等の調子を合わせることだが、ジャン・パウルという二百年前の作家であるので、全体が全く現代の調子になるようにはしない。古文で訳す能力はないが、心持ち古風に感じられるように努めている。全体の調子から『ヘスペルス』[10]や『生意気盛り』では主人公達は「僕」と「私」とを併用するように訳し、『ジーベンケース』では主人公達が大人びていることを考慮して総じて「私」とだけ発するように訳した。今訳している『彗星』では主人公の外界認識が変なので「僕」と主に訳している。また「私達」という言い方はおかしいという今道友信の説を信奉して、これは「私ども」とか「我々」と訳している。また一般に西洋語の人称代名詞は翻訳の場合適宜省略するのが普通である。語順に関しては日本語としておかしくない範囲で、原文の語順（情報開示の順）を尊重するように心掛けている。特に比喩ではまず何々と掛けて何々と解く[11]、その心はといった語法が多用されているので、前から順に訳すようにしている。

(5)　出版社との交渉

さていよいよ原稿が完成して、フロッピーに収まった段階で、出版社との交渉ということになるが、筆者の場合最初『レヴァーナ』が教育論ということもあって、文部省の出版助成金（現在は日本学術振興会の研究成果公開促進費）を一三二万円得られたことがラッキーであった。次の『ヘスペルス』も応募したが、これは不採択。私費で八〇万円払い[12]、その分買い取るということで、九州大学出版会の内諾が得られた。正式には二通の推薦状と審査委員の審査が必要であった。ちなみに『ヘスペルス』は原稿をワープロで処理するようになった最初の頃の出版である。『生意気盛り』は採択され、一四〇万円の助成金が出た。『ジーベンケース』は不採択で、私費七〇万円で出版会の内諾。目下の『彗星』は平成十四年度の助成金が認められ一八〇万円が内定している。発行部数は大体七〇〇から八〇〇の少部数で、五〇〇部売れれば有り難いというマイナーな話である。

4　誤訳について

翻訳では誤訳の問題が付きまとうが、ここでは一箇所だけ、鈴木武樹氏が謎解きに失敗している例を挙げる。名手鈴木氏にしてうっかり見過ごした地雷である。(13)

「『坊やちゃん』（と、彼は五級生にむかってそう言った、というのは、彼は恋人や子供やウィーン子たちと同じで、むやみやたらと〈ちゃん〉をつけたがったのだ）、『坊やちゃん、その荷物は村に着くまでぼくにあずけときなさい――おもうぞんぶん駈けずりまわって、きみみたいに小さな鳥を一羽、摑まえるんだな。そうすれば、休みのあいだえさをやる相手ができるというものじゃないか』――なにしろこの〈坊やちゃん〉は彼の小姓であると同時に――彼の部屋のゆか板の蠟引き職人であり――同室の友であり――供廻りの騎士であり、また走り使いの侍女でもあったのだ。そして、例のむく犬は、同時にまたこの子の〈坊やちゃん〉でもあった」（『五級教師フィクスラインの生活』創土社、五〇頁）。最後は「例のむく犬が同時にこの〈坊やちゃん〉であった」となるべきで、五級生は犬なのである。ジャン・パウルはこうした仕掛けを何気なく使うことがあって、鼠と形容していたのが犬であったり（『ヘスペルス』）、男の料理人と説明していたのが、段々太っていき、最後にお産をして女性と分かることになる（『彗星』）。『フィクスライン』で「むく犬は監禁され、五級生は同行を許され」となっている箇所は解釈しながら読む必要がある。ジャン・パウルでは作者と読者が本来の主人公であるとされるのもこうした作風のせいであって、単なる文章でも文意からどうしても「彼をがっかりさせた」

となるべきところで、「彼を喜ばせた」と書いている箇所があり、読者はそれを喜ばなければならない（例えば『ヘスペルス』「第二十七の犬の郵便日」冒頭部分）。

5　ジャン・パウルの笑い

次にジャン・パウルの諧謔の一端を紹介しておきたい。

(1)　より高い存在の設定

一々訳していて気付いたのは、ジャン・パウルの諧謔の筆法に現世の営みがあの世では逆転するかもしれないというのがあって、これがいろいろ変奏されて利用されていることである。解題からの引用であるが、『生意気盛り』では例えば次のような具合である。「しかし、星々の背後の世界では、そこではきっと独自の、全く奇妙な敬虔の概念を有していて、思わず知らず組んだ手そのものがすでに立派な祈りと見なされることは信じられることである。ちょうど多くのこちらでの握手や接吻、いや多くの悪態が向こうでは短祈禱、瞬発祈禱として流通するかもしれないように。――一方同時に偉大な高僧達にとってこちらの祈禱は、これを彼らは印刷と出版のために何の自己批判もなしにただ他人の需要に応えて絶えず真の男性的な説教術を斟酌して草稿に手を入れているけれども、向こうでは単なる悪態として記されることが考えられる」（第三十六番）。これは教会音楽について下手な村の教会の音楽を誉め上げる『ヘスペルス』の「第十九の犬の郵便日」での論法と似通っている。「より高い精霊達は我々の佳調の近い関係を余りに安易、単調と見なし、これに対して我々の調子外れのより大きな関係を魅力的なもの、自分達の理解を越えないものと見なすであろう。礼拝は人間のためよりもより高い者達の名誉のために行われるので、教会のスタイルも、より高い者達に合う音楽、つまり調子外れの音楽が作られるよう、そしてまさに我々の耳に最も忌まわしいものを神殿に最もふさわしいものとして選ぶよう努めなければならない」。同じようにあの世の視点を導入して『ヘスペルス』の「第四の序言」では、「より高い霊達はホメロスやゲーテに少なくとも人間らしい手法を見いだすことであろう」と述べている。更にはゆくりなくも次のような『レヴァーナ』の「侯爵の教育」の章の中の楽しい一節を思い出す。「つまり、カントの精妙な見解によれば、規則正しい人間の歌の反復にはやがて聞きあきてしまうのに対して、永遠の鳥の歌声ではそうならないのは、鳥の歌声には規則がなく、ただ定かならぬ交替があるからというわけで、そのように学校教師はまとまった単調な思考連鎖といつも何かに至ろうという決められた目的を持った話しぶりのためやがて眠りをさそうのに対し、世慣れた男は、いつでも本筋を離れたことを言って、皆を元気付かせます」云々である。

(2)　視覚的、学的叙述

喜劇的場面は多いが、それが印象的なのは映画以前にあって、視覚に訴えるように工夫されていて、描写に学的叙述を交えている点である。二箇所ここでは例を挙げておく。「私は勿論御者の所為にして、御者が車台に石とスピードとで、かの激しい脈拍を与えたのであって、それでツォイゼルはクッションの上というよりは空中に座ることになったと言うけれども、ゲッティンゲンのケストナーは私に反論して、薬店主自身が、クッションに対して自分の尻で行う反作用によって、同じ極への反撥の責を負うていたと述べるであろう。しかしここでは真理よりも薬店主の身が大事であると思われる。

宮廷医師のヴィクトルは遠くから宮廷薬剤師に関心を寄せ、彼を笑った。いや彼に頼んで自分も乗り込み、巧みな御者がどのようにしてツォイゼル氏というボールを上手に空中に投げているのかもっとはっきりと知りたいところだった。しかしヴィクトルの優しい神経にとっては喜劇的場面はそれが現実にもたらす身体の痛みによって余りに厳しくどぎつく思われ――それで跳ねる車台の後を追って、その内部の奴さんが気圧計のように、酔っぱらった御者の晴れやかな天気を示して上がる様を単に思い描くだけで満足した――彼は、善良な小廷臣が御者の加える絶頂のときに、その高まりの後にはもっと大きな高まりが続くのであったが、左手をチョッキのポケットにではなく、ただ馬車の革帯に入れて、右手にはひとつまみの嗅ぎ煙草を一時間前から握って暖めていなければならず、それを休む暇がないために御者の悪漢がブルルと叫ぶまではさみしい鼻に持って行けないでいる様をありありと思い浮かべるだけであった（それ故私はその必要がない）」（『ヘスペルス』）。

同じく『ヘスペルス』からのとぼけた味わいの脱線。Hの項である「ホルバイン［Holbein］の脚。私はIよりもHをもう一度取り上げたい、Iの項目では傷病兵［Invaliden］がくるからである。これらについては次のように主張したい。肢体を奪われた人々は血気盛んとなるので、多くの手足を銃で奪われ、切除される程、パンは一層少なく与えるべきである、そしてこのことが戦費の生理学、食餌療法学の謂であると。――しかし奴さん達は哀れでならない。

ホルバインの脚は切除された脚よりももっと楽しい。画家はバーゼルではバーゼルそのものを塗るより他になかった。自分の天才をこの建築上の染色に費やさざるを得ないために、天才はしばしば休憩を取らざるを得なかった――つまり驚くほど飲んだ。ある建築依頼主は名前は不詳だが、よく家の戸口にやって来て、足場に向かって、家のペンキ屋の脚が垂れ下がっている代わりに――それ以上画家の姿は見えなかったからであるが――隣の居酒屋に立ってふらついていると、がみがみ言った。その後ホルバインが路地を渡ってくると、雑言が彼を出迎えて、足場を登る彼の後を追いかけた。これは自分の習作を（酔っていても）愛している画家を憤慨させ、建築主の心を変えようと思い立たせた。つまり不幸の一切はすべて脚のせいで、その花綵装飾をこの男は足場の下に見たがっていたので、彼は決心して、自分の脚の第二版を作り、それを家に掛けながら塗ることにした、この男が家の戸口から見上げたとき、二本の脚とその靴は上の方で勤勉に塗っていると考えるようにとの配慮であった。――実際建築主はそう考えた。しかしとうとう、この仕掛けの脚が一日中一箇所にぶら下がって、先に進まないのに気付いて、なんで一つ所を長く修復修正しているのか大家は調べる気になり――自ら赴いた。真空（空っぽ）の上の方で彼は、画家が膝までの七分像が始まるところ、膝の所で消滅していること、消えた胴体はまたアリバイを作って飲んでいることを容易に見て取った。

建築主が足場の上で脚の作品から何の教訓も引き出さなかったのを私は遺憾には思わない。彼は怒りまくっていた。

私は更に、会議室の議長の背後に本人の代わりに賛否のために下がっている侯爵の肖像画についての話をしたい――が関連を乱すことになる。それに以前はここで第一の小冊子は終わっていた」。

6　総　括

ジャン・パウルを訳して思うことは、二百年前のドイツの小都市の住民が考えていたことが微細に分かったが、翻って自分の薩摩の片隅のご先祖様はその頃何をしていただろうか、何を楽しみにしていたか、ただ不審に思うばかりだということである。なお詳しくは筆者のホーム・ページ（http://www.rc.kyushu-u.ac.jp/%7etuneyosi）を参照されたい。

注

表題のジャン・パウル、本名 Johann Paul Friedrich Richter、Friedrich の名前は Friedrich Schiller という具合に当時 Friedrich 大王の影響で広く名付けられた。若い頃 friedlich と同じように考えてフリートリッヒと論文で書いたことがある。またデ・ブロインの『ジャン・パウルの生涯』で Friedrich Wilhelm 二世をうかつに Friedrich 二世と訳してしまった箇所がある。訳者は歴史的常識を有しなければならない。

（1）「少年よ大志を抱け」

クラーク博士が札幌農学校に在任したのは明治九年七月から明治十年四月である。筆者が最初赴任した岡山大学時代の上司成田英夫先生は「教師は長年勤めればいいというものではない、クラーク博士の在任は短いものだ」とよく仰有っていた。ambitious を大志と訳したのもこの言葉が広く人々に愛された所以であろう。福田恆存はその「石川淳論」で「野望と大志との相違といってはひいきのひきたふしであろうか」と述べているが、この言葉も忘れがたい（『福田恆存評論集3』新潮社、二六四頁）。

(2)「渡辺一夫」について加藤周一は『日本文学史序説 下』(筑摩書房、四七二頁)でこう述べている。「日本における西洋文学研究が、国際的な水準に達したのは、おそらく渡辺一夫(一九〇一－一九七五)にはじまる。渡辺一夫訳『ガルガンチュア物語・パンタグリュエル物語』(一九四三－六四、改訂岩波文庫、一九七三－七五)はラブレー François Rabelais の本文解釈の最高の水準を示し、その意味では、現代フランス語訳を含めて、現存する各国語翻訳の最良のものである。しかも流麗かつ明快な訳文は、現代日本語の散文の表現能力をほとんど極限まで拡大し(ラブレーの語彙!)、日本文学に全く新しい要素をつけ加えた(無制限な想像力と知的な哄笑)」。

(3)「朱牟田夏雄」(一九〇六－一九八七)英文学者。翻訳多数。

(4)「幸いまだ存命である」

ジャン・パウルの翻訳は辞書を引く回数が多く、晦渋な文章も多いので、訳者にストレスが溜まることは容易に想像されるが、その他日本的現象として、必ずしも日曜日を休む習慣がないことも挙げられよう。筆者自身翻訳していると、授業のある日が翻訳の休養日というわけで、計算上は土日や夏休み等を専ら翻訳日に充てていることが多い。そして翻訳していて気付くのは、ジャン・パウルの描く下層民は日曜日を唯一の楽しみにして生きていたということである。「厳格なヘルツォーク[牧師]はイギリスやスイス同様に、日曜日のすべての裁縫や編み物を禁じていた」(拙訳『彗星』四五五頁)。筆者は家内にジャン・パウルを翻訳して何のためになるかとよく聞かれるが、「西洋人は日曜日を休むということを文学研究で気付くことがある。日本が真珠湾を攻撃したのは日曜日だったそうで、それでアメリカ人は怒っているそうだが、それを日本側が意図的にそうしたのであったとしても、それが通常の日本人の日曜日理解の上ならば西洋人との反応にずれがありそうであり、このように基礎的文学研究は国益を左右する程に重大なものだ」と一度だけ反論したことがある。

(5)「鉛筆」

ゲーテは詩の霊感が湧くと鉛筆で書きとめたそうである。筆者はペンの方が速いと思っていたが、当時の鵞ペン等はスムーズな筆記用具とは言えないようである。『時空のゲヴァルト』マンフレート・シュナイダー著、前田良三他訳、三元社、二〇〇一年、二九頁参照。

（6）「紙にしこしこ書いていく作業」
『レヴァーナ』でジャン・パウルは女性に家事を押し付けるのを正当化するために、現在の日本ではいかがわしいと思える論を展開している。「ところでエーテルではなく大気で生きている女性なら、家事は機械的で精神の品位に欠ける、むしろ男性のように精神的充実を見付けたいと言わないで欲しい。手仕事のない精神的仕事が何かあるだろうか。主計局、書記局、国の観閲式場で動かす手数は台所や家での手数に劣り、異なるものであろうか。精神は労多い肉体の後を追わずに早くから出現出来ようか。例えば彫刻家の理想は大理石に数百万回下等な打ち込み、切り込みを入れる他には生じない。この『レヴァーナ』が印刷され世間に出るには、小生が鵞ペンを削り、インクに浸しあちこち引き回す他ない」（拙訳『レヴァーナ』一七六頁）。

（7）「木村・相良の『独和辞典』」
例えば、Wendeltreppe「糸掛貝」、Dampfkugel「煙弾」、entwischen の項で entwischte Worte：「不用意にもらした言葉」とあるのは助かった。他の辞書は「聞き漏らす」意で説明してある。他に Fruchtschnur「花綵装飾」とか Pumpenstiefel「ポンプ胴」。辞書については論評するなど僭越であるが、シンチンゲル他の『新現代独和辞典』は現在分詞、過去分詞の説明が丁寧であるように思える。gestrichen で「加線を付けた」という音楽用語は郁文堂の辞書にも小学館の辞書にも載っていなかったように思う。もっとも eingestrichen などの辞書にも記載があるが、筆者にはこの一点音と加線の区別がよく分からない。郁文堂の『独和辞典』は、ひらがなの多い『新現代独和辞典』に比べ、例えば Trauermantel のきべりたてはを漢字で書いてあって助かる。また Zugpflaster を「発疱硬膏」と訳しているのは郁文堂のだけで、他は「発泡硬膏」としてあり、「泡」は間違いと思われる。

（8）「発音のカタカナ表記」

例えば『生意気盛り』第二十番でSchiedmaierという人物名が出てくるが、最初のSchはシュの音でそれがイーと結合しているわけだが、日本語ではシートマイヤーぐらいにしか表記できない。この説明を聞いていた津村正樹氏は日本語のシはshiに近くsiではないのだと筆者の蒙を啓いてくれたが、インターネットで調べてみると、最近は筆者のようにsiと発音しがちな若者が増えているとのことである。インターネットでは日本人はShit down pleaseと言うというジョークがよく見られた。

（9）「ジャン・パウルに特殊な語彙」

例えばSturmbalken：『巨人』古見訳、第一一四周、五八四頁では「爆破用鉄材」、拙訳『生意気盛り』第四十六番、三一三頁では「爆発砲材」。しかしながら拙訳『レヴァーナ』第百九節、二三九頁では「情熱は彼らにとって嵐のための梁となるにすぎず、吟味や支持の梁とはならなかった」と訳している。この「嵐のための梁」は「爆発砲材」とすべきであったろう。なぜ間違ったか。グリムはどちらの用法も挙げてあるが、『レヴァーナ』の英訳に'supports during storms'とあってこの英訳者を信じたのであろう。この英訳者はNeuntöter［百舌鳥］をそのままnine murderersとしているから用心すべきであった。

Bruttafel：鈴木訳の『ヴッツ』では「孵化板」、拙訳『生意気盛り』（第四十三番）では「雛料理」、厳密には誤訳であろう。

Schieferabdruck：古見訳『美学入門』（第五十節）では「片岩中での化石」、鈴木訳『フィックスライン』（三一一頁）では「石版印刷」、拙訳『ヘスペルス』（六六一頁）では「石盤の複製」、これらは「石盤の模写」が妥当か。石版印刷はジャン・パウルではSteindruck。

opera supererogationis：古見訳『美学入門』（第五十三節、二二五頁）「ドイツ人は、機知を、職務服ではなく、飾り服とみなしたがる。そしてドイツ人は、学者的専門家にたいしては、機知を、ちょっとしたオル・ドーブルだと弁護してやるが、その人の全集と全作品とがそういったオル・ドーブルであり、余剰作業（opera supererogationis）である、といった作家にたいしては弁護してやらない」。これは筆者と嶋﨑さんの共訳『ジーベンケース』（第十八章、四五五頁）では「過分の善行」となっている。筆者にラテン語が分かるわけはないので、これはレクラム版の注によるもの。注釈によると「カトリックの聖人達の善行で、通常の死すべき定めの人間達の限度を越えたもので、罪人達のためになるもの」とある。なお古見訳のオル・ドーブルはオードブルが珍しかった時代の翻訳であることが分かり微笑ましい。以上の諸単語はいずれも『彗星』に出てきて、サーチ・エンジンで調べたものである。

(10)「全体の調子」

西洋語では兄か弟か、姉か妹かそれ自体ではわからない。『ヘスペルス』で作中人物のジューリアとヨアヒメの姉妹の年齢関係が分からず、手紙の調子とか、全体の雰囲気からその関係が分からないものか、ボン大学のヴェルフェル教授に尋ねたことがあったが、よく分からないとのことであった。また双子の場合どちらを兄、あるいは姉としたか考えてみる必要がありそうである。ジャン・パウルでは先に生まれた方が兄であるが（『ヘスペルス』「第二十六の犬の郵便日」のツォイゼルと彼の双子の兄についての描写、三七四頁参照）、鹿児島育ちの筆者は双子の場合最初に出来た子供は母胎の奥にいて後から生まれてくるという説を聞いたことがあるからである。インターネットからコピーした文に次のような鉄仮面についての説明がある。〈先に生まれたのが弟、後に生まれたのが兄、というのが当時の考え方で、とりあえず先に生まれた弟を王子として迎え入れ、兄の存在は隠されていたらしい。しかし、年月が過ぎ、政治的背景もあって、いつからか兄と弟が入れ替えられ、弟は「鉄仮面」をつけて牢獄へ、そして兄がルイ十四世として統治するようになったという〉。ジャン・パウルも「鉄仮面」のうわさは知っていて、『ジーベンケース』の注で次のようにコメントしている。「周知のようにいわゆる鉄仮面の男の顔はその死後、鉄仮面の代わりとなるほど多くの傷をつけられてずたずたにされた」（『ジーベンケース』四二〇頁）。なお双子に関する文献は金沢大学文学部のドイツ文学科志村恵氏のホームページに詳しく掲載されている。

（11）「何々と掛けて何々と解く」

訳文だけ挙げるが、「それ故パンのための学問は石に似ていて、潜水夫はそれを体に縛ってすばやく潜り、主人のために真珠を捜すけれども、気球乗りは全く別でそれを投げ棄ててもっと高く天に達しようとする」（拙訳『レヴァーナ』二八四頁）。

「若い少女は若い七面鳥のようなもので、よく触られると、育ちが悪くなる」（拙訳『ヘスペルス』二八三頁）。

「ヴァルトのような詩的性分の者は、北国では——というのは宮廷とか偉いさんの世界は精神の生来の北国であり、同時に肉体の生来の赤道であるからで——シベリアでの象の牙に他ならない、これは象が凍えてしまう土地なのに何故か棄てられているものである」（拙訳『生意気盛り』三二一頁）。

「美しい魂の苦しみは五月の霜であり、これはより暖かい季節に先行するものである。しかし頑な堕落した魂の苦しみは秋の霜で、これは冬しか告知しない」（拙訳『彗星』一一五頁）。

「すなわち、クーシュナッペルは、帝国市場町というその肩書きをちょうど二番目の選帝侯位みたいにまだ保持しつづけていて、フランスにたいする、その昔ながらの〈想念の輸入禁止〉と〈情報の輸出禁止〉および血ないしは生きた人間の十分の一税を、スイスと同じくらいじょうずに継続している、とにかく、スイスは、ルターによって悪魔に投げつけられた、消すことのできないインクのしみを壁にたえずあらたにつけなおしているヴァルトブルクの城主に似ているのである」（鈴木訳『ジーベンケース　上』一一三頁）。筆者なら「スイスはヴァルトブルクの城主に似ていて」と訳すところである。しかしここの箇所は残念ながら嶋﨑順子さんとの共訳では若干面白味がない。嶋﨑さんが先に訳していて、筆者の趣味を押し付けるのが面倒だったためである。「クーシュナッペルは、その帝国市場町という称号と第二の選帝侯の位を今なお、保持しており、さらに、ルターが悪魔に向かって投げつけたインクの染みを消えないように常に壁に新しく色を塗りつけるヴァルトブルクの城主のようなスイスと同様に、その古くからの思想輸入禁止令と情報の輸出禁止令と、フランスに対する家畜や人間の十分の一税を続けているのである」（恒吉・嶋﨑訳『ジーベンケース』七一頁）。

（12）「私費で八〇万円払い」

何もそこまで話す必要はないと思う方もいるかもしれない。しかし現在では出版の部数や経費を調べることも、その内容の研究に劣らず、必要な基礎研究である。勿論払わないに越したことはないが、ジャン・パウルの知名度の低さ、自分の力量、新たに出版社を探す煩わしさ等を考えると、この辺のところとなる。一九九九年にPeter Kapitza氏が日本のジャン・パウルの翻訳について『Jahrbuch der Jean Paul Gesellschaft（ジャン・パウル年報）』の中で論じ、その「論文」の末尾で筆者の手紙を引用し、この私費負担額を披露している。このKapitza氏の論文は部分的にはすべて正しいのかもしれないが、いかんせん本人は日本語を読みこなせない。全体的判断には疑問符を付けざるをえない。「論文」は日本の独文学者等に質問状を送ってまとめる方法を取っているが、その質問の一項目にジャン・パウルは日本のどの作家に興味を抱くだろうか、また当時の作家では誰であろうかというのがあり、採用された意見は柴田翔のもので、挙げている作家は太宰治と小林一茶である。太宰の擬態、一茶の貧乏は共に話して面白いかもしれないという説である。筆者は夏目漱石と良寛を挙げたが不採択。漱石との類似点はスターンの影響の他、恋愛において三角関係の構図を持って来ることを好み、人間のエゴイズムの動きに敏感なことで、人間は共に悲しむことは出来ても、共に喜ぶことは難しいという認識が共通して見られるように思われる。良寛（一七五八－一八三一）の「天上大凧」は天に憧れるジャン・パウルに対するイロニーとなると思ったが、禅に詳しい岡山の山本健一さんにこの意見を述べたところ、「そうかな、空は凧が吹いていていてビュウビュウしているなという感じではないか、これは凧に書いた字で有名なのだ」と教わった。細かいことだが、良寛の凧の字では中のノの字は一と同じく左から右に書いていて、その点では筆者もかつてはそう書いていたと思い出して嬉しくなった。しかし日本で「天上大凧」としゃれている頃、ヨーロッパではモンゴルフィエ（一七四〇－一八一〇）式軽気球が飛び、フランクリン（一七〇六－一七九〇）は凧で雷が電気の放電であると確認していたと知れば、日本で明治以降欧米語教師の職が生じた理由も納得出来よう。

(13)「名手鈴木氏にしてうっかり」

これに気付いたのは Rita Wöbkemeier:Erzählte Krankheit (Metzler, 1988), S.189f. を読んでからである。ein eigenartiges Verwirrspiel「独自の混乱した戯れ」と形容している。

また古見日嘉氏の誤訳の例を挙げると、四格と一格は取り違えやすく、『美学入門』の五一五頁ではこう訳している。「あの『何ものか』を —— そのすきまをわれわれの思考とわれわれの観照とが二つに裂いて分裂させるあの『何ものか』を、この最も神聖なものを、詩はその魔術によって、天からさらに近く下の方へとひきよせるのです」。正しくは「そのすきまがわれわれの思考とわれわれの観照とを」となろう。もっともハンザー版ではこのすきまを Lücken と複数形にしてあり、ベーレント版の単数形と異なり、紛らわしくなっている。

その他自分の誤訳の例を挙げると、『レヴァーナ』の献呈の辞を「バイエルンの女王カロリーネ陛下」と訳したことで、女王は厳密には王妃と訳すべきであった。ドイツには女王はいないという歴史的常識を欠いていたと反省している。

嶋﨑順子さんの指摘で直した箇所を挙げると、「これで結局、…… 決して自分自身の膝にさえ届かない、いわんや自分より背の高い人物の膝には届かない小男」『生意気盛り』一八六頁 (ein Männlein,das sich selber nicht einmal an die Knie geht, geschweige längeren Personen. Bd.2, S.754)。筆者には an die Knie gehen が分からなかった。

「私どものように動物に魂の不滅性を与える者は、いずれにせよ動物に倫理性の若干の基礎と先在する萌芽とを認めなければなりません。たとえこれらのものがその動物的な肉のふくらみによって、睡眠中の者、狂気の者、酩酊した者の良心が覆い隠されているよりもはるかに覆い隠されているとしても」『ジーベンケース』四〇三頁 (wer ihnen Seelen-Unsterblichkeit verleiht wie wir, der muß ihnen ohnehin einige Anfanggründe und präexistierende Keime der Moralität einräumen, wären auch diese von ihrem tierischen Wulste noch stärker als das Gewissen bei Schlafenden, Wahnsinnigen und Trunknen überschwollen.... S.415)。

筆者は最後の überschwollen を頭れる意に取っていた。

『彗星』は岩本真理子さんにチェックして貰ったが、彼女に修正された箇所。「バウムクーヘン、プリューゲルクーヘンは特別にそのために切られた木に生地を塗って焼かれる、その木の上でクーヘンは火の上でぐるぐる回される」『彗星』二一〇頁（Der Baum- und Prügelkuchen wird an einem besonders dazu geschnittenen Holze gebacken, auf welchem der Kuchen sich selber am Feuer umwendet. Bd.6. S.777)。筆者の訳はこうで、赤面物である。「バウムクーヘン、プリューゲルクーヘンは特別にそのために切られた木の許で焼かれる、その木の上でクーヘンは自ら火に面を向ける」。

第十二章　ジャン・パウルと複合語

序

ジャン・パウルは高校時代の若い頃と晩年に独特の正書法を残している。若い頃のものは、同じ子音の脱落、長母音を示すhの省略、「疾風怒濤派に由来する語末音消失」（ベーレント版、第二部第一巻「序言」S.17）を特徴としている。一例を示す。

Morgen geh' ich ab. Stum geh' ich den ganzen Tag herum. O! wie wird mir's, wenn ich an's Abschiednemen gedenke! Morgen werd' ich nur bis zum Dorfe reisen, wo meine Heloise wont; und bei meinem Freund übernachten. Dan sol ich scheiden von meinem Karl – scheiden von meiner Heloise –– ich schaudere! Got! wenn's vorbei wäre! –（ベーレント版、第二部第一巻 S. 129）

この書法に対して伝記作者のデ・ブロインはなぜか「天才的な個人的正書法[1]」と形容し、当時の師友のフォーゲルはそれには文句をつけなかったけれども、衣服規定のあった時代での個人的服装には苦言を呈したと述べている。この書法は次第に治まり、遂には消え去ったのであるが、晩年「現今の最大の言語研究家であるヴォルケ」（『美学入門[2]』）の影響を受けて、複合語のsや接尾辞のungを不要とする論を展開し、自ら実践もした。デ・ブロインを引くと、「文法の生誕の時期であった。ドイツ語と関わることは国家のイデオロギー的意識化となった。ジャン・パウルは時代の動きの中にあった。もちろんまた局外者としてであったが、今度は喜劇的なそれであった。刺激を受けたのはヤーコプ・グリムのような大物からではなく、渦中を泳ぐペテン師の一人クリスティアン・ヒンリヒ・ヴォルケとかいう人物からで、その奇妙な言説に惹かれていた、その大方には同調しなかったのであるが[3]」。ヴォルケは、楽園のアダムとイヴはドイツ語を話していたと主張し、すべての言語は Wunderhalm という音に由来すると述べ、たった一人でも模範的高地ドイツ語を創り上げることが出来ると確信していたそうである[4]。その提言の一つに、Schauspielerin とか Näherin は単に俳優や裁縫師の妻であり、自ら演じたり縫ったりする女性は Schauspilin、もっといいのは Bünin、あるいは Nehin であるというものがあるらしい[5]。しかし特にジャン・パウルの関心を引いたのは複合語の接合の s を不当であるとし、規定語の複数と見える語（例えば Kirchenstuhl）を間違いと断じている点であった[6]。形容詞の修飾が嫌いで、複合語、新語が多く、その際しばしば自信を持てないでいた[7]彼には恰好のテーマであった。かくて本章で取り上げる『ドイツ語の二重語について』[8]（一八二〇年）が生じたが、しかし接合の～(e)s は現在確固として存在しており、無駄な抵抗をしたように見える。「彼の晩年の作品の始祖、ドン・キホーテに似て、〈二重語と彼の呼ぶ〉複合語の接合の s に対する望みのない戦いを行い」（デ・ブロイン[9]、一九七五年）とか、「〈二重語のすべての属格あるいは es の寄生雑草〉に対するドン・キホーテ的行為」（ビルス[10]、一九八六年）と記され、大方には時間のロスと見なされている。既にゲーテがホルタイに次のように語っているそうである。「空想が消え、もはや何ら偉大なことを思いつかなくなったので、瑣末なことを思い煩い、字句の穿鑿にかかったのだ。それで属格の s のせいで永遠の不安と憤慨を持つことになった」[11]。またゲーテは一八一八年十月十八日に次のような戯歌も作っているそうである。[12]

〈比較 Vergleich〉はいやだ
s や ung はうんざりだ、
そんなのはなくてすむ。
我らは吟味によって
自他を悩ませたくない。

ある者が書いて寄越した、
ドイツ人とフランス人の〈比較〉と。
愛国者は誰でもすぐに
かっとなるだろう。

キリスト教徒なら耳を傾けない、
一体正気だろうか。
〈対比 Vergleichung〉なら我慢できる、
それなら文句ない。

もっとも今日ではVergleichの方が多く、Vergleichungは十八世紀によく見られたとパウルの辞書には載っている［ゲーテ・ファイルではVergleichung 190, Vergleich 15, トーマス・マン・ファイルではVergleichung 9, Vergleich 200］。またキリスト教徒Christenmenschも問題となる。これらはともかく、慎重な見方がないわけではない。ベーレントの結論は、「この論争では最終的結論はまだ出ていないように見える[13]」である。『ドゥーデン文法』（一九六六年）では接合のsの使用についての一般的規則は認められないとしながら、「しかし接合のsの形がまだ一般的でないときには、直接の接合を優先させるべきであろう」（S.359）と記してある。ジャン・パウルが違反としたものを、そうでないと許容しさえすれば、彼のリンネ的分類はドゥーデンの～e, ～er, ～(e)n, ～(e)sの分類とそう変わらず、外国人には参考となる。外国人のために整合化すべきというジャン・パウルの論[14]には賛成できないが、文法生誕の時期の素人談義は楽しい。ジャン・パウルは、「このまだ若い世紀においてなされた数少ない偉大な発見の一つかもしれなくて、それも私自身の手になるものがあるが、それは、様々な規定語が基礎語に結び付き、様々なクラスの複合語を形成するときの基準となる確固とした規則を見いだしたということである。誰もが複合語を作るときは知らず識らずのうちに織り込む規則の助けを経験している。論理は言語の本能だからである[15]」と無邪気に法螺を吹いている。筆者もこの小著に「偉大な発見」と思しきものを発見したので、当時の論争を紹介しながら、掬すべきところを掬すことにしたい。

この小著は二部に分かれていて、前半は十二の手紙から成り、それぞれが十二のクラスのことで、後半は十二の追伸から成る。このうち前半は新聞に随時発表していたもので、これに対して、

Grimm, Docen, Thiersch の批判が出て、それらへの再批判が後半の追伸となっている。本書で紹介する論のうち Docen のものは最初の書評ではなく小著が出てからのものである。Thiersch の批判はこの小著の中で紹介されている。Docen の批判を読んで、～voll, ～los の半接尾辞の接合が当時は不安定であったことを知り、調べてみた。これについては既に Urbaniak（一九八三年）の詳細な研究があり、それを参考にした。なおジャン・パウルの十二の分類を紹介する際イタリックの単語は『ドゥーデン文法』（一九六六年、一九八四年）で触れられている単語である。ジャン・パウルの問題提起の意義を計る一つの目安とした。［　］内は筆者のコメントである。

1　十二の手紙の要旨

(1)　偉大な規則と複数がeを伴い変音する一音節の二重語

規則というのは、「規定語の複数主格が基礎語との接合方法を決める」。

男性名詞、Kahn, *Zahn*, Ast, Dachs 等、女性名詞 Hand, Kraft, Nacht, Wand 等、これらはそのまま接合する。*Bäumenschule* とせずに *Baumschule*。違反となるのは、複数を取る女性名詞、*Gänsehals*, Mäusefell［『ドゥーデン文法』（一九八四年）では Mauseloch（S.453)］, *Laus*, 若干の男性名詞、Rathaus というのに Ratsdiener, Wolfshaut, Bockshorn, Hahnen-, *Schwanenhals*, Bundestag, Sohnsfreude。古い複数に由来して Hahnen-, Schwanen- となるが、この方が響きはよろしい［『ドゥーデン文法』（一九六六年）では古い属格（S.356)］。

(2) 複数でeを伴い変音しない一音節の規定語

Arm, Berg, Fisch, Roß, Hauch, Stein, Brief 等そのまま［Fisch, Roß のように、〜sch, 〜(t)z, 〜s, 〜ß で終わる規定語には付かない。『ドゥーデン文法』（一九六六年）S.358］。違反となるのは Meerstiefe, Eidsgenossenschaft, Schiffssoldaten（Schiffleute と言うではないか）。Jahrbuch と言うのに、Jahrsbericht, Tagdieb［『ドゥーデン文法』（一九六六年）では Tagedieb（S.356）］と言うのに Tagsstunde, Mondlicht と言うのに *Monden*schein。他に Freundesliebe, Diebsband。*Hunde*brot と言ったり、Hundskot と言ったり、*Pferde*futter と言ったりそのままであったり。d の後の es, e は音を柔らかくするため。Greisesfreude, Greisenlocke というのは形容詞の greis との違いを際立たせるためで、Kreis, Preis とは違う［形容詞の後では名詞合成の際、接合の印は入らない。『ドゥーデン文法』（一九八四年）S.451］。*Schwein* については触れない。その他 Krieg, Sieg。*Landsmann*, Reichsordnung の場合は必要。

(3) 複数のない一音節の規定語

Tautropfen, Schneefeld, Milchtopf, Wildbahn 等そのまま接合。違反となるのは、Blutsfreund, Glückstopf, Volksbuch（Viehhirte と言うではないか）。

(4) 複数で er を伴う一音節の規定語

変音するもの、Faßbinder, Dachdecker, Bandweber, Holzsammlung 等そのまま接合。違反とな

るもの、Kalb-, Lammfleisch と言うのに Kalbs-, Lammskopf と言う。Mannsperson もおかしい、Amtsknecht も不可。複数の *Hühner*koch, *Güter*wagen, *Wörter*buch, Männer-, Weibertracht 等は考えられる。

変音しないのも、Lichtzieher, *Brett*nägel, *Feld*messer, Geldhandel 等簡単に接合する。複数も稀にある。*Glieder*-, Kleider-, Bilder-, *Weiber*-, Kinder-Narr。d を柔らかくし、また意味上許せる。しかし Kindermörderin はおかしい。違反は Rinds-, Kindskopf, Geistes-, Leibes-Gaben。

(5)　複数で en を伴う〔一音節の〕規定語

女性名詞の場合そのまま接合。Last, Jagd, Fracht, Tat, Pest, See 等。時に複数もある。Lasten-träger, *Tatendrang*, Saatengrün, Weltenschöpfung。Frau の場合は（Frauenkleid）複数、古い属格ではなく、快い響きの en である。Blume〔⑾の手紙〕の場合と同じ。この快い響きを男性名詞の Fürst, Graf, Bauer, Held, Herr, Bär, Narr, Pfau 等も取る。Menschenstimme と言うようにこれは複数ではなく、Christenmensch と言うように属格でもない。これらは快い響きのためのもの。中性の *Bett*〔『ドゥーデン文法』（一九八四年）は Bettenzahl を Bettdecke と対比させている（S.454）〕、Hemd はそのままつく傾向が見られる。Staat はそのままか en を取るべきものであるが、Staatsmann, Staatskunst のように s を取ってしまう〔男性弱変化名詞とそうでない名詞の区別がなされていない〕。

(6) 複数で変わらない多音節の規定語

性別を問わずそのまま接合。Galgen, Wetter, Magen, Enkel, Zauber等、更に〜el, 〜er, 〜enの二音節、〜erの三音節の場合もそうである。Schwindel, Kitzel, Tadel, Pöbel等、またMagister, Anfänger, Aufseher等、Geで始まる三音節の中性名詞、Gemälde, Gesinde, Getreide, Gebürge, Gewebe等。違反は、Esel, Teufel, *Engel*, Himmel, Hunger, Wasser, Feuer, Leben, Orden, 他にRittersmann, *Bauersmann*[『ドゥーデン文法』（一九六六年）は、〜er, 〜elの規定語はsを取らないとする。例外として、Engelsgeduld, 男性名詞のReitersmann, Bauersmann等を挙げている（S.357）。また『ドゥーデン文法』（一九八四年）は接頭語Geの付く名詞の後、例えばGebiet, Gebirge, Gebot, Gebrauch, Gefecht, Gefolge, Gesicht等ではsが付き、例外的にGeflügel, Gedicht, Gehirn, Geländeでは付かないとする（S.455）。思うにGeでの分類は無意味である。(9)の手紙参照]。

(7) 複数にnを伴う多音節の女性名詞

Nadeln, Nudeln, Wachteln, Vispern, Steuern, Martern等となるものはnを除く。動詞で不定詞のnを除くものもある。Lispelgewölbe, Polter-, Flattergeist, Dämmerlicht、ただBauerはMauerと違ってnを付ける場合がある。

(8) 複数で変音する多音節

Väter, Brüder, Schnäbel, Äpfel, Sättel, Öfen等は単数のままsを取らずに接合、Vatermord,

Ackergesetz, Mutterbruder, Sattelkammer。

(9)　複数でeを伴う二音節

Gesang, Gewürz, Gestirn, Gebet, Gehirn, Gesetz, Geschütz等はそのまま。しかしGeschäftsträger, Befehlshalber, *Gesichts-*, Geruchs-, Geschmacks-, Geschlechts-, Gerichts-schranken。Metall, Fabrik, Kultur, Papier, Salat等外来語もそのまま。複数がenとなるものでも、Gewalthaber, Gefahrlos, Gestaltreizとなるが、*Geburtstag*はGeburttagがいいのではないか『ドゥーデン文法』(一九六六年)はsがあった方が言いやすいとする(S.357)]。その他Abend, Honig, Pfennig, Käfigはそのままであるが、Königは例外(Königreichはそのまた例外)、*-ling*もsを付ける。

(10)　複数がenを伴う二音節の男性名詞の規定語

Bube, Hase, Knabe, Löwe, Riese, Jude, Auge[中性!]、これらはnを付けて接合する。ヴォルケはn, enを除けと言うが賛成できない。これらは属格ではない、属格ならAugeslidとかFunkenszieher, Samenskornとなるはずで[すべてがそうなるわけではない]、複数でもない、単数となるAugenlidとかSamenkorn, Riesenmannとは言えないはずだからである。快い響きである。

(11)　複数でenを伴う二音節の女性名詞の規定語

Nasenloch, *Rosenblatt*, Küchenstubeとなるが、これらは快い響きのen、他に、Witwe, Nonne,

Puppe, Lippe, Wange, Wunde, Asche, Staude等。ヴォルケはenを除けと言うが、同意できない。しかしSchulbuch, Seelsorger, Mährad のようにenを欠く場合がある。*Kirchen*rat と言いながらSchulrat, Seelenkraft と言いながらSeelsorger となる。ドイツ人はeを嫌っている。Bäumeschule, Träumebuch, Fischefang, Steinesammlung とは言わない。例外はHunde, Pferde である。また*Liebes*brief と言うがLiebebrief と言いたい、Wärme-, Kältegrad のように。またEheもnを取らない『ドゥーデン文法』（一九六六年）はLiebe, Hilfe, Geschichteの女性名詞をsを取るものと特別視している（S.357）、また一九八四年版は、Miete, Mietshaus を付加している（S.455）」。

(12) keit, heit, schaft, ung, tum, ion を伴う規定語

ei（Tändelei）, in（Königin）, is（Begräbnis）, el（Nadel）の後ではsは付かないのに、上記のうち女性名詞を作る音節の後では何故sが付くのか。音節が長くなるとsが付く傾向がある。Nachttraum がSommernachtstraum、Rockknopf がÜberrocksknopf。規定語が長くなるほど、sが欲しくなる。またkraftlos と言うのにhoffnungslos と言ったり、Zeitleben と言うのにZeitlichkeitsleben と言ったりして女性名詞の規定語なのに一貫性がない。与格が前提とされるところにStandesgemäß とかVerfassungswidrig と言う。Regierungsräte よりRegierräte がいいのではないか。Brennpunkt, Trinkgeld といった動詞と名詞の複合語はそもそもギリシア語にもないものだ。

2　批判と反論

(1)　ヤーコプ・グリムの批判[16]の要旨（一八一九年）

「名詞合成に関するジャン・パウルの新しい提案。

彼の議論は間違っている。言語を今日の視点から見て、その起源を理解していないからである。Schiff-bruch, Schiffs-hauptmann; Blut-durst, Bluts-freund; Amt-mann, Amts-diener; Land-mann, Lands-mann; König-reich, Königs-berg 等を挙げれば s を取り去ることの不当さが分かるであろう。前者の結合はより一般的で緩やかであるのに対し、属格の後者はより緊密、より特殊である。s を取り去る文法的根拠は弱い。女性名詞に s は（例えば Rosen-blatt, Augen-lied, Gänse-fuß）単数の話だからおかしいという理屈である〔ジャン・パウルは en は快い響きとして認めている〕。これらは古代ドイツ語の変化を知れば済むことである。s の属格は昔の女性名詞にも見られたし、単数の属格に語尾の en、変音も見られた。性の転換もあって、例えば heit は男性であった。Nachtgall とか Nächtegall とは言わない Nachtigall を考えてみると、八、九世紀には Nacht(naht) の奪格は nahti だったのである。galen は歌うという意味。ギリシア語の *νυκτι-κοραξ* に近いものである。Gänsefuß, Schneckenhaus の場合、Gänse と Schnecken は疑いようもなく単数の属格であり、昔 ganzi-fuoz, snekkin-hus と書いていたはずのものである。属格 gansi が次第に gensi, gense, gänse となり、男性名詞の snekko は属格 snekkin で snekken, schnecken となり、遂には女性名詞になったのである。ジャン・パウルの十二の分類は、歴史的に見れば同列に論じられないものを混ぜ合わせている。例えば単音節で複数に en を伴うもの、That, Graf, Held, Frau, Bett, Ohr を一括しているが、以前にはこれらのどの一つも同じ語形変化を示していない。Grafen-sohn, Frauen-zimmer, Ohren-brausen、これらには単数属格が含まれている。複数主格とは何の関係もない。Kindsmord と言うけれども、Vatermord とも言う。これは昔の属格で Vater に s が付かなかったからである。昔の合成は尊重すべきで、みだりに変えるべきでない。純正主義者の思いつきは困ったものである。一つには快い響きのためとは言うが、単語の内的意味は響きに優先しており、それが変わるようであれば、s を除いてはならない。第二には画一さの押し付けがある。ジャン・パウルはそうではないと思うが、例外を認めずに、画一な規則を押し付け、快い響きとかち合うときにはこれが犠牲にされ、Rosblatt, Auglied, Hasschwanz と提案される［これはヴォルケのことであって、ジャン・パウルは快い響きを優先している］。ローマ法と古代ドイツの伝統を廃して、新しい法を導入しようと声高に現在叫ばれているが、それと同じ動きで遺憾である。ジャン・パウルは『ジーベンケース』の第二版でこの言語純正を施しているが、悲しくてならない。旧に復されたい」。

(2) グリムに対するジャン・パウルの反論要旨　第五の追伸

「グリムは s の結合で規定語の接合はより親密になるというけれども、s があると規定語は自立してしまって基礎語と同等になり、親密になるとは言えないのではないか。Königreich に対して固有名詞の Königsberg を例に挙げるのは不当である。s のない Münchberg, Thierbach もあるし、Königsberg は一つで s のない Königreich は多く考えられるといっても Königszepter, Königsgeld の場合はどうなるか。更に Königsmantel と-er の語尾で s を取らない Kaisermantel では意味による区別はできない。Herzensangst（Herzangst の方が Herzohr に合っていて好ましいが）と Herzliche Angst とは違うというけれども、これは私自身 abendlich(en) Stern と Abendstern は違うと既に言っていることである。gans は昔属格は gansi でそこから gensi が出来たそうだが、しかしなぜ複数を取らないクラスで今の複数の形を取っているのか。これと Schnecke の例で私の体系が崩れるわけではない。古形を残すのは Nachtigall, Bräutigam ぐらいではないか。Vater は中高ドイツ語では属格で s を取らなかったというのであれば（Vatermord)、Vatersbruder, Bruderssohn はどうなるか。属格の s を取っているではないか。昔がいいというのであれば、ヴォルケに倣って、Römer や Bürger を Romer, Burger と言ったらどうか。更にグリムは Blutstropfe と Blutsverwandte を認めるが［グリムは言及していない、ベーレントの注参照］、前の場合、Blutsturz, Blutsauger と言うし、後の場合、Blutschänder, Bluträcher とも言う。私もグリム同様平等よりも自由を尊ぶ。グリムが豊かな響きの不規則動詞を強変化と呼び、規則動詞を弱変化と呼ぶのには賛成であるが、しかし不規則な合成語には豊かさ、簡潔さは見られない」。

(3)　Docen の書評要旨[17]（一八二一年）

「言葉は個人が勝手に変えられるものではない。ジャン・パウルはこのことを十分承知していながら、遺憾ながら『ここでは自由な精神として奇形物の剪定を思うままにしてよい』と軽率に述べている。彼の論は単数の属格に従って分類されるのではなく、複数に従って分類され、その上問題となる箇所でこの複数が言及されることはほとんどない。

複合語を形成するのはまず第一に直接に、語形変化せずに接合する場合で、Halsband, Tagreise, Schosshund, Vaterland 等がそれである。規定語に複数概念の生ずる場合もある。Augenlied, Menschenstimme, Völkerscheide, Narrenhaus 等。e で終わる規定語の場合省略されることもある。Ehrliebe, Sprachkunde, 更に liebreich, friedliebend 等。第二に一体化(?)は属格を通じて行われる。例えば Bundestag。自立性の高い、より根源的(?)な Rathaus に対し Rath から送られる Rathsdiener、また Amtmann に対し、より従属した Amtsknecht, Amtstube という具合に、同じ規定語の場合、語形変化しないときはより一般的なもの、個別化されない概念を表すのに対し、変化する場合より従属したもの、特殊なものを表す。Schiffsbaumeister の Schiff はある特定の船を指す。しかしこれは絶対的なものではない。響きの問題や慣習も大きな比重を占めているからである。女性名詞の Frauen-kleid, Sonne-n-schein, Gänse-haut, Mäuse-zahn 等は昔の属格から来たもの。男性名詞の Samenkorn, Schadenersatz, Hahnenfeder も同様で、これらは快い響きのための n ではない。昔は Buchstabens とか Knabens, Schmerzens といった語形はなかった。ジャン・パウルは属格 en を響きのために認めているが、n, en の場合にも s を使う場合と使わない場合の違いの原理は保たれているので、これでは一貫性がない。

しかし不適切な s もある。GerichtSbarkeit, VolkSthümlich, JenseitS, ZwangSmittel, GeschäftSlosigkeit, öfterS, nirgendS 等。しかしまたいたずらに画一化して、響きのためと称して言語の本質

的法則を犠牲にするべきではない。Wirtshaus の s は属格で、des が省略されたものであり、ジャン・パウルの Wirthaus には抵抗がある。Landmann（農夫）と Landsmann（同郷人）、Landesherr（領主）と Landherr（男爵）［ただしグリムの辞書では違いはない］、Jahrzeit（祝日）と Jahrszeit（四季）［グリムの辞書では Jahrzeit で四季の場合があるが、それはジャン・パウルの例］に違いがある。またheit, keit, schaft, ung で終わる女性名詞は接合の際 s を使う。昔のドイツ語では女性名詞の変化形に s を取ることがないが［次の(6)の Thiersch への反論（またグリムへの反論）となっている］、現今では女性の名前の際に属格で s がよく用いられる。これが参考になろう、ただ女性名の s は以前には見られなかったことであるが。ジャン・パウルはヴォルケの影響で ung を省略するが、これは問題である。s の省略は簡単に読みながら補えるけれども Reinigmittel となるとそうはいかない。

現在確定的でない複合語につき考えてみたい。名詞＋動詞系名詞となるとき、対格を支配していると見なされるときは s を除いていいのではないか。例えば、Geschichtschreiber, Geschichtforscher, Befehlhaber, Friedenstörer, Wahrheitliebend 等［現今では Frieden(s)störer を除きすべて s が付く］。従ってグリムに対して Blutsverwandte の例に Blutschänder の例を出しているのは不当であろう。しかし Gerichtsverwalter とか Wolfsjagt は定着していて、変更するのはよくない。また ～voll, ～reich, ～los と接合する際には s を除けば軽快さ、優美さをドイツ語は得られるであろう。ヴィーラントは Ahnunglos, absichtlos, anspruchlos と言っている。アーデルングの辞書には arbeitlos とある。unmutsvoll と言うが簡単な mutvoll を手本にしたい。他に、anmutsvoll, sehnsuchtsvoll, schwermuthsvoll と見かける。ゲーテの例では ahndungsvoll, vertrauenvoll［ゲーテ・ファイルでは

vertrauensvoll 10, vertrauenvoll 6]、schonungsvoll。Rücksichtlosigkeit と言われるのに rücksichts-los の例もある。またゲーテは Nachtszeit と言い、Zschoke は Hochzeitsmorgen と書いている、賛成できない。Landschaftsmaler も Landschftmaler がいいのではないか。昔の例では freiheitbriffe とか hülf-mitteln とあり、Franck の Susanna（一六五六年）の例では Liebesfällen とあるものの Andacht-Liebe, Keuschheit-Tempel, unschuldvoll とある。複合語では概して馴染み深くなってしまった場合を除いて、昔のより単純な響きのいい音に戻るべきであろう。言葉を未完成と考えるジャン・パウルに賛否を述べた」。

(4)　第三の追伸要旨

「牧師のリンクは、s は規定語を自立させ、基礎語との融合を妨げると言い、例に Wolfshaut, Bockshorn を挙げる。しかし Froscheshaut とは言わない[これは sch の音のためであろうし、注ではこれに気付き、代わりに Storch を考えよと述べている（S.69)、しかし Storchennest また Fleischeslust]。また Schaf, Stier も s を付けない。Leibarzt は Leibesnahrung よりも一体化していると言うならば、Leibspeise はどうなるか。brüderliche Liebe となる Bruderliebe に対し、Bruderssohn はそうならないと述べるが、Froschhaut, Stuhlbein も形容詞化はされない。

Docen 教授は Frauenkleid, Samenkorn 等のNを古い属格の N とみているが、快い響きのためと私は見たい。アーデルングは名前 Max に付けられる Maxens を快い響きの N と説明している。また Seelsorger, Schulbuch, Mühlrad と省略されることもある。文法上必要なら省略されまい。またアーデルングの文法は基礎語がs音の場合はsを省略してよいとするが〔現在では関係ない〕、響きのために文法が犠牲になる例である。Riesenmensch, Blumenpolype, Rosenmund, Frauenmenschでは属格とは言えまい、せいぜい主格であろう〔これは『ドゥーデン文法』（一九六六年）でいう並列の複合であろう（S.354）〕。Dachwohnungはeine Wohnung des Dachsではなく、unter dem Dachなのである。sによる自立性を認める人にはKahnとかZahn, Ast, Dachsといった語を挙げてs不要の説明を求めたい。第三のクラスが抽象語でsが要らないというのであれば、またKahn, Zahnと挙げたい。Ziegenhirte, Bärenführerと複数を持ち出す人には、Fuchsjäger, Kuhhirte, Hechtfischerの例を挙げたい」。

(5)　第四の追伸要旨

「複数のe音は避けられがちではないか。Gasthaus, Flußkarte, Bockstallと言う。Schiffeflotte, Diebegesindelとは言わない。PferdとHundの場合のeは響きが柔らかくなるようにするためであろう。〜er, 〜elの音は響きの点で好まれ、複数でerとなる場合にはよくそうなる。Wörterbuch, Kräuterbuch, Rinderhirt。単数の現象なのに複数となることもある。Gespenster-, Geistererscheinung, Kinderhaube。単数の例に、Bruderkrieg, Klostergeist, Vogelherd等。Ochsendienstと言ってもStierdienstと言わない、Nonnenklosterと言ってもMöncheklosterと言わないのは、複数ではなく響きのためである」。

(6)　第六の追伸要旨

［これは一八一八年九月十九日の Friedrich Thiersch の手紙の紹介とこれに対するジャン・パウルの反論から成り立っている。『　』は Thiersch の意見、〈J.P.:〉がジャン・パウルの見解である。］

『複合語には規定語が語幹に戻って、その自立性を失いながら接合する場合（Sprachkunde, Lieblosigkeit）と語形変化して格を明示する場合とがある』。

〈J.P.：e や en を失うものばかりではない、響きのための n を付ける場合もある。Wahr-haft-ig-keit-s-Liebe のように枝葉を規定語にたくさん付けるものもある〉。

『ギリシア語の例が参考となる。語尾が省かれる場合としばしば接合に s が入ってくる場合とがある。前者は *φιλόσοφος*, *ὁπλοθήχη*, 後者は *σακέσπαλος*』。

〈J.P.：ギリシア語ではオミクロンや（時にオメガ）、イオータが接合の際にはよく使われるのではないか〉。

『*θέσκελος* が *θέκελος* となるように s が消される場合もある。また他方語形変化による接合がある。*ὀρεσί τροφος*（山で育って）、*ἀρησκτάμενος*（Ares に殺されて）等。ドイツ語では götterngeliebt とするべきであろうが、göttergeliebt となる。与格の例、*τειχεσιπλῆτα*、ドイツ語の gottlieb、対格は *βιβλιαφόρος*, Bücherträger』。

〈J.P.：ドイツ語では複合語は与格を表示しない。gottlieb の gott は herzlieb 同様主格。対格に関しては *βιβλιαφόρος* は，Bücherträger ではなく、Büchertragender と訳すべきであろう。ドイツ語の名詞は属格でしか名詞を支配できない。Geschäftsträger, Landes-Beherrscher, Himmels-, Höllen bewohner と言うではないか。ヴォルケは対格の例を引いているが、属格が隠されている〉。

［Docen も同じような主張をしていて、対格の場合は s を省いてよいと述べていた。『ドゥーデン文法』（一九八四年）は複合語の属格の分類を次のようにしている（S.441）。

(a)　Kindergeschrei　　主語属格
(b)　Kinderbetreuung　　目的語属格
(c)　Kinderschule　　所有の属格
(d)　Kinderschar　　説明の属格

この(b)に当たり、s が生ずることもありうる。また分詞の場合、『ドゥーデン文法』（一九六六年）は動詞の性格が強いことがあり、～ung や hilfe- 等で s を付けないことがあるとする。例、achtunggebietend, hilfebringend, der Wohnung(s)suchende, der Aufsichtführende (S.360)］。

『Freiheitsbaum のような女性名詞につく s の由来について述べる。属格の der, des は性別によるのではなく、単に類比によって異なる形である。*τὰς Μούσας* はラコニアでは *ταρ Μῶαρ* である。*τιμῆς* や *μητρὸς* では納得がいかないかもしれないが、英語では Queens Jewels, mothers book と言う。ゴート語では乙女 Magath の属格は Magathais、娘 Dauhtar の属格は Dautharos、母音が落ちて Dauthrs。Bildungsstufe の s は昔の属格の名残なのである。einer Seits, andrer Seits という場合の Seits の s も女性属格。Nachts, *νυκτὸς* の例もある。

　規定語が一般的意味の場合は s は付かない。Buchbinder は集合的本の製作者であり、仮に Buchesbinder と言う場合には、特定の本の製作者である。昔のドイツ語も女性名詞のすべてに s が付くわけではない。Kirche等はKirchenturmである。LandsmannとLandmannの差異を無効にするようなことはよくない』。

〈J.P.: 特定化のsは考えられるけれども、女性名詞の場合不当であり、快い響きのnを使っている場合、強調が分からず、男性名詞の場合ももともとsが付くような場合、特定化がはっきりせず、sが付かないのが普通の場合変である〉。

(7) 第七の追伸、英語の援用に対する反論

「英語は並置するだけで、接合語を必要としない。ship-master, ox-eye, wine-cellar, love-letter, revolution-society等。King's bench, Queen's-Jewels, Father's books, state's-man, doom's bookは複合語ではなく、英語の所有の属格である［statesmanは複合語であろう］。しかし英語でもsが付く場合がある。第一にking, man, woman, knight, 若干の動物hog, lamb等で主に所有の属格を示すために用いられる。第二に動物名を使った植物名の場合。dog-star（シリウス）というけれども、dog's-mercury, dog's-bane, dog's-tooth, goat's-stones, goat's-thorn, hare's-ear, hare's-strong, hart's-ease, monk's-hood, 更にJewとLady, Jew's-mallow, Lady's-finger, Lady's-glove, Lady's-milk。何故植物に限ってsが生じているのか、英国人に教えてもらいたいものだ」。

(8) 第八の追伸、若干の大学の自由の承認

「英語が生物に限って属格のsを認めたように、ドイツ語でも生物に限って例外を認めよう。Greis,

Freund, Feind, Dieb, Wirt, Hund, それにGottes-Verehrungも良いであろう。二音節のEngel, Teufel, Eselも例外としよう。(Eselはグリムの文法によればゴート語でAsilus(S.103注))。またsで新しい概念が表現される場合は必要である。LandmannとLandes Mann, Standherren(殿方)とStandes Herren(貴族)、Hunds Tage(暑い盛り)とHundetage(惨めな日々?・)、Wassers Not(洪水)とWassernot(水不足)、Mittels Mann(仲介者)とMittelmann(中産階級の男)、Geistes vollとgeistvoll『ドゥーデン文法』(一九六六年)が記してあるのはLandmannとWassernotの例二つだけである。sの有無で意味の違いが生ずるのは余りない。他にRechtlehrer(正しい教師)とRechtslehrer(法律の教師)、Geschichtenbuch(物語集)とGeschichtsbuch(歴史書)」。響きの点でKindkindよりもKindes Kindをよしとする。またLeben, Sein, Trinkenは名詞よりも不定詞と見なしてLebensbeschreibungとsを付加して良いであろう[この理由はよく分からないが、『ドゥーデン文法』では名詞として用いられる不定詞にはsが付く]。『私がどんなに真面目に考えているか、新たな証明で終える他にこの追伸を上手に終えることは出来ません。sなしで接合している規定語は、それに接頭語やそれに類するものが付くと、すぐにsを固定させると気付いたことを告白いたします。例えばTriebwerk, Treteradそれが Antriebsrad, Antrittsrede, Bergketteそれが Gebirgskette, Tagbuchそれが Alltagsbuch, Werkleuteそれが Handwerksleute, Nachtzeitそれが Mitternachtszeit, Weltmannそれが Allerweltsfreund』。同様にlingの場合もLingを一つの基礎語と考えれば、Frühlings-, Jünglings-, Lieblingslebenのようにこの接頭語の例外が適用できよう」。

第九―十二の追伸については省略する。schaft, ung, ion. 外来語の属格、複合語の分かち書き等について論じている。

ung, ion で s を不必要とするジャン・パウルの論に対しては、Müllner（一八二〇年）の書評が説得的である。Religionempfindung は Religionen-Findung に、Empfindung-und Zeugung-vermögen は Empfind-und Zeugunvermögen に聞こえてしまうというものである。[18]

3 総括

小著の分類の仕方については、デ・ブロインとベーレントが疑問を表している。「この本で滑稽なのは、無味乾燥な素材に潤いをもたせようとしての意識的機知ではなく、無意識のそれである。つまり結合の s の規則を見いだすために、二重語が苦心の瑣末な作業の末分類されながら、その労苦の成果は、分類は s の添加、消去に何の関係もないと知ることにあるというおかしさである」（デ・ブロイン）[19]。「彼はすべての二重語を様々な複数形、単音節と多音節、性別に従って十二のクラスに分けている。こうしたクラスの幾つかでは s が正当であり、他のクラスではそうではないと証明すると思いきや、すべてのクラスで（最後を除いて）、s のない言葉が規則通りであるとし、s 付きは多かれ少なかれ個別的例外となってしまい、それで一体何のために分類が必要であったのか分からなくなってしまう」（ベーレント）[20]。分類に意味はなかったのであろうか。そうではあるまい。音節に関しては『ドゥーデン文法』では単音節の女性名詞は s を付けないと認めている。しかしこれだけではない。「二分節の合成で規定語と基礎語とに分かつ接合の印の規則に対して、多分節の合成の際違いが見られることがあって、この場合二分節の合成の際にはなかった接合のsが生ずることがままある（例、Bahnhofsbeamter - Hofbeamter, Mitternachtsstunde - Nachtstunde, Jahrmarktsbude - Marktbude)。このs接合の利用は一連の接頭語複合語にも見られる（例、Sichtfeld - Gesichtsfeld, Steinbrocken - Gesteinsbrocken, Zugkraft - Anzugskraft, Triebkraft - Antriebskraft, Druckstelle - Eindrucksstelle」(『ドゥーデン文法』一九八四年、S.458)。この規則は既にジャン・パウルがNachttraumがSommernachtstraumに変わると述べたところで気付き、新たに第八の追伸で詳述してある「証明」と同じものである。ここでこれを改めてジャン・パウルの法則、あるいは「真夏の夜の夢の接合のs」と命名し、顕彰しておきたい。これはおおむね多いという程度のものであるが、しかし無視出来ない法則である。この法則の出現で、意味がないと見られていた単音節と多音節の分類も意味を得る。これは十二のクラスの分類では「比類なく本能を欠いて」（デ・ブロイン[21]）無効であったように見えるけれども、無意識に本能は働いていたのである。同一の語を基礎とした規定語の場合、単音節と多音節とでは違うということが無意識に頭にあって、それで何となく単音節と多音節とで分類してしまったものであろう。

この発見をまず第一の功績とするが、次に評価されるのが、接合のsの文法的意味付けの排除である。『ドゥーデン文法』（一九六六年）ではsの属格呈示の例として、Lehrerswitwe, Bauersfrauを挙げている(S.358)が、そうしているのは裏から見れば、普通はsでは属格の強調は行わないからであろう。ジャン・パウルの時代の論争を振り返ってみると、グリムを含めて（グリムは後にはsを付けない本来的複合語とsを付ける非本来的複合語に分類し、整理した）、sの属格呈示の性格が強い場合とか、あるいはsに意味がある場合（Landsmann）、ほとんど意味付けを考えなくてもよい場合とが混同されて、Jahrbuch と Jahresbericht では Jahr の意味が違うといったことが論じられてしまっている。「接合の印は文法的機能は持っていないと言っていいだろう」（『ドゥーデン文法』一九八四年、S.451）。

接合のenについては快い響きのためとジャン・パウルは解し、Docen は古い属格と解していた。これは Christenmensch, Frauenmensch をどう解するかによるであろう。『ドゥーデン文法』（一九八四年）は古い属格以上のことは考えていないようである。「Storchennest, Nest des Storchen, Erdenrund, Rund der Erden」（S.450）と例に挙げている。また -e- については説明を『ドゥーデン文法』（一九八四年）に求めると、「複数が -e- となるごくわずかな名詞の後に見られる（Hund-e-hütte）この複数のeが幹母音の変音を伴うとき、この変音も合成語の際生ずる（Gäns-e-leber, Läus-e-pulver; 例外 Mauseloch の Maus）以下略」（S.452f.）。これではまたグリムに一喝されよう。『ドゥーデン文法』（一九六六年）は「古い接合の母音e」ともっと慎重である。

ジャン・パウルが言語習慣を尊重しながらも、s削除の思い切った提案をしたことは、当時の言語純正化の運動との関連で見られている。「これらは明らかに、むしろ当時の言語浄化の一般的潮流に棹さそうという欲求に従っている」（Monika Schmitz-Emans[22] 一九八六年）。それはそうであろうが、筆者には自然な言語習慣に素手で立ち向かい、それを変えようという乱暴な流儀には、自然な家族形成に逆らって、子供交換を長編小説の格好に据えていたのと同じ類の自然的なものに対する実験精神と違和感が見える気がする。

	17世紀	1700〜1832	1833〜1918	1919から現在
φ接合，必須	44.0％	48.0％	53.0％	59.0％
自由選択	9.0％	18.0％	8.0％	4.0％
-(e)s- 接合，必須	16.0％	18.0％	26.0％	29.0％
自由選択	9.0％	11.0％	5.0％	4.0％
-(e)n- 接合，必須	18.0％	10.0％	10.0％	7.0％
自由選択	1.0％	5.5％	1.0％	0.5％

4　-voll となる形容詞

最後に Docen が触れていた -voll, -los 等の半接尾辞はどのような接合を行っているか調べてみたい。-voll に関しては Gertrud Urbaniak[23] の主に辞書を頼りに徹底的に調べた研究があるのでそれを紹介する。彼女によると、通時的には、十六世紀に二十八、十七世紀に百十六を数えた -voll の形容詞は一八三二年までに四百三十四と飛躍的に増え、一九一八年までには三百十四と減少し、現在は二百三十三となっているそうである（S. 277）。十八世紀の敬虔主義の思潮、クロプシュトック、疾風怒濤派、シラー、ゲーテ、ロマン派等が盛んに -voll の形容詞を創出したものらしい。接合に関しては上の表のような変遷がみられる。接合 -er, -e, -(e)ns は省略する（S.297）。

現在 s の接合はどのような具合になっているかを見ると（S.80f.）、

「― 接合の s は名詞化された不定詞には必ず付く。

― 単純ではない語根には概ね付く、特に語根が /t/, /d/, /k/, /ch/ で終わる場合。/t/ で終わる場合にはよくその前に /ch/ の音がある。例外は bedachtvoll, belangvoll, bierkrugvoll, bierseidelvoll, unheilvoll, vorbehaltvoll, zwielichtvoll, それに ge の接頭語をもつもの、この例外は gemüt(s)voll, 他に anmut(s)voll, demut(s)voll, inhalt(s)voll, mitleid(s)voll, schicksal(s)voll, wehmut(s)voll

–ung の接尾辞を持つ語根には必ず付く。

次の場合に接合の s は付かない。

–単純な語根には付かない。例外は名詞化された不定詞と Arbeit, Demut の名詞。

–ge の接頭語を持つ語根には付かない。例外は gemüt(s)voll

–/s/, /ts/, /st/で終わる語根には付かない。

–外来語には大抵付かない、例外は qualität(s)voll

接合の s は一方では音声学的に、他方では形態論的に決定される。-t で終わると大抵 s が付くが、これは調音をしやすくするためである。語の快い響きということも大事である。（中略）形態論的には二つあるいはそれ以上の形態素から成る語根にはしばしば接合の s が付く。この場合 s は -voll の派生語の二つの構成要素の境界を明確に印すためである。境界の信号である。次の語を比較するとその機能が明らかとなろう。druckvoll, ausdrucksvoll, eindrucksvoll, nachdrucksvoll, leidvoll, mitleidsvoll, schuldvoll, unschuldsvoll」。

最後はジャン・パウルの法則の適用である。他に mutvoll, unmutsvoll, 性が変わるが、schwermutsvoll, wehmutsvoll を挙げたい。Docen は unmutsvoll を mutvoll に合わせるようにと主張していたが、合わせないのが理（ジャン・パウルの法則）に適っているのである。複雑化した語根には s が付きがちという法則を記してあるものとして彼女が挙げている文献はグリムの『ドイツ文法』

第二巻第六節、九一八頁をはじめ五つであるが、彼女の触れていないジャン・パウルが最初に言及したと思われる。また -(e)n の接合については「-e で終わる女性名詞と複数主格で (e)n となる名詞に多い。Liebe のような単数名詞は普通 -en とはならない」(S.82)。

ちなみにジャン・パウルはどのような -voll の形容詞を遣っているか見てみる。Urbaniak の説からすると、時代的に多用されているのではないかと推測されるけれども、実際にはそれほどでもない。『見えないロッジ』(ハンザー版) から挙げる。kraftvoll (S.18, 53), gedankenvoll (S.40), ruhvoll (S.53), geschmackvoll (S.99, 108), talentvoll (S.122), genievoll (S.132), gefühlvoll (S.140, 156, 221, 348), verdienstvoll (S.232), lichtervoll (S.306), seelenvoll (S.353), ehrenvoll (S.362), schwielenvoll (S.453)。このうち genievoll は Urbaniak の挙げていないものである。wie die jetzigen genievollen Autoren (現今の天分豊かな作家達) と遣っている。また『ヘスペルス』のモットーにある dunstvoll も Urbaniak の知らない語である。こうしたまだ動機付けが強く、慣用化されていない語の多いのがジャン・パウルの特徴であろう。

-los の接合については Christian Fandrych[24] (一九九三年) を参考とする。「接合の要素の規則性となると -los の場合も難しい。とりわけ語根が -ung, -ion, -ft, -sicht となると /s/ が語根と -los の間に入ってくる。/t/ と /cht/ で終わる場合には、接合の /s/ が入るとき (例えば einsichtslos, geschlechtslos 等) と入らないとき (rechtlos, furchtlos 等) がある。若干の合成では接合の要素を伴っても伴わなくてもよい場合がある (例えば、absicht(s)los, gewicht(s)los, gemüt(s)los, anmut(s)-los)。-en の接合も -los の合成では少しも統一性はない」(S.183f.)。

Gustav Muthmann[25]（一九八八年）の逆引き辞書によると、接合のｓがどちらでもよい場合は少し異なる。anteil(s)los, geschlecht(s)los, aufsicht(s)los, inhalt(s)los, anmut(s)los（これは同じ）である。Fandrych の挙げているものは absichtslos, gewichtslos, gemütlos（これは Wahrig（一九七九年）による）と確定している。ジャン・パウルの法則が適用されるのは、furchtlos と ehrfurchtslos ばかりで、haltlos, vorbehaltlos, gehaltlos と s を付けない場合もある。-voll と -los では語根を同じくする場合、接合の s の必要度も大体同じであるが、例外もある。schicksallos に schicksalsvoll（Muthmann 等）。schicksallos についてはヘルダーリンの『ヒュペーリオン』から引いておきたい[26]。「天上の精霊たちは運命のない世界（schicksallos143, 14）にやすらっている、寝入っている赤子のように」「ずっと前からわたしの眼の前には、運命に支配されない（schicksallos122, 6)魂の威厳が、ほかの何ものにもまさって、ありありと見えていた」（手塚富雄訳）。

gefühllos, gefühlvoll に対して gefühlsarm, gemütlos, gemütvoll に対して gemütsarm, zweifellos に対して zweifelsohne, -frei と言うから接合の s の出現には語根の末尾の音ばかりでなく、接尾辞（ひいては基礎語）の語頭の音が時に関与することは有り得ることであろう。s は規定語の [ʃ], [ts], [s] の音の後では省略されるが、基礎語の語頭音は関係ない（『ドゥーデン文法』一九八四年、S.455、一九六六年、S.358）とされるが、しかしこう言い切っていいものだろうか。Bocksfuß に対して Bockspringen、これは語頭音とは関係ないと言い切れるであろうか。昔のアーデルングの主張は無視していいのであろうか。

最後に Muthmann の逆引き辞典[27]から -voll の形容詞の部分を掲げる（S.539f.）。（s）はもともと自由

voll
halbvoll
friedvoll
leidvoll
neidvoll
huldvoll
schuldvoll
randvoll
liebevoll
fried (e) voll
ahndevoll
würdevoll
freud (e) voll
weihevoll
ruhevoll
unruh–unruhevoll
mühevoll
ränkevoll
knackevoll
knüppeldickevoll
wonnevoll
reuevoll
phantasievoll
belangvoll
klangvoll
drangvoll
schwungvoll
schmachvoll
geräuschvoll
prunkvoll
geschmackvoll
zweckvoll
stockvoll
schmuckvoll
qualvoll
sternhagelvoll
knüppelvoll
wechselvoll
rätselvoll
gefühlvoll
stilvoll
heilvoll
unheilvoll
knallvoll

prallvoll
schamvoll
gramvoll
ruhmvoll
armvoll
formvoll
elanvoll
planvoll
gnadenvoll
sorgenvoll
gedankenvoll
seelenvoll
dornenvoll
proppenvoll
ehrenvoll
grausenvoll
granatenvoll
grauenvoll
hohnvoll
peinvoll
sinnvoll
übervoll
wundervoll
schaudervoll
eifervoll
jammervoll
kummervoll
charaktervoll
martervoll
schauervoll
trauervoll
abenteuervoll
gefahrvoll
humorvoll
naturvoll
kulturvoll
mitleid (s) voll
unschuld–svoll
vorwurfsvoll
hingebungsvoll
ergebungsvoll
salbungsvoll
empfindungsvoll
entsagungsvoll

beziehungsvoll
wirkungsvoll
verzweiflungsvoll
erbarmungsvoll
stimmungsvoll
hoffnungsvoll
ahnungsvoll
schonungsvoll
spannungsvoll
aufopferungsvoll
erinnerungsvoll
entbehrungsvoll
verehrungsvoll
verheißungsvoll
anbetungsvoll
achtungsvoll
hochachtungsvoll
verachtungsvoll
erwartungsvoll
verantwortungsvoll
bedeutungsvoll
anspruch–svoll
widerspruch–svoll
verständnisvoll
verhängnisvoll
geheimnisvoll
eindrucksvoll
ausdrucksvoll
schicksal–svoll
teilnahmsvoll
bumsvoll
leben–svoll
glauben–svoll
segen–svoll
schrecken–svoll
vertrauensvoll
entsetzensvoll
zukunftsvoll
absichtsvoll
nachsicht–svoll
rücksichtsvoll
einsicht–svoll
aussichtsvoll
ehrfurcht–svoll

andacht–svoll
sehnsucht–svoll
hoheitsvoll
weisheit–svoll
inhalt (s) voll
demut (s) voll
wehmut–svoll
anmut (s) voll
unmutsvoll
schwermut–svoll
maßvoll
genußvoll
pietätvoll
kraftvoll
saftvoll
lichtvoll
machtvoll
prachtvoll
zuchtvoll
taktvoll
effektvoll
respektvoll
gehaltvoll
talentvoll
temperamentvoll
notvoll
wertvoll
angstvoll
geistvoll
verdienstvoll
kunstvoll
trostvoll
lustvoll
blutvoll
glutvoll
gemütvoll
gottvoll
niveauvoll
reizvoll
glanzvoll
schmerzvoll
Handvoll
Mundvoll
Armvoll

選択の印が付いていたもので、-sはグリムの辞典で自由選択（未確定）と分かったものに筆者が付けた印であり、現在はsを付けると確定しているものである。これはすでにUrbaniakが研究していることであるが、彼女の分類はＡＢＣ順なので接合の仕方が一目瞭然とはいかない。なおゲーテの例にrespecktsvollというのがある（手紙4300409）。

注

（1）de Bruyn, Günter: Das Leben des Jean Paul Friedrich Richter. Fischer. 1975. S.54.
（2）『美学入門』古見日嘉訳、白水社、三六二頁。
（3）de Bruyn: a.a.O., S.340.
（4）Vgl. Kirkness, Alan: Zur Sprachreinigung im Deutschen. 1789-1871. Teil 1. TBL Verlag. 1975. S.223.
（5）de Bruyn: a.a.O., S.341.
（6）ベーレント版、一、一六、序文、二七頁。
（7）de Bruyn: a.a.O., S.342.
（8）Jean Paul: Sämtliche Werke. Abteilung 2. Bd.3. Hanser. 1978. S.9-108.
（9）de Bruyn: a.a.O., S.340.
（10）Birus, Hendrik: Vergleichung. Metzler. 1986. S.36.
（11）Birus: ebenda.
（12）Birus: ebenda.
（13）ベーレント版、一、一六、序文、三九頁。
（14）Jean Paul: Abteilung 2. Bd.3. S.15.

(15) Jean Paul: ebenda.
(16) In: Jahrbuch der Jean-Paul-Gesellschaft. 1988. Beck. S.142-148.
(17) In: Jahrbuch der Jean-Paul-Gesellschaft. 1988. Beck. S.151-171.
(18) In: Jahrbuch der Jean-Paul-Gesellschaft. 1983. Beck. S.89.
(19) de Bruyn: a.a.O., S.343.
(20) ベーレント版、一、一六、序文、三二頁。
(21) de Bruyn: a.a.O., S.340.
(22) Schmitz-Emans, Monika: Schnupftuchsknoten oder Sternbild. 1986. Bouvier. S.175.
(23) Urbaniak, Gertrud: Adjektive auf -voll. Winter. 1983.
(24) Fandrych, Christian: Wortart, Wortbildungsart und kommunikative Funktion. Niemeyer. 1993.
(25) Muthmann, Gustav: Rückläufiges deutsches Wörterbuch. Niemeyer. 1988.
(26) Lenders 他: Wörterbuch zu Friedrich Hölderlin 2. Niemeyer. 1992. S.416.
(27) Muthmann: a.a.O.

付記　ゲーテ・ファイルとトーマス・マン・ファイル（樋口忠治氏作）の検索結果

	Goethe			Thomas Mann	
1	liebevoll	244		geheimnisvoll	169
2	hochachtungsvoll	202		wundervoll	140
3	ehrenvoll	186		liebevoll	107
4	geheimnisvoll	104		ehrenvoll	87
5	hoffnungsvoll	79		prachtvoll	80
6	geschmackvoll	62		eindrucksvoll	64
7	ahnungsvoll	55		reizvoll	64
8	talentvoll	55		ausdrucksvoll	58
9	gehaltvoll	42		verhängnisvoll	47
10	gefühlvoll	41		qualvoll	46
11	ehrfurchtsvoll	38		würdevoll	46
12	einsichtsvoll	38		lebensvoll	42
13	ahndungsvoll	33		hoffnungsvoll	41
14	sehnsuchtsvoll	29		geistvoll	39
15	verdienstvoll	29		anspruchsvoll	37
16	geheimnißvoll	27	（うち niss 3 例）	jammervoll	36
17	jammervoll	27		angstvoll	35
18	wundervoll	18		wertvoll	33
19	ausdrucksvoll	16		ahnungsvoll	32
20	verehrungsvoll	16		sorgenvoll	32

Urbaniak, G の索引にない語

〔現代では –voll は減少しているという彼女の論は疑わしい〕。

Goethe : maulvoll

Thomas Mann : ähnlichkeitsvoll 0256831, anforderungsvoll, anklagevoll, antriebsvoll, artigkeitsvoll 0406924, bedenkenvoll, begabungsvoll, bereitschaftsvoll, bindungsvoll, courtoisievoll, eingebungsvoll, einsamkeitsvoll 1381814, ekelvoll, elendsvoll, entrüstungsvoll, entsprechugsvoll, enttäuschungsvoll, erläuterungsvoll, erquickungsvoll, erschütterungsvoll, gegenwartsvoll, gelächtervoll, genungtuungsvoll, geschichtenvoll, gesetzvoll, gesichtsvoll, gesittungsvoll, gestaltungsvoll, ichvoll, innerlichkeitsvoll 1189826, intuitionsvoll, irrtumvoll, jugendvoll, kameradschaftsvoll, koloritvoll, mahnungsvoll, mißverständinisvoll, mittelvoll, mußevoll, neuigkeitsvoll 0648915, nötigungsvoll, rauschvoll, schlackenvoll, sendungsvoll, skrupelvoll, suspektvoll, tendenzvoll, überdrußvoll, überlieferungsvoll, verpflichtungsvoll, wissenschaftsvoll, wissensvoll, zugeständisvoll, zumutungsvoll

あとがき

本書は十二篇の論考からなりますが、うち第三章の論考はハンブルク大学のコラー教授の『巨人』論の部分翻訳です。掲載を快諾して頂いたコラー教授に感謝申し上げます。

コラー教授への許可依頼はEメールでしましたが、昨今はインターネットの普及で大変便利になったと感じております。自宅でも大学と変わりなく検索出来、老親と同居した現在、自宅でも不自由なく翻訳研究できるのを有り難く感じています。

それぞれの論考の初出に関しては、主に作品論は翻訳の解題として発表したもので、『レヴァーナ』論一九九二年、『ヘスペルス』論一九九七年、『生意気盛り』論一九九九年、『ジーベンケース』論二〇〇〇年、『彗星』論二〇〇二年、デ・ブロインの『ジャン・パウルの生涯』論一九九八年、「自我の構造」これは『私という記号』所収一九九八年、「盲目のモチーフ」と「複合語」、「ジャン・パウルの翻訳」は紀要等に発表したもので、それぞれ一九九二年、一九九四年、二〇〇二年で、最後の「翻訳」論は二〇〇一年公開講座で話したものが基になっています。その他「ハーリヒとデ・ブロイン」はホーム・ページに二〇〇〇年発表したものです。総じて大体この十年間に書いてきたものです。

十九年前に『ジャン・パウル　ノート』を出版したときには、これからは黙ってジャン・パウルを正確に読みたい、つまり翻訳したいと「あとがき」に書いていていますが、「黙って」翻訳することは許されず、毎年論文の点数がカウントされる御時世で、黙る代わりにさえずったものを上梓することになりました。

このさえずりかたの点検をして頂いたのは、『ジャン・パウル　ノート』以来、ジャン・パウルの翻訳でもお世話になっている、九州大学出版会の編集長藤木雅幸氏で、氏を中心に丁寧な編集校正作業をして頂きました。御礼申し上げます。

なお本書は、日本学術振興会の平成十五年度の科学研究費補助金「研究成果公開促進費」の助成金を得て出版に至りました。思いがけない幸運で、好事魔多しと自戒しております。

二〇〇三年六月

恒吉法海

著者略歴

恒吉法海（つねよし・のりみ）

1947年生まれ。

1973年，東京大学大学院独語独文学修士課程修了

現在，九州大学大学院言語文化研究院教授

著書『ジャン・パウル　ノート』（九州大学出版会）

訳書　ジャン・パウル『レヴァーナ　あるいは教育論』，同『ヘスペルス　あるいは四十五の犬の郵便日』（第35回日本翻訳文化賞受賞），同『生意気盛り』，同『ジーベンケース』（共訳），同『彗星』，ギュンター・デ・ブロイン『ジャン・パウルの生涯』（共に九州大学出版会）

続 ジャン・パウル　ノート

2003年 8 月20日初版発行

著　者　恒　吉　法　海

発行者　福　留　久　大

発行所　（財）九州大学出版会

〒812-0053　福岡市東区箱崎7-1-146

九州大学構内

電話　092-641-0515　（直通）

振替　01710-6-3677

印刷・製本／㈲レーザーメイト，研究社印刷㈱

　ISBN 4-87378-792-0

ジャン・パウル／恒吉法海・嶋﨑順子 訳
ジーベンケース
A5判 五九四頁 九、四〇〇円

ジーベンケースは友人ライプゲーバーと瓜二つで名前を交換している。しかしそのために遺産を相続できない。不如意な友の生活を救うためにライプゲーバーは仮死という手段を思い付き、ジーベンケースは新たな結婚に至る……。ドッペルゲンガーと仮死の物語。形式内容共に近代の成立を告げる書。

ジャン・パウル／恒吉法海 訳
彗 星
A5判 五一四頁 七、六〇〇円

『彗星』はジャン・パウルの最後の長編小説である。その喜劇的構成は『ドン・キホーテ』を淵源とし、『詐欺師フェーリクス・クルル』につながるもので、主人公の聖人かと思えばそうでもない、侯爵かと思えばそうでもない、二重の内面の錯誤の劇が描かれる。

J・G・ヘルダー／嶋田洋一郎 訳
ヘルダー 旅日記
A5判 三七四頁 五、八〇〇円

自伝的記述から文学、歴史、教育までも含む『旅日記』は著作家ヘルダーの核心を呈示しているのみならず、ヨーロッパ啓蒙主義という十八世紀の大きな時代思潮の中を旅するドイツの知識人の姿を鮮明に伝えている。詳細な訳注、書簡、説教、詩など作品理解を深める資料も収めた『旅日記』の決定訳。

岩本真理子
ハイネにおける
芸術と社会批評の問題
A5判 二〇六頁 四、〇〇〇円

ロマン派的抒情詩人と革命的社会批評家の両面を持つハイネの作品と思想を、サン・シモン主義や同時代人メンツェルのゲーテ批判などを手がかりにして考察する。

岡野 進 編
私という記号
――ドイツ文学における自我の構造――
A5判 三三六頁 四、五〇〇円

本書はこれまで支配的であった教養小説観に対する疑義から生まれた。フロイト、ラカンを視野におきつつ、教養小説を普遍的なものへ至る自我の歩みを語るものとしてではなく、むしろ自我のゆらぎ、解体の証言と捉える、もうひとつの教養小説論集。